唐宋詩會意

七百年的风流儒雅

邹金灿 著

長春出版社
全国百佳图书出版单位

图书在版编目(CIP)数据

七百年的风流儒雅：唐宋诗会意 / 邹金灿著. --
长春：长春出版社，2016.12(2017.5 重印)
(小雅文丛)
ISBN 978-7-5445-4625-6

Ⅰ.①七… Ⅱ.①邹… Ⅲ.①唐诗-诗歌欣赏②宋诗-诗歌欣赏 Ⅳ.①I207.22

中国版本图书馆 CIP 数据核字(2016)第 254488 号

七百年的风流儒雅——唐宋诗会意

著　　者：邹金灿　　**封面题字**：陈永正
责任编辑：谢冰玉　　**插　　画**：王楷华
封面设计：刘红刚

出版发行：长春出版社　　总编室电话：0431-88563443
发行部电话：0431-88561180
地　　址：吉林省长春市建设街 1377 号
邮　　编：130061
网　　址：www.cccbs.net
制　　版：荣辉图文
印　　刷：吉广控股有限公司
经　　销：新华书店

开　　本：880 毫米×1230 毫米　1/32
字　　数：220 千字
印　　张：10.375
版　　次：2016 年 12 月第 1 版
印　　次：2017 年 5 月第 2 次印刷
定　　价：42.80 元

目　录

旨味篇

剧谈篇

附录

序

徐晋如

中国向称诗国，诗是我国文学遗产中最光辉灿烂的部分，而唐诗又是其中最为通俗的一分子。

然而时至今日，即使是非常通俗的唐诗，也非一般社会公众所愿一顾者，更不必说不那么通俗的宋诗了。古今教育殊科导致今人对唐宋诗的典故、语辞不甚了了，固是原因之一，而其根本原因却在于生活在“现代社会”的人们距离古典精神渐行渐远。

从新文化运动开始，中国人被宣布进入了“现代社会”，现代性成了知识人鼓吹的终极理想。学者通人对于何谓现代社会，何谓现代性，当然有各式各样的解释，我的看法则是，所谓的现代社会，即是以科学主义及平民主义为基础的社会，所谓现代性，即是对古典精神的反动。

古典精神意味着重精神，轻物质；重传统，轻时俗；重精英，轻大众，而现代性恰恰要对这一切进行“除魅”。

在现代社会里，科学成了唯一的宗教，古人对于人格内在完善的追求，对于道德伦理的崇尚，在今人的眼中，都成了难以理喻的行为。古人对于传统永远心存敬畏，而今人则代之以激烈的破坏，而且美其名曰与时俱进。在现代社会，偶尔也会有披着古典外衣的艺术出现，比如白先勇的青春版《牡丹亭》、上海京剧院的新编历史剧《曹操与杨修》，然而这些只不过是一种更加浅俗无聊的时尚。在崇尚精英的古人看来，高古、浑成之美至高无上，而倡导大众品格的现当代文学，百分之九十五关注的都是些人性的猥琐。一句话，古典精神是向上的，而现代性则是向下的。

近年来，已对现代性生厌的人们开始重新审视我们的传统，这很正常。当现代性不能满足人性对于高贵和高雅的追求时，人们自然会呼唤古典的复归。坊间流传着各种版本的唐诗、宋诗，乃至明清诗的选本、注析本、鉴赏辞典，学者的高头讲章也是一本又一本地虚糜着纳税人的金钱，然而它们当中哪怕是比较好的著作，也无法回答下面的这些问题：何谓之诗？何谓之诗人？诗之优劣，该如何辨别？更不必说更多的作者已之昏昏，又如何能令人昭昭？

一般而言，对诗的欣赏有着四个层次。第一个层次，仅能感受到诗的音节铿锵、声韵流美，这是读诗的童蒙阶段。第二个层次，能稍知诗句文辞之美，会为一句两句警策的诗句而感动，如“海内存知己，天涯若比邻”“慈母手中线，游子身上衣”“身无彩凤双飞翼，心有灵犀一点通”之类，大多数人的欣赏水平，便停留在这个层次。第三个层次，于寻章摘句之外，更能知人论世，明白一首诗的前世今生，它在艺术上的优长，这是学者的境界。而最高的层次，则为古人之哀乐，即我之哀乐，古人所处之境，所遇之事，所历之情，固不必为我所处之境，所遇之事，所历之情，而觉古人之所言，皆我之所欲言，只是被古人先一步道出。这时候，他认为好的诗都是篇不可句摘，章不可字求，他追求的是在生命层面上与古人神契。这种境界，是诗人的境界，一旦到了这种境界，读古人诗便成了一种至高的精神享受。

本书作者是一位真正的诗人，诗品人品，真醇罕匹，他对唐宋诗人诗心的剖析，自然非一般学者所能望其项背者。但是，他从未打算与今之学者争高竞长。他的用心，不止在于解诗传诗，更在于厚人伦美教化成风俗。他坚信诗教之功，如春雨之润，春阳之和，读诗学诗，都是为了拥有更加美好、更加高雅的人性。老杜诗云："摇落深知宋玉悲，风流儒雅亦吾师。"风化流行曰风流。儒雅，则是儒家给中国人最好的精神馈赠。也许不是每一个人都会像本书作者那样，有足够厚的性情和足够好的天分，能写出淳雅深挚的诗句，但唐五代两宋七百年间诗人的风流儒雅，却是每一个敬畏传统、向往高贵高雅的中国人都应该勉力追慕的人文胜境。斯著之成，盖兴于诗而止于诗教者也。

小雅文丛·七百年的风流儒雅——唐宋诗会意

·风雅篇

宋诗略论

诗分唐宋。

如果有《我是诗人》这个电视节目，把唐人与宋人拉出来比赛，让观众现场打分，那么宋诗一定是落败的一方。因为宋诗看上去不漂亮，不能在第一时间打动你。在现场诵读宋诗的环节，导播甚至可能不会把镜头对准观众，因为他在观众席上不容易找到感动落泪的人。

宋人的学问、执持，其内在精神，可于石延年这两句诗里找到落脚处："力振前文觉道孤，耻同流辈论荣枯。"石延年这首诗并不算是很好的作品，但宋诗的好处可在这两句里寻味。

六朝诗的高古，唐诗的风华，都非宋诗所长。宋诗异于唐诗及六朝诗之处，在于它的傲兀奇崛，在质淡无华之处，自有庄重不可轻慢之风骨。这是宋人"谢绝平庸"的精神玉成的。人们惯常说的宋人"以文字为诗、以议论为诗、以才学为诗"（严羽语），只是就技术层面而言的评议。

明朝人批评宋人写诗不行，对宋诗弃若敝屣，提倡

“文必秦汉，诗必盛唐”，话是说得很漂亮，然而明代的诗文成就远远逊色于宋代，这也是定论。

事实上，后人抬出唐诗来批评宋诗，是没有道理的，毕竟对唐诗有所发展的，还是宋人。

在宋人的诗集中，不乏唐调。曾巩的文章为世所重，但他不擅长写诗，这被宋人引为一大恨事，但即便如此，曾巩亦有不让唐人的高华之作。

我们且来看看下面的宋人诗作：

春阴垂野草青青。时有幽花一树明。
晚泊孤舟古祠下，满川风雨看潮生。

——苏舜钦《淮中晚泊犊头》

花光浓烂柳轻明。酌酒花前送我行。
我亦且如常日醉，莫教弦管作离声。

——欧阳修《别滁》

金鞍驰骋属儿曹。夜半喧阗意气豪。
明月满街流水远，华灯入望众星高。
风吹玉漏穿花急，人近朱阑送目劳。
自笑低心逐年少，只寻前事撚霜毛。

——曾巩《上元》

杨柳鸣蜩绿暗，荷花落日红酣。
三十六陂春水，白头想见江南。
——王安石《题西太一宫壁二首》（其一）

山巅危构傍蓬莱。水阁风长此快哉。
天地涵容百川入，晨昏浮动两潮来。
遥思坐上游观远，愈觉胸中度量开。
忆我去年曾望海，杭州东向亦楼台。
——赵抃《次韵孔宪蓬莱阁》

莫笑农家腊酒浑。丰年留客足鸡豚。
山重水复疑无路，柳暗花明又一村。
箫鼓追随春社近，衣冠简朴古风存。
从今若许闲乘月，拄杖无时夜叩门。
——陆游《游山西村》

世味年来薄似纱。谁令骑马客京华。
小楼一夜听春雨，深巷明朝卖杏花。
矮纸斜行闲作草，晴窗细乳戏分茶。
素衣莫起风尘叹，犹及清明可到家。
——陆游《临安春雨初霁》

以上诗是很明显的唐调，能马上引起你的无限想象，它们或意味悠长，或开阔健举，你不用绞尽脑汁，就能知道它们的好。把这些诗放在唐代诗家的集子里，也毫不逊色。

然而，如果宋人只满足于追步唐人，只是对唐诗低首下心的话，那未免太小看宋人，“宋诗”二字也太没有含量了。

诗到王安石、苏轼时代，初奠变局，在黄庭坚、陈师道、陈与义的手里，完成蜕变。这五位诗家也代表着宋诗的最高水平，本文所征引之宋诗，以这几家为主。

诗言志

天水一朝，“诗缘情，诗言志”向“诗言志”倾斜。宋人写诗，无论抒怀还是酬唱，都更注重述志，情藏于志之中。而宋人纯粹的情感抒发，则更多在词中体现。学者缪钺先生在《论宋诗》一文中认为“宋人情感多入于词”，可谓的论。

正因为此，宋词显得平易近人，为后人喜爱；宋诗则显得不近人，喜之者可以爱不释手，恶之者则每至横眉竖目，各种毒詈纷至沓来。唐诗则不会有这种遭遇，因为它更贴近人生，即使再没有风华之人，也不会厌恶唐诗。

在唐诗中，我们能看见许多个人悲欢，动人心魄：

故人故情怀故宴，相望相思不相见。

——王勃《寒夜怀友》

万里悲秋常作客，百年多病独登台。

——杜甫《登高》

曾经沧海难为水，除却巫山不是云。

——元稹《离思》

往事渺茫都似梦，旧游零落半归泉。

——白居易《十年三月三十日别微之于沣上》

沉舟侧畔千帆过，病树前头万木春。

——刘禹锡《酬乐天扬州初逢席上见赠》

三年谪宦此栖迟，万古惟留楚客悲。

——刘长卿《长沙过贾谊宅》

朝来灞水桥边问，未抵青袍送玉珂。

——李商隐《泪》

这种情感，在宋人的词作里表达得丝毫不让唐人，令人读来为之一恸：

记得金銮同唱第，春风上国繁华。如今薄宦老天涯。十年歧路，空负曲江花。

——欧阳修《临江仙》

绕水恣行游。上尽层城更上楼。往事悠悠君莫问，回头。槛外长江空自流。

——王安石《南乡子》

十年生死两茫茫，不思量，自难忘。

——苏轼《江城子》

约他年、东还海道，愿谢公、雅志莫相违。西州路，不应回首，为我沾衣。

——苏轼《八声甘州》

重过阊门万事非，同来何事不同归。

——贺铸《鹧鸪天》

可惜流年，忧愁风雨，树犹如此。倩何人唤取，红巾翠袖，揾英雄泪。

——辛弃疾《水龙吟》

欲买桂花同载酒，终不似，少年游。

——刘过《唐多令》

宋后学唐而能有成就的诗家，屈指可数，清人黄仲则是其中一个，但黄仲则的语言天赋，放在唐宋也属翘首，有其骨子里的不可学之处。方今学诗者，宗唐而无唐人天资，取其物华而不修骨干，不知唐人伟大之处，就是把“诗缘情”发挥到极致，后人即便天纵聪睿，也难出唐人藩篱，下笔就步唐音，直抒胸臆，往往一学便像，一像便死。

宋诗自唐诗而来，又不为唐诗所笼罩，在于其拥有独特的述志方式。古人重诗，因为写诗在骨子里就是写“人”字。君子不重则不威，人的分量有多重，诗才有多少分力量；人的境界有多高，诗才有多高。无高洁人格、远大追求，欲将“人”字写好，则是求马唐肆。陆游所说的“工夫在诗外”，深意可达于此。

子瞻谪岭南，时宰欲杀之。
饱吃惠州饭，细和渊明诗。
彭泽千载人，东坡百世士。
出处虽不同，风味乃相似。

——黄庭坚《跋子瞻和陶诗》

此诗写的是黄庭坚最尊敬的宋人——苏轼，此作问世前一年，苏轼病逝于北归路上，此作问世后三年，黄庭坚去世。

这首诗无一景语，历来为学者称奇。“时宰欲杀之”，说的是苏轼处境之恶劣，即便是他被贬到了岭南，当权者仍然对其心存忌惮，要将他置之死地而后快。在这种环境下，如果苏轼心理承受能力稍差，不免会在岭南任上郁郁而终。但他没有，而是自适其适，安心吃惠州饭，逐一唱和陶渊明的诗。这种人生境界堪可比肩陶渊明，是以黄庭坚说：“彭泽千载人，东坡百世士。”末联的“出处”二字，“出”指东坡出仕，“处”音chǔ，指陶渊明归隐不仕。陶苏二人一隐一仕，情况不同，但人格中的坚韧、高洁，则是相似的。

要描述人格如此伟岸之人，任何高言大句都是困难的。黄庭坚采用极枯淡的笔墨，拾阶而上，一句一意，不媚不谀，将苏轼推到与陶渊明等高之地，是非常高明的写法。

读到最后，诗意并未走完。这遒劲质直的四十个字，并非只是说陶渊明或苏轼，而更是作者自己的生命追求。

这就是宋诗，它不好看，甚至读来不上口。但若能细究其义，则蕴意无穷。

再看这一首：

> 早弃人间事，真从地下游。
> 邱原无起日，江汉有东流。
> 身世从违里，功言取次休。
> 不应须礼乐，始作后程仇。
>
> ——陈师道《南丰先生挽词》

这是陈师道惨淡经营之作。南丰先生即曾巩，曾经教过陈师道写文章。因为得到曾巩的提携，陈师道逐渐在士林出名。苏轼很欣赏陈师道，想收他做门生，但陈师道“向来一瓣香，敬为曾南丰”，他只对曾巩执弟子礼，拒绝了苏轼。

“早弃人间事”，这句是说曾巩逝去得早。“真从地下游”，作者恨不能陪先生到地下，随侍曾先生的左右。“从地下游”之说有其来历，白居易《哭刘尚书梦得》：

“贤豪虽殁精灵在，应共微之地下游。”

“邱原无起日，江汉有东流。”这里是说，先生虽然不能复生，但先生的文章却像江汉之水，永流不息。杜甫诗云：“尔曹身与名俱灭，不废江河万古流。”王安石说曾巩：“曾子文章世无有，水之江汉星之斗。”陈师道此联出处在此。

“身世从违里，功言取次休。”晋人杜预认为，在立德、立功、立言这三件不朽之事中，立德不可企及，但立功与立言这两件事还是可以做到的。陈师道是说，曾先生这一生，有顺利也有坎坷，然而诸多的蹭蹬损耗了他的生命，使他未得高寿，以致立功与立言两个事业戛然而止，令人痛惜。

诗里的“从违”，“从”是顺遂，“违”是坎坷，但这里更多是指“违”。在古人诗中，正反义并举的一个词，其义常落在一端。如李商隐的“浮世本来多聚散”，诗人伤心的是“散”；苏轼的“存亡惯见浑无泪”，意思是惯见“亡”而无泪。

最后一联，任渊解释说：“后山（陈师道）自谓其材本自不及程、仇，不待议礼乐而判优劣也。”诗人是在感慨未能像隋代文中子王通的高足程元、仇璋那样，能够制礼作乐、流芳后世，有愧于曾先生的提携。

此诗感悼至深。对于第二联“邱原无起日，江汉有东流”，《许彦周诗话》评为：“近世诗人莫及。”

唐人同题材的诗，有着不同的面目：

四明有狂客，风流贺季真。
长安一相见，呼我谪仙人。
昔好杯中物，翻为松下尘。
金龟换酒处，却忆泪沾巾。

——李白《对酒忆贺监》

贺监即贺知章，是李白的贵人，他和李白的关系，类似于曾巩与陈师道的关系。《对酒忆贺监》的优胜处，在于一气而下，句无遗义，读两遍就能背下来。《南丰先生挽词》则更多顿挫之处，需要你中途停下去想，去寻味。

两诗相同的是作者沉痛的心情。不同的是李诗主讲与贺知章的交往、人事的代谢；陈诗诉说人生追求，激扬尊德行、道问学之精神。李诗重情，陈诗重志。

两者无高低。“诗言志”并非天然优于“诗缘情”。至于你更喜欢哪种风格，还要看你自己的天性。钱穆先生在《人生十论》里说，人生有三个步骤，第一个步骤跟普通动物的诉求一样，即让自己的生命活着；第二个步骤是做好自己的事业，以尽自己在家庭、社会中的责任；第三个步骤则是发展自己的天性，最终“足于己，无待于外”，达到德性圆满的境界。

钱穆先生特别提到，每个人的天性是连自己都不容易察觉的，需要不断尝试才能发现，例如同样的古文，你喜欢韩愈还是喜欢柳宗元，需要细细读过方知。

不读韩而斥柳，不知柳而斥韩，都是妄举。在这里，把韩柳换成唐宋诗，也是一样的。唐诗和宋诗并没有高下之分，我们各依其性去做出选择，才是最重要的事。已知唐诗的好，先别忙着轻薄宋诗，且看宋诗好在哪里，未尝不是为发现自己的天性而尽责。

瘦之道

瘦劲，这是宋诗的一大特点。乍看上去，这两个字有点费解，但如果细读宋人的作品，则不难触摸到它们的温度。

瘦劲的具体表现之一，就是扫去各种起装饰作用的言语，直抒生命感受。且来看看下面这三首唐宋诗家的作品：

冥冥甲子雨，已度立春时。
轻箑烦相向，纤絺恐自疑。
烟添才有色，风引更如丝。
直觉巫山暮，兼催宋玉悲。

——杜甫《雨》

萧洒傍回汀。依微过短亭。
气凉先动竹，点细未开萍。
稍促高高燕，微疏的的萤。
故园烟草色，仍近五门青。

——李商隐《细雨》

潇潇十日雨，稳送祝融归。
燕子经年别，梧桐昨梦非。
一凉恩到骨，四壁事多违。
衮衮繁华地，西风吹客衣。

——陈与义《雨》

前两首为唐诗，后一首为宋诗。缪钺先生在《论宋诗》一文中，就拿陈与义的《雨》与李商隐的《细雨》作对比，以此来说明宋诗的风格。这是一个很独到的眼光。

可以看见，上面所列的三首诗中，前面两首在风格上并无太大的不同，都是情景一体，从字面看，景写得漂亮好看，情也表达得恰如其分。把两诗的作者名字换过来，你不会觉得有何不安之处。

但陈与义这首则不同。写这首诗的时候，陈与义正滞居京城，等待任命，心情苦闷，遂有斯作。这首五律的写法，与杜甫、李商隐的诗是不一样的，它起句平平，但第二句就出新意，“稳送祝融归”，祝融是火神，雨灭火，意为送走夏日，如此表述令人眼前一亮。“燕子经年别”是在怀旧，“梧桐昨梦非”说迟暮之感，都是诗人自诉心曲。第二联就突出情感，节奏很快，不像唐诗那般步伐雍容——前两首唐诗，到第二联了仍在优哉游哉地写景，个人情感隐而不发。

第三联是陈诗亮点。“一凉恩到骨”，“恩”字极其醒目，且属于反语正说——凉意袭人，诗人却说这是

"恩"。这种表述，逼得你不得不停下来咀嚼作者的用意。末联的意思，与"冠盖满京华，斯人独憔悴"相同，说自己在京师这样繁华的地方，生活窘迫，等待的又是不能确定的命运，何去何从，实在怅惘。

陈与义这首《雨》是很典型的宋诗面目，它不漂亮，不好看，粗粗读来，不能引起你的遐想，甚至有些怪异。例如"一凉恩到骨"这种句子，第一眼看去，不会感到舒服，然而它却意蕴深长，值得你去沉潜玩索。

很难说这三首关于雨的作品孰优孰劣。不过从表达手段看，陈与义诗无疑令人耳目一新，让你很容易把他这首诗与其他同题作品区别开来。

追求瘦劲的好处是可以使人裁去思想方面的枝叶，从而直探主干。所以我们可以看到，宋诗的节奏往往很快，这在诗的首句就体现出来了。

唐人写诗，首联大抵以景语起兴，或将一二情感字词羼入，定下全诗基调，这种表述的步伐相对显得缓慢一些：

海上生明月，天涯共此时。

——张九龄《望月怀远》

凤凰台上凤凰游，凤去台空江自流。

——李白《登金陵凤凰台》

风急天高猿啸哀，渚清沙白鸟飞回。

——杜甫《登高》

一片花飞减却春，风飘万点正愁人。

——杜甫《曲江》

一上高城万里愁，蒹葭杨柳似汀洲。

——许浑《咸阳城西楼晚眺》

六朝文物草连空，天淡云闲今古同。

——杜牧《题宣州开元寺水阁》

迢递高城百尺楼，绿杨枝外尽汀洲。

——李商隐《安定城楼》

露如微霰下前池，风过回塘万竹悲。

——李商隐《七月二十九日崇让宅宴作》

类似的例子不一而足。唐诗的精彩之处，往往不在首联，这是可以肯定的。当然，这只是就大体的形势而言，毕竟任何一个议论都会有例外。在唐人作品中，也有首联就摄人心神之作，比如李商隐这首《辛未七夕》，可谓开头就有破空而来之势：

恐是仙家好别离。故教迢递作佳期。
由来碧落银河畔，可要金风玉露时。
清漏渐移相望久，微云未接过来迟。

岂能无意酬乌鹊，惟与蜘蛛乞巧丝。

近世学人黄侃评价李商隐此作说：“此诗纯以气势取胜。首二句作疑词。三、四句申言致疑之理。五、六与首句‘好’字、次句‘故’字相应。七、八句言佳会果然，则当酬鹊桥之力。今但与蜘蛛以巧，是知佳会之稀，本缘仙意，仍与首二句相应。用意之高，制格之密，即玉谿集中，亦罕见其比也。”

黄侃此论精妙，可谓是善诗者的当行本色。不过，正如黄侃所说，在李商隐的诗集中，节奏类似于《辛未七夕》的诗很少，更多的是像《安定城楼》般节奏舒缓之作。

在宋人的诗集里，则有了不同的局面。大概宋人认为，诗的首联，无论写景，还是叙事，抑或是议论，都须响亮、振人心神。因而宋诗的开头，往往与从容的唐诗不同：

清风无力屠得热，落日着翅飞上山。

——王令《暑旱苦热》

游人脚底一声雷，满座顽云拨不开。

——苏轼《有美堂暴雨》

投荒万死鬓毛斑，生出瞿塘滟滪关。

——黄庭坚《雨中登岳阳楼望君山二首》（其一）

书当快意读易尽，客有可人期不来。

——陈师道《绝句四首》（其四）

早岁那知世事艰，中原北望气如山。

——陆游《书愤五首》（其一）

浮生四十九俱非，楼上行藏与愿违。

——范成大《乙未元日用前韵书怀，今年五十矣》

已是穷侵骨，何期早丧身。

——翁卷《哭徐山民》

辛苦遭逢起一经，干戈寥落四周星。

——文天祥《过零丁洋》

这些宋诗的首联，急促有力，情感节奏很快。就像一个人唱歌，一上来就飙高音，下面怎样接下去，是一大考验。在这种情况下，诗家必须谋求更多的变化。这个思想，其实与韩信的背水一战相似：置之死地而后生。

我们且来细看下面两首宋诗的表述。第一首：

贫贱侵凌富贵骄。功名无复在刍荛。
将军北面师降虏，此事人间久寂寥。

——王安石《韩信》

王安石的七绝冠绝两宋，这首诗开头就不事任何铺垫，前两句是说：人们常常是看见贫贱之人就去侵凌之，自己富贵了则更表现得骄横，在这种情况下，那些有才华但居于社会下层的人，就很难取得功名了。韩信出身贫寒然而能扬名于世，可见其人必有不寻常之处。

这样的节奏，是相当单刀直入、开门见山的。“将军北面师降虏，此事人间久寂寥”是赞扬韩信的这个举动：陈余因为不采纳手下李左车的建议，被韩信打败，韩信得胜后，立即派人去找李左车，找来李左车不是要杀他，而是要拜他为师。这两句是说，像韩信拜败军之将为老师这种事情，已经很久没有听到了。王安石这是在讥讽宋代的风气，还是在感慨历史，我们无从得知，但此诗无疑是令人掩卷深思之作——真正的好学之士，需要切实突破身份、地位等因素之遮蔽，从这一点看，好学之士是没有我们想象中那么多的。

下面这首诗，是苏轼晚年从海南北归时的作品：

余生欲老海南村。帝遣巫阳招我魂。
杳杳天低鹘没处，青山一发是中原。

——《澄迈驿通潮阁二首》（其二）

这首七绝，也是节奏极快的，开头就直书心事：我本来以为自己将要死在海南这个荒凉之地了，没想到皇帝还会记得我这个被弃用了多年的人。这样的起笔，就已有了无限苍凉之感。最后两句，近于一种无话可说的状态，但又似乎说尽了千百句话：终于，诗人离开了海南，然而他已是一个垂暮多病之人，此刻中原在望，心中的感觉是兴奋、厌倦、平静，抑或是恐惧？不得而知，但仿佛是全部都有了。

宋诗的瘦劲之风，背后是一种反对“肥辞瘠义”的思想。读宋诗，我们似乎可以想见诗人下笔写诗时的意念是“废话少说”。说到底，这其实不是技巧层面的内容，而是修身立人的思想了。孔子说：“刚毅木讷近仁。”宋诗的瘦劲风格，与孔子这句话可谓消息暗通，宋人骨子里是在追求并接近孔子所提倡的“仁”字。

大哉瘦之道！

朴拙之美

如果说瘦劲是宋诗的“道”，那么这个“道”有一个很独特的外在特征，那就是“朴拙”。和“瘦劲”一样，“朴拙”这两个字也一点都不玄虚，我们可以从宋人的作品得到非常具体而微的感受。

宋诗的朴拙，首先就体现在音律上。

律诗是近体诗的重要组成部分。唐宋风会的一个不同是，在唐代的名家里，有些是以古体成名的，比如李贺，就不怎么写近体诗；而在宋代名家中，几乎没有写不好近体诗尤其是律诗的。

在律诗写作上，宋人有一个明显的喜好：创作拗律。拗律的平仄，与常规的律诗不同，它们大多是故意出律的作品，但中二联会对仗，这点符合律诗的要求。唐代已有拗律，譬如崔颢的《黄鹤楼》（昔人已乘黄鹤去），从格律上看，一半是古风一半是律诗。不过，唐人的拗律不算多。比如，律句“仄仄平平仄仄平”这个格式，在实际的写作中用成“仄仄平平平仄平”是不算出律的，但在李商隐的诗集里，其律诗的格律非常严谨，即使是“仄仄平平平仄平”这种宽格也很少用。李商隐对待律诗的这种态度，是唐人的主流。

宋人是把拗律当一回事去写的，他们的这番心情，或许跟杜甫当年用写古风的严肃态度去写七律一样。本书《宋格最高典范》一章所谈的黄庭坚诗《汴岸置酒赠黄十七》，就是非常具有“宋人特色”的拗律。

细看宋人的集子就可以发现，他们并不避忌打破格律范式：

我行日夜向江海，枫叶芦花秋兴长。
长淮忽迷天远近，青山久与船低昂。
寿州已见白石塔，短棹未转黄茅冈。
波平风软望不到，故人久立烟苍茫。

——苏轼《出颍口初见淮山，是日至寿州》，第三句失粘，第四句“船”字应仄而平，第五至第八句都不符合七律的格律。

中年畏病不举酒，孤负东来数百觞。
唤客煎茶山店远，看人获稻午风凉。
但知家里俱无恙，不用书来细作行。

一百八盘携手上，至今犹梦绕羊肠。

——黄庭坚《新喻道中寄元明用觞字韵》，首句五六字应平而仄，第二句并未补救。

洞庭之东江水西。帘旌不动夕阳迟。
登临吴蜀横分地，徙倚湖山欲暮时。
万里来游还望远，三年多难更凭危。
白头吊古风霜里，老木沧波无限悲。

——陈与义《登岳阳楼二首》（其一），首句“庭”字应仄而平。

当你遇到上面这些格律不规整的诗时，如果使用保留有入声的方言（例如粤语、闽南话等），根据“平声长、仄声短”的方法去吟诵，你将会有一种奇特的感觉，那就是它们不会让你读得太平顺，且不时地给你制造一些“障碍”。

由于唐人律诗的格律大体规整，吟诵的时候节奏会很恒定，此时你的感觉就如同走在一条很长而且很平坦的路上。读宋人的律诗则不然，你的感觉可能是走在这样一条路上：有时很平坦，有时又非常陡峭，你不得不稍作停顿，重新调整力气才能攀爬过去。

除了音律的崎岖，宋诗的朴拙还体现在它们往往有一些极其质实的表述：

倦童疲马放松门。自把长筇倚石根。

江月转空为白昼，岭云分暝与黄昏。
鼠摇岑寂声随起，鸦矫荒寒影对翻。
当此不知谁客主，道人忘我我忘言。

——王安石《登宝公塔》

第四句的“暝”字是仄声，读mìng。在第三联里，鼠动鸦飞，可谓庸常之境，然而王安石并没有轻视它，而是将之写得兴味盎然。可见朴实与厚味，是并不相悖的。

近世学者、诗人黄节，宗仰宋诗，写诗取法陈师道，其作品造诣极深：

十年北地无霖雨，甲戌秋阴不肯晴。
阅世残人支病骨，殷闾家狗乱深更。
泥涂绝险输归载，江海昏沉垫我萌。
一念未完今日事，灯前还对顾忠清。

——黄节《秋霖》

从风格上看，这是一首不折不扣的“宋诗”，其朴拙之美不减宋贤。此诗写于1934年，为黄节的晚年绝唱。首联写北方十年无霖雨，如今却长时间不晴。次联的“殷”读yǐn，是“震动”的意思——李白“熊咆龙吟殷岩泉”的“殷”字，也读这个音。黄节这里是说，自己久历风霜，多病不寐，夜深强起，闾巷的犬吠声清晰地传进耳朵里。

犬吠闾里，是一种很难有诗意的情景——因其太庸常，而且前人也写得太多。然而“殷闾家狗乱深更”这一句，堪称此诗最有味道之语。在不晴的天气里，诗人深夜不眠，独听闾巷犬吠——时势、心情等元素，都包含在里面了。

第三联说人病思乡，归家之路却险阻难通，而各地的水灾纷纷吞噬无辜百姓（“萌”通“氓”，义与“民”同）。此诗最后一联谈到自己的心事，说如今风烛残年，如果还有什么未了的心事，那就是笺注顾炎武的诗了。“忠清”是顾炎武早年的字，明亡后弃用。顾炎武拒绝仕清，气节凛然。黄节在中国外患日渐加重的环境中，在北大向学生讲述顾炎武其人其诗，自有深意。

这首诗的声调并不高亮，里面的情景也很普通，但字字质实，尽洗浮华，反而收获一种如打铁般铿然作响的劲力。黄节的高远心志、忧世之情，隐耀其中，令人感佩。此之谓学宋有得者。

庄重而能飞扬

严羽说宋人“以文字为诗”，对宋诗的这种面目不以为然。关于这个“以文字为诗”的具体内容是什么，历来说者甚多，至今没有定论。但有一点是可以肯定的，那就是把诗写得像散文，即可目为“以文字为诗”：

公独未知其趣尔，臣今时复一中之。

——苏轼《太守徐君猷、通守孟亨之皆不饮酒，以诗戏之》

前生自是卢行者，后学过呼韩退之。

——苏轼《答周循州》

心犹未死杯中物，春不能朱镜里颜。

——黄庭坚《次韵柳通叟寄王文通》

以上都是以文字为诗的例子，读起这些句子来感觉像在读散文，然而它们是诗句。这种做法，亦是其来有自的。在唐人作品里，并不缺少以文字为诗的杰作，古体诗更为常见，如韩愈的《山石》、李商隐的《韩碑》，都似乎是押韵的散文。其实即使是在近体诗里，唐人亦有将诗散文化处理的例子：

伊人卜筑自幽深。桂巷杉篱不可寻。
柱上雕虫对书字，槽中瘦马仰听琴。
求之流辈岂易得，行矣关山方独吟。
赊取松醪一斗酒，与君相伴洒烦襟。

——李商隐《复至裴明府所居》

李商隐的这首七律，第三联就是典型散文化的诗句。可见以文字为诗这一做法，并没有什么值得惊讶的，唐人早已有之，宋人只不过是将之发扬光大而已。

关于苏轼的诗句“前生自是卢行者，后学过呼韩退之”，在“民国”时还引发了一个故事。陈寅恪先生为投考清华大学的考生出国文试题，里面有一个对对子的题目，陈先生出了上联“孙行者”，要求学生对出下联，用意是希望考生能够对出“胡适之”。陈先生出这个上联的灵感，就源于苏轼这两句诗。

后人掇拾严羽的唾余，往往以典故多、句子偏散文化这些特点来贬抑宋诗。这种责难实在很无理。用典使事，益处甚多，一来可积累对人物事迹、典章制度的认识；二来若是使用得当，则可以令诗的意味更加悠远。黄庭坚的名句“桃李春风一杯酒，江湖夜雨十年灯”，从字面看，即使不察其典故，也不妨碍理解它，但若知道里面的典故，这首诗在你心中的分量，肯定会增重一分。高明的作者，往往都有这种手笔。

至于诗句偏散文化，恰恰是宋诗的宝贵之处，因为散文句法能够让诗拥有更多的变化，为诗平添一股苍劲之气。宋诗固然有追求朴拙的审美趋向，但宋人何尝丢了诗的“鸢飞鱼跃”之美呢？这二者是不矛盾的——朴拙并不等同于笨拙。其实只要我们稍稍细读宋人作品，就知道宋诗既具备庄重之质，又不丢失飞扬灵动之妙。譬如黄庭坚的作品最能说明宋诗的特色，在他的诗里，即便是在表达一些沉重的情感，也写得矫健有力：

万里相看忘逆旅，三声清泪落离觞。
朝云往日攀天梦，夜雨何时对榻凉。
急雪脊令相并影，惊风鸿雁不成行。
归舟天际常回首，从此频书慰断肠。

——黄庭坚《和答元明黔南赠别》

绍圣二年(1095)，黄庭坚被贬为涪州别驾、黔州安置，他的长兄黄大临（字元明）陪他跋山涉水到贬所，这首诗是分别时黄庭坚写给黄大临的。

且看看此诗用词的来历。“三声清泪”出自古乐府《巴东三峡歌》：“巴东三峡巫峡长，猿鸣三声泪沾裳。”朝云句借襄王神女事，指黄氏兄弟昔日的雄心壮志。

韦应物《雨中招张司业宿》：“能来同宿否，听雨对床眠。”夜雨对榻，指兄弟朋友在悠闲的心境下畅谈——黄庭坚是说，壮志不遂，但求退隐于家，与兄夜雨对榻谈诗论学。

“脊令(音líng)”出自《诗经·小雅》：“脊令在原，兄弟急难。”“鸿雁不成行”出自《礼记·王制》：“父之齿随行，兄之齿雁行。”脊令鸟、雁行，都喻指兄弟。黄庭坚是说，急雪惊风之下，兄弟两人各为生存而奔忙。末联写兄长在归舟上频繁回首，希望他回去后，能常常互通书信以慰伤心。

此诗与《寄黄几复》一样，字字有来历，字字不艰涩。它与苏轼《过永乐文长老已卒》的不同之处在于，苏诗结句更悠远，黄诗则藏味于中二联的典故。从写法上看，黄庭坚这首诗与唐调七律有所不同：一是它的典故更密集，看似不经意的一两个字，都可能有来历；二是唐调七律往往像摆开了严整的战阵来打仗，讲究排兵布阵，迥异于日常的说话，而黄庭坚这首诗则没有辛苦安排的痕迹，似乎是诗人随兴而说的一番话，只不过这番话刚好是有韵的而已，这种艺术效果，也是从散文那里得到滋润而成的。

再看黄庭坚的这首《书磨崖碑后》：

春风吹船着浯溪，扶藜上读中兴碑。（浯溪在湖南祁阳，起笔直书事情）

平生半世看墨本，摩挲石刻鬓成丝。（前半生只看到此碑墨拓本，如今亲手接触，双鬓已白）

明皇不作包桑计，颠倒四海由禄儿。（点出安史之乱爆发的原因）

九庙不守乘舆西，万官已作乌择栖。（唐玄宗与文武百官仓皇逃难窘状）

抚军监国太子事，何乃趣取大物为。（抚军监国是太子本分之事，太子却在乱中袭取皇位）

事有至难天幸尔，上皇局蹐还京师。（安史之乱能平定，是天赐的好运，玄宗成了太上皇）

内间张后色可否，外间李父颐指挥。（写肃宗皇后和李辅国的骄横）

南内凄凉几苟活，高将军去事尤危。（玄宗被李辅

国幽囚在南内宫中，忠臣高力士被逐）

臣结春陵二三策，臣甫杜鹃再拜诗。（元结和杜甫均有反映民生多艰、哀痛玄宗失位的作品）

安知忠臣痛至骨，世上但赏琼琚词。（世人不懂元、杜深意，只知道欣赏他们的绝妙文辞）

同来野僧六七辈，亦有文士相追随。（从历史回到现实，写同去观碑者）

断崖苍藓对立久，不、冻雨为洗前朝悲。（冒雨对碑，寂寞肃立，忧心宋室重演唐朝悲剧）

陈衍认为，宋诗的精华在近体诗，不在古体诗。这个观点只宜作为陈衍的一家之言，难以成为公论，因为宋代诗人擅长古体的并不少，即便是以七绝名世的王安石，其七古也颇多可观之作。这首七古《书磨崖碑后》，取自精擅近体诗的黄庭坚的诗集中，其水平绝不输于唐代的任何一首七古大手笔。

唐朝平定安史之乱后，亲历大乱的元结，写下一篇《大唐中兴颂》，并请颜真卿写成楷书刻于浯溪边的石崖上，史称磨崖碑。黄庭坚晚年登崖观碑，写下此诗。这是重大题材，一般以古风呈现。李白的《古风五十九首》，杜甫的《自京赴奉先县咏怀五百字》《北征》都是如此。

这首七古取法李商隐的《韩碑》而不逊于《韩碑》。它大量使用散文句法（如“臣结春陵二三策，臣甫杜鹃再拜诗”），表意层次分明，每句都干净利落，无冗字，不拖沓。诗中展现的深见卓识，令人扼腕——崇宁年间，徽宗起用蔡京等人，党狱重起，国势日颓。忧患之中，黄庭坚发出了自己的声音。不过，涑雨没有洗去前朝悲。这首诗问世后二十余年，金兵攻破汴京，北宋灭亡。

关于这首诗，陈衍在《宋诗精华录》里点评说："音节甚佳，而议论未是。"对此，陈寅恪先生说："此诗议论甚是，造语亦妙，何止'音节佳'也！石遗以易安居士《浯溪碑诗》议论不合，弃而不录，同一误解。"是为公允之论。

感谢宋人，为我们留下这么多瑰宝，为后世开如此多法门。宋诗及其背后的精神，将继续滋润国人。

读经何为？不如学诗

圣贤不是靠背诵造就的

“读经”这个话题，在最近的二十多年里，频频引起人们的关注。

讨论的要点，仍在台湾某教授所倡导的儿童读经运动。这个运动，已经在大陆运行多年，信从者众，这种教育主张少年儿童多背诵经典书籍，即使孩子一时不能理解，也不要紧，只要背下去，长大后会有理解的时候；在读经学堂里，教师只负责带领儿童背诵书籍，不讲解；那些能背诵三十万字的少年，可以进入他们最高级别的书院求学……

根据主事者的自述，这种读经教育的目标是培养圣贤。

这个说法，可谓从一开始就错了。如果有一个人，他没有拿过世界杯冠军，却开了一个足球培训班，然后告诉世人说“我们的目标是培养世界冠军”，这话听上去口气很大，但从道理上来说，是可以相信的。因为“世界冠军”是一种荣誉，属于“利”方面的内容，与德行无关，而且想要获得冠军，必须通过比赛，而足球比赛是团体合作，不需要施教者上场，所以即使教练不会踢球，也能教出好的弟子。在现实中，也确实有不少踢球不好的人成了顶级教练。

不过，如果有这么一个人，读书多，但不懂诗词格律，却开了一个培训班，宣称要培养诗人，写近体诗。对于这句话，可千万不能相信。这是因为，“诗人”两个字，包含了人的品格、作诗技巧等因素，属于“义”方面的内容。要想培养出诗人，施教者必须自己首先是诗人。不然，即使让学生把唐宋名家的诗集全部背诵下来，也学不会写诗，更别说成为诗人了。这种例子实在不胜枚举。譬如在古典文学研究领域里，不少从业者写起论文来洋洋洒洒，却连一首文从字顺的律诗也写不出。

儒门的教育也跟诗人的培养一样，都属于“义”方面的内容。从本质上说，儒学是实践性的学问。一个人要称得上“儒者”，必须做到言与行相合无间。《论语》说：“子路有闻，未之能行，唯恐有闻。”赞扬子路勇于实践，因为子路知道了一个道理，若是未能躬行，就唯恐再听闻另一个道理。在《论语》里，类似的表述还有许多，比如：“古者言之不出，耻躬之不逮也。”又如孔子的这个慨叹：“始吾于人也，听其言而信其行。今吾于人也，听其言而观其行。”这都说明，儒者必须在实际言行中体现出其所知道的义理。

正因为儒学要求言行一致的特性，所以如果有人推行一种目标是培养圣贤的教育，那么其人必须先具备一个条件：他是世所公认的圣贤。退一步说，他即便不是圣贤，也必须是合格的儒者。但事实是，目前各种读经学堂里的教员，薰莸同器，有些教员甚至连理解经典都成问题，其身份更多的是“高级伴读书童”。自身尚非儒者，而欲教人成为圣贤，这已经不仅仅是以己昏昏使人昭昭的不自量力，更是一种欺世行为了。

其实真正的圣贤，是不会以“圣贤”名号自居的。孔子在世时就被视为圣人，但他自己说：“若圣与仁，则吾岂敢！”不以圣者和仁者自居。细看孔子的言行不难发现，他没有任何高自位置的意态，当理想无法实现的时候，他会跟弟子感叹：“道不行，乘桴浮于海。”多么诚挚，何尝有高言大句欺世？孔子设教的用心，并不是让自己成为什么圣贤，也不是要把弟子培养成为圣贤，而是希望每一个来学的人，都能成为人格高贵的士君子。

在儒门体系中，存在着“士人、贤人、圣人”这个由低至高的序列，即所谓“士希贤、贤希圣”是也。在这个体系中，士是基石，圣贤只是其中的卓绝者，他们本质上也是士人。今人提倡儒学，要说教育目标，也宜说是培养士人，因为能否培养出贤人，是要看个人造化的。事实上，一个人要成为贤者，不仅需要读书好，更要做出了不起的事情，有功于人群，方能得此称号。古之贤者，莫不如是。今人直接越过士人而侈谈圣贤，是急功近利的表现，与儒家严明“义利之辨”的精神背道而驰，其说之不可行，是显而易见的。

在无因果处用力

“背诵三十万字经典”“长大后自然会理解”，这是常见的读经教育者的主张。这类说法的背后，所抱持的是“经典书籍里面每句都好”的意态。问题是，“三十万字”指标如何定出？若不向孩子讲解，凭什么认为孩子长大后一定能懂？就经典而言，即便是每句都蕴含哲理，也需要人在自己的生活中反复推寻、印证，有了一个反求诸己的过程之后，前贤说过的话才会在自己心中有生命力，不然就只是纸上的遗训而已。

赋予读经如此深切重大的意义，其实展现的是一种“期必如此”的思想状态。这种表现似乎极其推尊经典，实则大大降低了经典的价值。孔子说“毋意、毋必、毋固、毋我”，章太炎先生说“事无证验而必之者，非愚即妄”，他们所绝去的“必”，即此之谓。

在现实中，我们可以看到许多“必”：读儒家经典，定能成为士人；背诵够多少字，可成大才。又或是反过来：儒家经典是现代化的阻碍，不能再读；封建残余，桎梏心性，何足寓目……后一种声音，我们绝不陌生，鲁迅就说过：“欧战时候的参战，我们不是常常自负的么，但可曾用《论语》感化过德国兵，用《易经》咒翻了潜水艇呢？”（《十四年的“读经”》）面对这种强悍的逻辑，我们除了拍一下大腿，实在也没有什么可以做的。

对典籍的极端推尊与贬斥，人们态度迥异，然而论者所犯的“必”之病，则是相同的：他们建立起一些牢固的因果关系，然后倡导人群遵循。

因果之说，并非专属于佛家，儒家早就有之，比如《周易》说：“积善之家，必有余庆。积不善之家，必有余殃。”这种言说，有着导人向善的深意，然而人若读后则认定世界必是如此，恐不尽然。司马迁在《伯夷列传》中感慨地说，像盗跖那种做了许多坏事的人，他们活得很好，像伯夷、叔齐那样的善人却活得很惨，历代都有很多这种情况出现。对于世间流行的“天道无亲，常与善人”之说法，司马迁表示“余甚惑焉”。

司马迁的感慨，在某种程度上说也是世界的一种真相。我们习惯言说的“经”，指的是常道，确切来说，“经”是一种应然，即引导人应该如何表现。然而在浩漠的人间，除了“常”，还有许多“变”。对于后人来说，仅学习经典中那些义正词严的道理是不够的，还需要认识世间的种种“变”。这部分内容往往不在经籍中，而是在我们的生活中以及前人的史部书籍里。

在1925年《史地学报》第三卷第七期里，载有柳诒徵先生的《历史之知识》一文，文中这样说：

> 历史的事实，有些是有因果的，有些又无因果。又如孔子，大家都说他是宋之后裔，又居于鲁国礼义之邦，故能产生出这一个伟大的人物来。但是宋之后

裔而居鲁者何止一孔氏，孔氏一门的人居鲁者又何止孔丘一人，而何以独孔丘能成为伟大人物？这可以说是无因果的。又如蒙古种族，由荤粥而匈奴，由匈奴而鲜卑而突厥而蒙古，何以独于秦、汉之间能产生出一个冒顿单于，这也可以说是无因果的，是偶然的。因此我们可以得一教训：我们处世，应当在无因果处用力，来适应环境，适应历史。故历史的最后，还是无因果的，须凭个人自己去造因果。

柳诒徵先生是史家，也是儒者，这段话说得意味深长。在儒家精神中，孔子的“知其不可而为之”极堪寻味，他明知天下无道，仍然不辞辛劳地去行道、明道，就是希望“在无因果处用力”，使得世界更好。

司马迁也是一样的心情。在《伯夷列传》中，他感慨恶人得好报、善人无好报之后，笔锋一转，说伯夷、颜回这些人虽然有善行，但也是因为得到孔子的称赞而名垂后世。司马迁是在表达一种意愿：即便天下无道，他也要做一个像孔子那样的人，通过自己的记录，让善人留名后世，让恶人恶行昭彰。在认识乃至经历了世间的许多“变”之后，司马迁对“常”道更加坚持，他也是“在无因果处用力”。

今人盛言读经、谈史，然而读经者多显得拘迂，谈史者又容易陷入各种阴谋斗争的泥淖之中。司马迁的《伯夷列传》以及柳诒徵的上述言说，可药此病。

今之国学教育，缺少活泼滋润之功

早在1935年，学者何炳松先生主编商务印书馆《教育杂志》，就曾发函给全国文化界名家，向他们征求关于读经的意见，共收到七十多篇回复，其中包括蔡元培、唐文治、钱基博、陈立夫等名流的看法。可以这样说，今日关于读经问题的所有争论，几乎都能在1935年的那些意见中找到同调。

这是一场不可能有结果的争论。比方说，什么是经？这个概念在今天就很不清晰。《庄子》被称为《南华真经》，《老子》又名《道德经》，佛家有《金刚经》，喝茶方面也有一部《茶经》……但最早有“经”这个名堂、影响也最深远的，无疑是《诗》《书》《礼》《易》《春秋》这几部先王政典，即古人常说的五经，它们都跟孔子有关：《春秋》是孔子据旧史而作，其他四部典籍也都经过了孔子的整理。

在汉代，《论语》的地位已经很重要，但因为不是先王政典，所以当时的人并不称之为经，而是将其看作辅助解经的要籍，是谓“传”。这并非说《论语》比不上五经重要，而是说“经”这个概念原有其清晰定义。后来，经书内容不断扩充，宋代出现十三经的说法，把属于子书类的《孟子》收了进去，此外，《尔雅》是解经的书，也成为十三经之一。这已经显得有点不伦不类了。至于今天的一些国学教育者，把读《弟子规》这种末流文献的行为也称为“读经”，就更不值一论了。

那么，要不要读经？关于这个问题，只要简单地想到这一点就可以了：只要我们还在使用汉字，当然就要读，因为无论你是赞成还是反对经典，都必须植根于你对经典有所知的基础上。事实上，百年来国人围绕“读经”话题争论不休，本身就说明这些经典是需要我们去了解的。

有一天，一位热爱传统文化的兄长给我转来一篇文章，文中用半生不熟的文言，以古贤的口吻，批评这个时代礼崩乐坏。观其言，文章作者仿佛是一位老夫子，然而实际上只是一位十岁左右的孩子而已。兄长很忧虑：“这孩子学传统文化，都成老苗子了。”

这个担心很对。当前的国学教育尤其是少儿国学教育，存在着一个普遍问题：干枯，没有滋润活泼生命之功，只是在批量制造一些面带忧国忧民之色的俗儒而已。

其实，与其让小孩子耗费心力去阅读或背诵各种大道理，还不如让他们去学好一两门具体的“艺”——例如学诗词或文言文的写作。这是因为，会说千百种道理，不如掌握一艺，因为道理往往是从纸上得来的，而学艺则是直接与古人精神往来。孔子主张“游于艺”，可谓颇具深意。

《诗经》说：“鸢飞戾天，鱼跃于渊。”所谓的“鸢飞鱼跃”，指的是精神上一种自由、活泼之境界。诗文是助人通往“鸢飞鱼跃”之境的直路，人沉浸其间，会得到一种极好的熏陶，同时又不至于斫伤了生命力。

孔子非常重视《诗经》。《论语·泰伯》说："兴于诗，立于礼，成于乐。"钱穆先生的《论语新解》解释这句话时说："本章见孔子之重《诗》教，又重礼乐之化。后世诗学既不尽正，而礼乐沦丧，几于无存，徒慕孔门之教于语言文字间，于是孔学遂不免有若为干枯，少活泼滋润之功。此亦来学者所当深体而细玩之。"

从本质上说，人是不能被说服的。诗的重要性在于，它能感发人。清代学者焦循在《毛诗补疏序》一文里说："夫《诗》，温柔敦厚者也，不质直言之，而比兴言之，不言理而言情，不务胜人而务感人。自理道之说起，人各挟其是非，以逞其血气。激浊扬清，本非谬戾，而言不本于性情，则听者厌倦。"此语甚要，足以令人深思。

后世的诗，也与《诗经》的精神血脉相通。在历代的诗中，唐宋诗又占据了极其重要的位置，它们既是汉魏古诗的总结，又是璀璨的近代诗最重要的取法对象。在中国诗史中，唐宋诗可谓承前启后、继往开来，是后人在学习中国传统文化时必不可绕过的内容。

然而，我们今时看到的实情，不仅仅是诗教缺失，后进学得干枯，就是那些振臂高呼复兴传统文化的人，自身往往连基本的诗文写作都不过关。如果他们会内省，应以此为耻，因为古贤并不会出现这种情况。这并不是说会写诗文就有多了不起，而是说如此基础的东西都未能掌握，如何倡导传统文化呢？

学习不是一件轻松的事

在读书方面，黄庭坚有这样一个说法：“大率学者喜博，而常病不精。泛滥百书，不若精于一也。有余力，然后及诸书，则涉猎诸篇亦得其精。盖以我观书，则处处得益；以书博我，则释卷而茫然。”

朱子很喜欢这个说法，认为“有补于学者”。黄庭坚这番话有两个意思，一是读书要守约，不可泛滥；二是阅读时要多涵泳，于自己的生命有切实体验，方为有得，而不是一味追求多闻、多得。

这种读书精神，在今天似乎很难通行了。因为黄庭坚所提倡的，乃是一种真正对自己生命发生作用的学习，这将是一个非常漫长的过程，甚至很长一段时间后都可能不会让人感知到效果，这无疑与今人求快、求果的追求相违背。

一位在某国学教育机构工作的朋友告诉我：他们公司的业务对象以少年儿童为主，开有诗词写作、《论语》阅读、琴棋书画等课程，其中琴棋书画这些课程最受家长欢迎，而诗词写作、《论语》阅读等课程则乏人问津。

这是一个颇令人伤感的现实。家长是在让孩子追求多闻多得，而忽略了精神的塑造，可谓释本而务枝。这种功利心态，与某些国学教育主持者的欺蒙心理，可谓相得益彰。在目前可见的讨论中，人们只注意到国学教育者的一些弊病，却往往忽略了家长功利心态所造的恶。

重琴棋书画而轻诗词文章，跟追捧儿童读经教育的，都是同一批家长，他们无疑都被急于求售的心态所左右——学琴棋书画见效快，可以让孩子在人前表演；送孩子去背诵经典亦然，也是只要稍微一学，就能够在他人面前收获掌声。

然而真正能够影响生命质量的学习，又岂是学一下琴、背一些书这么简单的事呢？《论语》开篇说："学而时习之，不亦说乎。"拈出"说"字为教，这个字通"悦"，是比"乐"更深一层的感受。在孔门的教育理念里，学习应是一件愉悦的事。这是就大处着眼之说，并不意味着学习是容易之事，因为当你真正进入一种学问之后，将有大量的关节需要打通，这是需要付出艰辛劳动才能做到的。

其他的不说，单就学诗而言，即便你熟读各种选本，对于写诗来说收益也不大。前贤所教的学诗方法并不神秘，往往是建议你选取一两个心仪的诗家，扑入其世界，涵泳其专集，除此之外再博览其他诗家的作品。这是非常切实的意见，也只有这样，学者才能在诗方面真切有得，不容易跟着流俗之见走。

学诗文不易，学孔孟之道乃至其他学问，也一样要付出许多精力，才能真切受益。对于那些鼓吹教育是"不费吹灰之力"之事、只需要带小朋友背诵经籍即可的声音，我们应该想到，天下的便宜事，实在是比我们想象中要少得多的。

我们还看到，只要有人稍微质疑某读经教育的方法，读经主事者就认为这是反对读经、“断人慧命”。这倒是不劳主事者忧心，因为传统文化的典籍俱在，自有俊彦来读。其实翻开历史书就可以看到，数千年的文脉尽管受过各种损伤，然而何尝断绝过？

不愚不能诗

吾观少陵诗，谓与元气侔。力能排天斡九地，壮颜毅色不可求。浩荡八极中，生物岂不稠。丑妍巨细千万殊，竟莫见以何雕锼。惜哉命之穷，颠倒不见收。青衫老更斥，饿走半九州。瘦妻僵前子仆后，攘攘盗贼森戈矛。吟哦当此时，不废朝廷忧。常愿天子圣，大臣各伊周。宁令吾庐独破受冻死，不忍四海赤子寒飕飕。伤屯悼屈止一身，嗟时之人我所羞。所以见公像，再拜涕泗流。推公之心古亦少，愿起公死从之游。

——王安石《杜甫画像》

杜甫的诗名，并不显著于他在世的时候。与他同时代的殷璠编选《河岳英灵集》，选录了二十四位诗家的二百三十四首诗，然而并没有收录杜诗。

杜甫的一大贡献，在于七律。七律这种体裁，兴起于齐梁时期，在初唐定型。在初唐，七律多被人们用来应制或酬唱，内容大率浅薄卑靡。像李白这些重要诗人，都不注重这一体裁。杜甫论诗，不薄齐梁，他专力写七律，尤其是在夔州时期的七律组诗，冠绝古今。可以这样说，七律后来能够取得与古风抗衡的地位，与杜甫有密切的关系。

然而在杜甫去世之后，中唐诗人也并不重视七律。白居易的《与元九书》说：“(律诗) 非平生所尚。”元稹也说：“律体卑下，格力不扬。”元、白学杜，学的是乐府方面。中唐的另一名家韩愈，也并未专力写作律诗，而以古风见长。

到了晚唐，有一个天才诗人以杜甫为师法对象，那就是李商隐。李商隐学杜是全方位的，一方面，他正如近世学者潘伯鹰先生所说的，专取杜诗骨力沉雄的一面，而以秾丽华美的词汇装点门面；另一方面，他以写古风的严肃态度去写七律，并且糅合了李贺的精髓，自成一种独特的风格——迷离梦幻的无题诗。

宋初诗人尊尚李商隐，出现了“西昆体”，但西昆诸家学李商隐，并不像李商隐学杜，他们所做的，只是对李商隐的清词丽句进行生吞活剥，所成的作品未见骨力沉雄之格。这种行为不可能高明正大，是以宋初诗风相对萎靡。

在苏舜钦、梅尧臣、欧阳修等人的革新下，宋代诗坛开始出现变化。但欧、梅的诗风，清扫华丽，力主清新平易，稍欠余味，与白居易庶几近之。在诗文方面，欧阳修尊崇的是韩愈，他并不喜欢杜诗。陈师道的《后山诗话》说：“欧阳永叔不好杜诗，苏子瞻不好司马《史记》，余每与黄鲁直怪叹，以为异事。”

关于《后山诗话》一书，自宋代以来就有不少人认为不是陈师道所作，但是细看此书关于诗的议论，每每切中肯綮，大异于那些自身不会作诗的诗话作者，作者自是深于诗道之人，未可轻易断言不是陈师道所作。

在王安石之前，北宋诗坛尚未有人专力学杜。一直到王安石出来，宋代诗坛才有了尊杜之风。梁启超的《王荆公评传》以及黄节的《诗学讲义》，都认为王安石是宋代学杜第一人。

这一首《杜甫画像》，其实就是王安石在陈述他自己对杜诗的认识，诗中“与元气侔”“壮颜毅色”“丑妍巨细千万殊”这些表述，就是王安石对杜诗的意见。关于杜诗，他曾经赞赏说“绪密思深”，诗人如何看待诗人，这些论述非常值得我们仔细推寻。

王安石早年的诗作，气很盛，意直白，颇欠余韵。到了生命的后期，其诗一扫这些缺点，变得深婉不迫。下面这一首《送邓监簿南归》，是他晚年诗作中的精品：

不见骊塘路，茫然四十春。
长为异乡客，每忆故时人。
水阅公三世，云浮我一身。
濠梁送归处，握手但悲辛。

此诗作于宋神宗元丰六年，其时王安石经历过两度罢相的宦海浮沉，退居金陵，不再过问政事。邓监簿是他的老友邓铸，自临川老家来金陵探望他，分别之后，他写下了这首五律。细看全诗，不难发现作者心中悲郁之情甚浓。离乡四十年，与老友的此番见面，已是垂暮之年，离别之后，不知何日能够再见——两人别后三年，王安石就去世了。“水阅公三世，云浮我一身。”这轻描淡写的十个字，真可谓是将王安石的每一项人生内容都包含进去了。

宋代之后，诗家、论者都喜欢说学杜。人们对杜诗的铺天盖地的赞扬，这里就不多征引了。在这些赞美之词中，有不少说得玄乎其玄，仿佛杜诗的每一句都极好，每一首作品都极具深意。对于这些意见，其实是完全可以不必理会的，这是因为：懂的人，一句话就够了；不懂的人，即使说得唇焦舌敝，也不能击中要害。

历代的诗话，可谓汗牛充栋，该如何看待别人论诗之言？这时候，如果能够恪守这个原则，一定是没错的：论者本人要具备出色的创作能力，其对诗的意见才最值得寓目。我们知道，许多论诗之言之所以会让人看得云里雾里，根本原因往往是论者本人不会写诗。

要知道杜诗为何好，还需要回顾历史上那些非常擅长写诗之人的意见：

> 古今诗人众矣，而杜子美为首，岂非以其流落饥寒，终身不用，而一饭未尝忘君也欤？
>
> ——苏轼《王定国诗集叙》

苏轼这个意见非常精辟。杜诗之所以好，源于杜甫其人的可贵，而杜甫其人可贵之处，就在“一饭未尝忘君”这几个字里。后人以今律古，批评苏轼的这个评论是矮化了杜诗，因为这个评价显得杜甫有点“愚忠”。

是的，这个“愚”字，已经被今天的“聪明人”弃如敝屣了。然而今人对杜甫“愚忠”不以为然的地方，恰恰是解读杜诗的最关键之处。

杜甫这个“愚”，并非真愚，而是一种“择善而固执之”的意念。他忠于唐朝皇帝，这是事实，然而他的本心是为天下苍生贡献力量，其所着眼之处，是整体大群的幸福而非一姓江山的得失，更不是在意自己一身的进退。在现有的人间秩序里，合法的李唐政府当然是最能帮助杜甫实现理想的地方，他心系李唐主政者的安危，不是再自然不过的事情吗？

无论时间过去多久，无论社会怎样改变，杜甫身上这种对道义的向往与坚守，都是能够保育人群的伟大精神。如果一个群体竞相嗤笑杜甫的这种表现，无疑是以临难苟免为贵，以唯利是图为高，这样的人群一旦遭遇外患，其局面必然是人们各私其私，必不可能有人出来捍卫人群的利益，终将一败涂地。

章太炎在《国故论衡》里说：“《记》称《诗》之失愚，以为不愚固不能诗。”这句话非常深刻，只有深谙诗道者才能说出，可与苏轼上面那番话互相发明。这个表述，是章太炎接着《礼记》里的话而说的。《礼记·经解》这样说：

> 孔子曰：入其国，其教可知也。其为人也，温柔敦厚，《诗》教也；疏通知远，《书》教也；广博易良，《乐》教也；絜静精微，《易》教也；恭俭庄敬，《礼》教也；属辞比事，《春秋》教也。故《诗》之失，愚；《书》之失，诬；《乐》之失，奢；《易》之失，贼；《礼》之失，烦；《春秋》之失，乱。其为人也，温柔敦厚而不愚，则深于《诗》者也；疏通知远而不诬，则深于《书》者也；广博易良而不奢，则深于《乐》者也；絜静精微而不贼，则深于《易》者也；恭俭庄敬而不烦，则深于《礼》者也；属辞比事而不乱，则深于《春秋》者也。

上面这段文字，详细谈了《诗》《书》《乐》《易》《礼》《春秋》六经之教及其得失。其中《诗经》能够培育人温柔敦厚的品性，不过如果温柔敦厚过头了，则使人近于“愚”，只有温柔敦厚而不愚之人，才是深明《诗经》精义者。

鱼和熊掌，从来都是难以兼得之物。在现实中，“温柔敦厚而不愚”之人，一定是少之又少的，因为这是一种接近至善的状态。《诗经》之教，当然不是导人通往愚蠢，章太炎在“《诗》之失愚”这句话后接上“以为不愚固不能诗”，意在强调：宁愿显得“愚”，也不能丢失了对道义的坚守。

怎样的表现，会显得一个人“愚”呢？杜甫忠君就是如此，司马迁为李陵说话也是如此。在李陵投降事件发生之后，汉武帝震怒，司马迁依然敢触犯上意，站出来为李陵说公道话。难道司马迁会比我们更不知道，汉武帝既是雄主，在某种程度上也是一个暴君吗？在这个时候，司马迁似乎是一个“愚人”。

韩愈也是如此。当举国佞佛的时候，已过知天命之年，身居要职且名满天下的他，冒着生命危险规劝皇帝停止佞佛，他难道不知道此举会给自己带来什么风险吗？在这时，他也是一个“愚人”。

然而这些人物之所以伟大，也正在这些地方体现出来。扩而论之，世间伟大人物的表现不都是这样吗？只不过，在“聪明人”满街走的今天，这种“愚人”应该越来越少了吧。

“不愚固不能诗。”大哉斯言也！

该指责唐人张巡吃人吗？

两公天下骏，无地与腾骧。
就死得处所，至今犹耿光。
中原擅兵革，昔日几侯王。
此独身如在，谁令国不亡。
北风吹树急，西日照窗凉。
志士千年泪，泠然落奠觞。

——王安石《双庙》

这是王安石题写张巡、许远二人祠庙的诗。张巡和许远是唐代名将，安史之乱间，安庆绪遣大军南下，欲吞包江淮。张巡和许远二人，率军死守河南睢阳。睢阳是江淮屏障，一旦失守，江淮将会不保。唐朝的税收粮食，皆仰赖富庶的江淮，如若江淮失守，唐室势将危殆——晚唐经历黄巢之乱后，唐室失去对江南地区的控制，旋踵而亡。

张巡死守睢阳十个月，在内缺兵粮、外无援军的情况下，斩将三百余人，歼敌十二万人，虽然最终兵败被杀，但为唐军争取到组织反扑的战机。睢阳失陷后没几天，唐军就收复了洛阳，而叛军由于在攻打睢阳的过程中损耗重大，再也无力南下，唐室由是转危为安。

“两公天下骏，无地与腾骧。”这两句是说张巡与许远都是天下奇士，但都没有得到施展才能的空间。在起兵抵御叛军时，张巡是真源县（今安徽亳州）县令，许远是睢阳太守，官位都不高。腾骧，即奔腾。张衡《西京赋》：“负笋业而余怒，乃奋翅而腾骧。”

“就死得处所，至今犹耿光。”这两句赞扬张、许二人死得壮烈，事迹流传至今，散发光辉，照耀后人。在古人眼中，死亡并不足惧，值得恐惧的是为了什么而死。司马迁说：“人固有一死，或轻于鸿毛，或重于泰山。”干宝说：“古之烈士，见危授命，投节如归，非不爱死也，固知命之不长而惧不得其所也。”与那些为财利而丧生的人相比，张巡之死，重于泰山。

“中原擅兵革，昔日几侯王。此独身如在，谁令国不亡。”这四句是说中原古来就多兵事，昔日已不知有多少人在这片土地上称王称霸，看那么多的朝代更迭，可知亡国是常事，但是像张巡、许远这样的忠义死节之士，虽死而犹生。这是一种深远的历史眼光，也恰好说明了古人表彰忠义之士，并非只是强调对具体的某一姓效忠，而更是奖进刚正不屈的人格，斥退苟且自利的思想。

“北风吹树急，西日照窗凉。”这是全诗最关键也是最沉痛的地方。这两句表面上是写祠庙里的景象，实质大有玄机，有着非常深远的寄托。据《苕溪渔隐丛话》记载：

> 半山老人题双庙诗云："北风吹树急，西日照窗凉。"细详味之，其托意深远，非止咏庙中景物而已。盖巡、远守睢阳，当时安庆绪遣突厥劲兵攻之，日以急困，所谓"北风吹树急"也。是时肃宗在灵武，号令不行于江淮，诸将观望，莫肯救之，所谓"西日照窗凉"也。此深得老杜句法。如老杜题蜀相庙诗云："映阶碧草自春色，隔叶黄鹂空好音。"亦自别托意在其中矣。

当时唐肃宗在灵武即位不久，朝廷号令不行于江淮地区，江淮诸将只是坐观张巡死守睢阳。"北风吹树急"，说的是北方的叛军来势汹涌。"西日照窗凉"，字面上是说西边的太阳照不到窗台上，实质是说江淮诸将不听令，观望时局以决定投敌还是拒敌。

张巡死守睢阳的惨烈程度，令人闻之色变。当时城中断粮，能吃的东西都被吃光了，城中开始出现食人现象。为稳定军民之心，张巡先是杀死爱妾，然后杀城中妇女老弱给将士充饥。据《资治通鉴》卷二二〇记载，食人开始后，"人知必死，莫有叛者"。从另一角度看，睢阳的妇女老小在面临为人所食的大难中，可谓是不叛唐也必死，而投敌或可有生机，但他们仍未叛唐迎敌，也可窥出张巡平素爱恤军民，而叛军暴虐，不得人心。

叛军如若攻破睢阳，下一步就是临淮。当时的临淮节度使贺兰进明，率重兵镇守该地。张巡因此派得力副将南霁云冒死出城，奔赴临淮向贺兰进明求助。但贺兰进明毫无出师救援的意思，只是每日与部下设宴作乐。《旧唐书》卷一八七：“霁云既不能达主将之意，请啮一指，留于大夫，示之以信，归报本州。”南霁云痛斥了贺兰进明一番，当着他的面咬下自己一根手指，以此作为对张巡的交代，然后重返睢阳与叛军死战。

近人指责张巡吃人是为了全忠义而丧失人道精神，进而批评中国传统文化漠视生命。实际上，中国传统文化从未鼓励过食人，有的是《孟子》这种在今人看来显得“迂腐”的告诫：“行一不义，杀一不辜，而得天下，皆不为也。”在张巡之后，古人仍没有认为为了顾全国家就可以食人。张巡之事有着特殊的极端性，古人对他的颂扬，也只针对他的忠烈而非食人。其实，在唐代就不乏批评张巡的声音。《资治通鉴》卷二二〇：“议者或罪张巡以守睢阳不去，与其食人，曷若全人。”批评者的弦外之音是，张巡与其死守睢阳一地，导致食人惨剧，还不如率众弃城逃走，这样还能保全百姓。

但历史何以容得假设？当时城中将士疲乏，城外又敌兵重重，率众弃城则与送死无异。而且叛军凶暴，曾有屠城之举。据《资治通鉴》卷二一九记载，叛将安武臣攻打陕郡，守将战死，安武臣屠杀了当地百姓。因此，即使是张巡向叛军投降，也不能确定可以保全睢阳百姓。

张巡义举惊世，但其食人之事，又没有任何合法性和正当性。读史、论史之难，就在于历史复杂，如何应对，是一个大问题。章学诚《文史通义》标举作史者应有史德，并推举“敬、恕”二义。刘咸炘先生的《治史绪论》说：“敬即慎于褒贬，恕即曲尽其事情。”其实何止是作史，读史、论史亦应有敬、恕之德。

一个人是轻薄抑或仁厚，往往在评议类似张巡这种人物及其事件上彰显出来。在这里，王安石显出了仁厚，做到了“敬、恕”二字，既曲尽了张巡守睢阳的详情，又谨慎而精准地下褒贬，赞扬张巡之刚烈，对其食人之事则不置赞语，但又没有回避此事，而是指出事件中更重要的问题：张巡浴血奋战，是为了保全江淮，而江淮兵将却不来救援。

“北风吹树急，西日照窗凉。”简约洁净的十个字，就包含了这么多曲折而重大的内情，诗人弃小取大，笔法极其高明。事实上，就王安石本人而言，他虽然施政刻急，受到不少訾议，但其人终是仁厚之士。比如苏轼与他曾经是政敌，但当苏轼身陷“乌台诗案”时，他仍恳切上书宋神宗为苏轼求情。

“志士千年泪，泠然落奠觞。”最后十个字，带出王安石对“西日照窗凉”之事所感到的悲凉和愤慨。全诗起得哀痛，结得悲壮，情感非常激烈，但又曲折表达出来。古今题写双庙之诗，皆得宾从此作。

沉雄是李商隐的底色

李商隐，字义山，号玉谿生或樊南生，河南人，是晚唐时候的一位大诗人。我们都知道，唐诗是中国文学一个很辉煌的成就。晚唐有了李商隐，可以说唐诗拥有了一个非常光辉的结局。

李商隐早年受到令狐楚的赏识，成了令狐楚的门生。令狐楚是一个大官，他的儿子令狐绹后来做了宰相，可谓一门显赫。在二十五岁那年，李商隐考中了进士，但也在这一年，令狐楚病逝，他失去了依靠。后来，李商隐娶了王茂元的女儿，这个事情成了他命运的转折点。

令狐楚和王茂元分别属于不同的政治派别。唐朝末期有一个现象叫“牛李党争”，这两派的斗争非常激烈。李商隐本来是令狐楚的门生，按理说属于“牛党”。后来他成了王茂元的女婿，而王茂元与“李党”首脑李德裕关系很好，被视为“李党”成员。李商隐于是就卷入了“牛李党争”当中。

“牛党”的人觉得李商隐“背家恩”，即认为他辜负了令狐家。李商隐虽然没有旗帜鲜明地站队，但他在政治上

李商隐

是同情正直、有作为的“李党”的。“牛李党争”的局面，逐渐变为“牛党”得势、“李党”式微。李商隐在这两个派别的斗争当中，一辈子沉沦下僚。他辗转于各个藩镇之间，做一些参谋、文书类的工作，过着穷愁漂泊、寄人篱下的生活，去世的时候仅仅四十六岁。

以上是李商隐身世的一个大概情况。李商隐名叫“商隐”，这个“商”字不是“经商、商业”的“商”，而是指商山。商山在陕西。西汉的时候，有四个老人在商山上面隐居，非常有名气，被称为“商山四皓”。“商山四皓”名声在外，以至于汉高祖刘邦都会向他们请教一些问题。所以“商隐”这个名字就是“商山之隐”的意思。他的字“义山”，也跟这个相关。

缪钺先生写过一篇文章《论李义山诗》，此文非常精彩，以下是其节选：

> 昔之论诗者，谓吾国古人之诗，或出于《庄》，或出于《骚》。出于《骚》者为正，出于《庄》者为变。斯言颇有所见。盖诗以情为主，故诗人皆深于哀乐，而同为深于哀乐，又有两种殊异之方式，一为入而能出，一为往而不返。入而能出者超旷，往而不返者缠绵。庄子与屈原恰为此两种诗人之代表。
>
> 李义山之心情，苟加以探析，殆极近屈原。“春蚕到死丝方尽，蜡炬成灰泪始干”，此义山自道之辞，亦即屈原之心理状态。固就此点而论，李义山固为中

国文学史上正宗之诗人也。

“昔之论诗者，谓吾国古人之诗，或出于《庄》，或出于《骚》。”这是说，古代中国的诗，一般来说有两条路子，一条路子是出于《庄子》，一条路子是出于《离骚》。

“出于《骚》者为正，出于《庄》者为变。斯言颇有所见。”有一个观点认为，出于《离骚》的诗是正格，出于《庄子》的诗是变格（方东树《昭昧詹言》卷一：“《庄》以放旷，屈以穷愁。古今诗人，不出此二大派，进之则为经矣。”缪钺先生所征引的说法，似本于此）。对于这个见解，缪钺先生认为非常好，他说：“诗以情为主，诗人皆深于哀乐。”主张诗人一定是一个性情中人，其人对这个世界很敏感，所以有很多喜怒哀乐要抒发出来。

“深于哀乐”有两种不同的表现方式，一种是“入而能出”，一种是“往而不返”。庄子是“入而能出”的，他有喜怒哀乐，但自己又能从这些情感中超脱出来。而屈原则是“往而不返”，字面的意思是“去了就不回来了”，他把感情全部倾泻出来，是不会收束的。李商隐跟屈原一样，走的都是“往而不返”这条路。

“入而能出”的人，除了庄子，我们熟悉的还有苏东坡。苏东坡的生命历程也非常坎坷，他有很多痛苦，但他能让自己从这种情感中超脱出来。这是一种极高的人生境界，但就诗而言，却不尽然是好的，因为这容易导致作品不动人——当然，这是另外一个话题了。

“往而不返”的人，除了屈原、李商隐之外，大家熟知的还有杜甫、李贺、龚自珍，这种类型的诗人很多，即使是表现得很平淡的陶渊明，其内在的感情也是激烈的，也属于“往而不返”品格。龚自珍对陶渊明有一个很精到的论述：“莫信诗人竟平淡，二分梁父一分骚。”总体来说，“往而不返”的诗人数量为多，所以说“出于《骚》者为正”。

诗以“往而不返”为贵。梁简文帝说：“立身之道与文章异，立身先须谨重，文章且须放荡。”这句话的含义是说，写诗作文跟做人行事不一样，做人要知道克制，但写诗作文就不妨尽情地把感情抒发出来。李商隐在《祭小侄女寄寄文》里说：“明知过礼之文，何忍深情所属。”古人推崇的状态是中正和平，强调“过犹不及”。李商隐也意识到了这个问题，所以说自己写的是“过礼之文”，但他又知道控制不了自己，因为他太深情了。

这就是诗人李商隐，一个为诗而生的人。

从先秦到晚清，诗之所以一直是中国文学的最高殿堂，是因为“往而不返”的品格闪耀着作者的生命之光，使得诗成为超越于作者的学问和思想之上的文体。

缪先生说，李商隐的心情跟屈原是很像的。且看“春蚕到死丝方尽，蜡炬成灰泪始干”。“春蚕”是讲思念，从字面上说是诗人在想念情人。“丝方尽”的“丝”是借“思念”的“思”这个音。这句诗是说：到了死的时候，我对你的思念才会停止。“蜡炬成灰泪始干”，就是说我跟你长期不能相见，我的离恨要到蜡炬烧干的时候才消失。我们可以看到，李商隐的感情非常激烈，像是一团火，把他自己也烧着了，他的生命好像是完完全全为这种情感而存在的。缪先生说李商隐是中国文学史上正宗的诗人，这是一个很精确的评价。

李商隐的诗和文章，两字以蔽之，就是“深情”。但他的深情表现在诗里面又有两种非常不同的面目，一种是清丽，一种是沉雄。

“清丽”指的是字面上的华丽、好读。鲁迅说：“玉谿生清词丽句，何敢比肩。”鲁迅说这句话的背景，是有人拿他的诗和李商隐诗相提并论，他就说，李商隐清词丽句，我怎么能够跟他比呢？

什么是“清丽”呢？我们可以看一下《无题》（相见时难别亦难）。这首诗的情感是非常浓烈的，但是字面非常漂亮，我们阅读此诗，其实不用去挖掘它里面有什么指向，就会觉得这首诗真是太美了。

《无题》是很著名的“李商隐面目”，看起来很柔美，很伤感。这种类型的诗读多了，我们容易形成这样一个认识：李商隐是一个容易感伤、气格纤弱的人。

事实上是不是这样呢？我们还可以多看一下，且来看看《筹笔驿》这首诗：

猿鸟犹疑畏简书。风云长为护储胥。

徒令上将挥神笔，终见降王走传车。

管乐有才真不忝，关张无命欲何如。

他年锦里经祠庙，梁父吟成恨有余。

这首诗跟《无题》是非常不一样的。《无题》的意思很隐晦，我们不知道“春蚕到死丝方尽，蜡炬成灰泪始干”这两句诗，究竟是在说爱情，还是在说李商隐对“道”的追求，抑或是对事业的一种执着。没有人知道。

但这一首《筹笔驿》的意思，我们是可以明确看到的。《无题》的风格是清丽的，《筹笔驿》的风格则是沉雄的。所谓“沉”就是“重”，就是说表达的情感很沉着，是诗人经过无数的人生历练，再加上见识、阅读，所形成的一种深重的情感。所谓“雄”，就是字面开阔健举。

筹笔驿是地名，在今天的四川广元。相传诸葛亮出兵讨伐魏国，中途就在筹笔驿驻军。后世很多诗人来到这个地方怀古，写下了很多诗篇，其中以李商隐的这一首最有名气。事实上，从质量上看，它也应该是翘楚。

这首诗是李商隐晚年的手笔。诸葛亮是每一个中国人都知道的人物，在李商隐之前，就已经有很多诗家写过诸葛亮，这是重大题材。一个人的诗集要显得有分量，光有“相见时难别亦难”这种诗还不够，还需要在重大题材方面有拿得出手的作品。在这一点上，古人是非常看重的。那么，李商隐是怎样写得跟别人不一样的呢？

“猿鸟犹疑畏简书，风云长为护储胥。”开头就非常精彩。“简书”是指军中的命令文书。“储胥”是指军营的栅栏，在这里，“储”字是平声，读音同“除”。这两句字面是写筹笔驿的景象：这里的猿猴和飞鸟都显得犹豫迟疑，因为畏惧诸葛亮的军令；在这一带，风云屯聚，似乎还在护卫着诸葛亮的军营。其实这两句不纯粹是写景，而是加入了李商隐很高的想象力：连猿鸟都畏惧诸葛亮的军令，风云都听令于诸葛亮，更何况是人呢？诸葛亮的神武被淋漓尽致地表现出来了。

“徒令上将挥神笔，终见降王走传车。”这里要注意一下读音。“令”字在古代有两个读音，做动词的时候读líng，做名词、形容词的时候读lìng，这里的“令”字是动词，所以要读líng。“上将”是指诸葛亮，“降王”是蜀国后主刘禅——我们都知道刘禅的小名叫阿斗，是很平庸的一个人。“传车”要读zhuàn jū，不读chuán chē，指古代驿站的专用车辆。阿斗投降之后，坐车迁到洛阳去住了，并且乐不思蜀。这里也有李商隐的想象，诸葛亮死的时候，蜀国其实还没有被灭。李商隐这两句是说，诸葛亮治军再好、再神机妙算也没有用，他最终是在地下看着阿斗投降了。

“管乐有才真不忝，关张无命欲何如。”“管”指管仲，是名相；“乐”指乐毅，是名将。李商隐以“管乐”指代诸葛亮，因为诸葛亮在世的时候既主管蜀国的政事，又统领蜀国的军队，跟管仲和乐毅的身份是很贴切的。另外，根据《三国志》的记载，诸葛亮还没有出山的时候，“自比于管仲、乐毅，时人莫之许也”。就是说，诸葛亮还没有开始施展他的才华，就觉得自己是管仲、乐毅那样的人才。但是当时的人都不认可这一点——历史事实证明，诸葛亮是当得起这个自我评价的，所以李商隐说“管乐有才真不忝”。“不忝”的意思是“不愧”。“关张无命欲何如”是说，诸葛亮虽然有才华，但晚年已没有关羽、张飞这种大将的辅佐，又能怎么样呢？这句是解释诸葛亮失败的原因的。

“他年锦里经祠庙，梁父吟成恨有余。”“他年”这个词，在古诗文中有两个指向，一种是指未来，还有一种是指以前，这里指的是以前。这首诗前面六句说的都是诸葛亮，最后两句里，诗人李商隐出场了，他说自己当年路过成都锦里，拜谒了武侯祠，吟唱了一曲《梁父吟》，到现在还是遗恨未绝。

诗中的“梁父”，指的是《梁父吟》（又名《梁甫吟》），这是一首古曲。李商隐在这里提《梁父吟》，也是有来历的，根据《三国志》的记载，诸葛亮躬耕于南阳的时候，就喜欢吟唱《梁父吟》。

《筹笔驿》的好，首先体现在它的结构上。

“猿鸟犹疑畏简书，风云长为护储胥”用非常高的想象力，把诸葛亮的英明神武带到读者面前，是诗人极高才气的体现。这两句就像唱歌一样，一开始就唱了最高音，接下来需要变化。

第二联怎么办呢？音调马上转了，而且一转就转到了最低音：“徒令上将挥神笔，终见降王走传车。”这么神武的一个人，竟然收获了失败的结果，在地下眼睁睁看着蜀国被灭。痛惜之情自在言中。

接下来的“管乐有才真不忝”，激烈赞扬诸葛亮，感情调子又高高振起，但后面的“关张无命欲何如”，调子又无限低沉下去了。

这首诗的前六句，感情调子极尽高低起伏之能事，非常具有跌宕感。

最后一联“他年锦里经祠庙，梁父吟成恨有余”，李商隐的这个“恨”，是一种怅恨，既为诸葛亮的失败而发，其实也为自己而发——《筹笔驿》这首诗中有李商隐。

关于《梁父吟》这首古曲所吟唱的内容是什么，古人说法不一。但从古人对它的描述中可以想见，这应该是一首悲慨士不遇的曲子，其调苍凉郁愤。

李商隐在晚年写这首《筹笔驿》，以《梁父吟》扣着一个“恨”字来收结全诗，未必不是指向晚唐权臣压抑才士的现实。因为李商隐自己就在权臣的压制下，无法施展才能，于是就有了后人“虚负凌云万丈才，一生襟抱未曾开”的慨叹。在《筹笔驿》里，李商隐可谓既痛惜了诸葛亮的失败，同时也抒发了自己身世之慨。

《筹笔驿》全诗紧紧扣住一个“恨”字，感人至深。更关键的是诗中有李商隐在站立着。清代学者吴乔说：“诗中须有人，乃得成诗。”这句话的意思是，一个人写诗，要让人看到作者，知道作者是什么样的人、有什么样的感想。吴乔认为，如果诗中没有人，那就是“万篇一篇，万人一人，了不知作者为何等人”。如果《筹笔驿》这首诗没有最后这两句，那么它只是一首写诸葛亮写得很好的诗而已，跟李商隐的生命似乎没有什么关系。但有了这两句，就不一样了，我们可以感觉得到李商隐的“恨”，既是为诸葛亮的失败而发，也为自己而发，有一种很幽微的用意在里面。

《筹笔驿》是一首沉雄的诗。“沉雄”是古人评诗时用到的高级别赞美词，它的背后有一种精神：沉重的情感最好以雄健的字句表达出来。这其实是在提醒人们，即使在最哀痛、最伤感的时候，也要立得住，要有一种向上的力量把持住自己，在尽情舒放情感的同时，不让自己的生命被情感吞噬。

像《筹笔驿》这种诗，是李商隐的“里子”。而像《无题》《锦瑟》《春雨》那种面目的作品，则是李商隐的“面子”。面子要尽可能地漂亮，而里子就必须要有骨力。一本诗集跟一个人一样，可以样子不漂亮，但不能没有骨力。古人很讲究这一点。所以我们看《玉谿生诗集笺注》——这是李商隐诗集最经典的注本，看它里面的编排，第一首诗也叫压卷诗，是《韩碑》，这首诗也属于重大题材，亦是沉雄之作。

下面这首《安定城楼》，是李商隐年轻时的手笔，它的精彩程度丝毫不逊色于《筹笔驿》。《安定城楼》和《筹笔驿》，两诗一前一后，互相辉映，是李商隐诗集里两颗光彩夺目的明珠。

迢递高城百尺楼。绿杨枝外尽汀洲。

贾生年少虚垂涕，王粲春来更远游。
永忆江湖归白发，欲回天地入扁舟。
不知腐鼠成滋味，猜意鹓雏竟未休。

安定城楼在甘肃，李商隐的岳父王茂元在那边做过节度使。写这首诗的时候，李商隐大概是二十七岁，已经中了进士，按照唐代的规定，他还需要通过吏部的一个考试，方能获得官职。博学宏词科就是这种类型的考试。在这场考试中，李商隐本来已经被录用，但可能是因为他依附了王茂元，在最后时刻被中书驳下，也就是说落选了。失意的他，寄居在岳父王茂元幕中，写下了这首《安定城楼》。

“迢递”是形容很高很远的样子，“迢递高城百尺楼”是说城楼很高，诗人登到最高处了。“绿杨枝外尽汀洲”，往外看，视线的尽头是水边的平地。安定城是边塞，在我们的印象中，边地是荒凉的，但在这种地方居然能看到绿杨和汀洲，这应该是一件值得欢喜的事情。

然而诗人没有欢喜。他说：“贾生年少虚垂涕，王粲春来更远游。”贾生就是西汉的贾谊，非常有才华，但很年轻就死了。贾谊心忧天下，他给汉文帝上书，列举了国家多种值得痛哭、流涕、长太息的状况，说如果这些问题不解决，国家会很危险。王粲也是一个才士，东汉末年，天下大乱，他没有出路，跑去荆州依附刘表。通过这两句，我们可以看到，李商隐把自己比作贾谊和王粲：我像贾谊那样心忧天下，但在博学宏词科这个考试中落选，没有济世的机会，所以是“虚垂涕”；我投奔王茂元，就像王粲依附刘表那样，过着寄人篱下的生活。这两句说的都是失意的情况。

《安定城楼》这首诗的典故很密集。写诗使用典故，贵在能以古人事来抒写诗人心，不然就只是复述故事而已。“贾生年少虚垂涕，王粲春来更远游”这两句，好就好在有了“虚”和“更”这两个字。如果没有这两个字，那么这两句就不成其为诗句了，因为那样的话，李商隐只是在复述贾谊和王粲的故事而已。但有了这两个字，诗人的心情就出来了，诗句说的是李商隐，而不是贾谊或者王粲。

第三联非常好。“永忆江湖归白发，欲回天地入扁舟”用了范蠡的故事。范蠡帮助勾践成功复仇后，没有留恋权力，而是带着美女西施泛舟五湖，归隐去了。李商隐这里是说：我永远都想着自己能像范蠡那样，在白发苍苍的时候归隐江湖，但我的归隐是有前提的，那就是要做出一番回旋天地——即扭转乾坤——的事业。

这两句写得太好了，第一是托出了诗人的心志，第二是句子就像苍龙回旋一样，非常矫健有力。王安石特别喜欢这两句，认为即使是杜甫也无以过之。这个赞誉一点也不过分。

最后两句“不知腐鼠成滋味，猜意鹓雏竟未休”也用了一个典故。“鹓雏”是类似于凤凰的神鸟，“腐鼠”是死老鼠。《庄子》里有个寓言说，惠施做了魏国的宰相，他的老友庄子到了魏国，有人就跟惠施说：庄子要来抢你的相位了。于是惠施就派人到处抓捕庄子。庄子没有躲避，而是直接跑去找惠施，跟他说了一个寓言：在南方，有一种叫鹓雏的神鸟，不是梧桐树不会栖息，不是竹子的果实不吃，不是醴泉不喝——这些都是很珍贵的东西；而有一种凶猛的鸟叫作鸱，喜欢吃死老鼠，它看到天空中有鹓雏飞过，以为鹓雏要来跟自己抢死老鼠，就仰起头去吓那个鹓雏。李商隐这两句诗就是说，我是鹓雏，那些中伤我的人是鸱，你们对我的各种猜忌，就像是鸱对鹓雏的提防一样，你们在意的是高官厚禄，而我想要的是扭转乾坤的事业，所以我根本不会去抢你们的东西。

像《筹笔驿》《安定城楼》这种沉雄之作，能让我们看到李商隐的抱负和心性，看到他处在困厄之中虽然有伤感但绝不低头的气格。也正是因为有了它们，李商隐的无题诗才如此耐人寻味。可以这样说，沉雄才是李商隐的底色，如果没有这种底色，他的无题诗将会黯淡无光。

接下来，我们再来看看关于筹笔驿的同题诗作。下面这首《筹笔驿》，是晚唐诗人罗隐的手笔：

抛掷南阳为主忧。北征东讨尽良筹。
时来天地皆同力，运去英雄不自由。
千里山河轻孺子，两朝冠剑恨谯周。
唯余岩下多情水，犹解年年傍驿流。

罗隐大概比李商隐小二十岁，才华横溢，在晚唐时期的诗名也很高，然而这首诗写得不如李商隐。

“抛掷南阳为主忧，北征东讨尽良筹”开头两句写得非常平，没有想象力在里面，就像白开水一样，诗味很淡。反观李商隐《筹笔驿》的开头，高下立判。

但是罗隐的第二联写得特别好。“时来天地皆同力，运去英雄不自由”这两句是议论。写过诗的人都知道，诗里面的议论是很难写好的，但这两句非常棒，它的好，就在于背后有一种悲悯精神。一个人能成就大事业，除了必须具备相应的能力，还取决于很多外界因素，并不是说能力强就一定能成就伟大事业。这个外界的因素，古人常说的是时运。人的时运到了，天地都会帮他，所以罗隐说“时来天地皆同力”。但是如果时运不在他这里，即使是英雄，也会“不自由”。这是非常好的议论，它提醒我们不能“唯结果论”，即不能看到一个人成功了，就逆推此人是有才能的；同样，也不能看到一个人失败了，就认定此人没有才能。

“千里山河轻孺子”是说刘禅把江山拱手让给了魏国。“两朝冠剑恨谯周”，“冠”指文臣，“剑”指武将，“两朝冠剑”说的就是诸葛亮，因为他既是文臣也是主帅，“两朝”是指他先后经历了刘备和刘禅两位君主。“谯周”是蜀国大臣，当时魏军打过来，此人怂恿刘禅投降。这句说的是，如果诸葛亮地下有知，一定会恨谯周这个人吧。

尾联“唯余岩下多情水，犹解年年傍驿流”扣题：岩下的多情水，还在傍着筹笔驿流转，似乎在怀念诸葛亮。

罗隐的这首诗写得也很好，但比起李商隐的那一首来，就相形见绌了。首先这首诗里面只有诸葛亮，没有罗隐，这是它不如李商隐《筹笔驿》的地方之一。其次它的风格不够沉雄，起句就弱了。另外，它的布局平整，没有顿挫。诗文贵有高低起伏之势，李商隐的《筹笔驿》，情感忽高忽低，变化多端，是技法非常高的作品，而罗隐这一首诗没有这个变化。

沉雄一面的李商隐，值得我们细细咀嚼。

唐宋诗之争的本质

海内兵方起，离筵泪易垂。
怜君负米去，惜此落花时。
想忆看来信，相宽指后期。
殷勤手中柳，此是向南枝。

——徐铉《送王四十五归东都》

从时间的角度上讲，这一首是南唐诗，因为作者徐铉最先仕于吴国，然后是南唐，后随南唐后主李煜降宋，本诗作于南唐将亡的时候。然而从作者的身份上看，此作又可以被视为宋诗。

值得一提的是，徐铉的诗歌作品可以归入宋诗里，但是顾炎武、屈大均、陈恭尹等名家的诗作，就不能收进清诗的集子里。这里面牵涉到一个道义的问题。徐铉跟随李煜入宋，出任赵宋政府的官职，食宋之禄，他是承认赵宋政权的，所以把徐铉的诗归为宋诗，不会违背作者的意愿。而顾炎武、屈大均等人是坚定地反对清朝的明代遗民，清兵入关对他们来说不只是意味着亡国，更是亡天下，有着文化覆亡的痛感。尽管他们人生中有很大一部分时间活动在清朝，但后人为他们的作品划分朝代，应该是明而不是清，这是对前贤最基本的尊重。

宋代创造的文明，较之唐代更进一步。陈寅恪先生在《邓广铭宋史职官志考证序》里说："华夏民族之文化，历数千载之演进，造极于赵宋之世。"今人论及宋代，如果仍然困于"积贫积弱"的成见，必然一叶遮目而不见泰山。君不见，当年战胜赵宋的蒙元已经烟消云散，但宋人留下来的文化瑰宝，遗泽深远。

宋代文明的一个巨大成就，就是宋诗。徐铉此作，尽管算不上是典型的宋诗，但已粗具宋诗气象，它乍看平平，但静下心来读，就能感受到徐铉挥毫时的那种悠长情意。此等文字，臻于一种外枯中膏的境界，这也是宋诗的特点之一。

徐铉在文章议论上与韩熙载齐名，在学问上与弟弟徐锴齐名，是个博雅人物。宋太祖赵匡胤要灭南唐的时候，徐铉曾奉李煜之命出使大宋，意图让赵匡胤息兵。对于这位书生，赵匡胤给出了"卧榻之侧岂容他人鼾睡"这个著名回答。

诗题所写的王四十五，今天已不可考，从语词看，应该是徐铉的朋友。南唐的都城在今天的南京，东都指的是扬州。"海内兵方起"，是指赵匡胤统一中原的战争，当时打得如火如荼，南唐成了风中之烛，一吹即灭。在如此境况下，上至国家，下至个人的生死前途，都笼罩在一片迷雾中，而诗人此刻又与友人离别，焉能不"离筵泪易垂"?

"怜君负米去，惜此落花时。""负米"是《孔子家语》里的典故，说的是子路少时贫穷，为了让父母吃到米饭，要到百里之外买米背回家，风雨无阻。后来子路生活改善了，但其父母已经离世，他非常痛心。这里点出王君到东都，是跟父母有关。“惜此落花时”，暗用了杜甫的名句“正是江南好风景，落花时节又逢君”，点出了萧索的心情以及春尽的时节。

“想忆看来信，相宽指后期。”离别之后，怀想对方，只能寄托在来往的信件中；在分别的日子里，能够宽慰内心的，只能是那遥遥无期的再会之日了。“殷勤手中柳，此是向南枝。”古人送别，折柳相赠是惯例。其时徐铉在南京，而友人去扬州，从方位上看，南京在扬州的西南，所以这里用了“向南枝”。

在中国诗学史上，唐宋诗之争是一个重大议题。唐诗多是风人之诗，宋诗多是文人之诗。南宋诗人兼诗论家刘克庄认为：“以情性礼义为本，以鸟兽草木为料，风人之诗也。以书为本，以事为料，文人之诗也。”风人之诗讲求的是即景抒情，语句流美，容易上口，对诗人的天赋要求很高。而文人之诗则内敛深沉，语句可以不漂亮，但意思九曲八转，极尽迂回之能事，这就要求作者必须要多读书，胸中包罗各种典故，方可下笔。

从风人之诗的角度看，诗的确如鲁迅所说，已经被唐人写尽了。但从文人之诗的角度看，诗却永远不会有被写尽的时日。宋诗有着丝毫不逊于唐诗的价值，也正因为其实现了从风人之诗到文人之诗的转变，它才在唐诗的百尺竿头上，更进了一步。

从本质上看，唐宋诗之争并不是时代之争，甚至也不是风格之争，而是两种心性之争——反智抑或是尚智。参与唐宋诗之争的人，大抵会呈现这样一种面貌：宗唐者往往鄙薄宋诗，而宗宋者则并不否定唐诗。宗唐还是宗宋所折射出来的，是人对知识的态度。很难想象，一个不知道对古典知识端恭敬畏的人，会在诗学观上选择宗宋。因为有两种人，所以才有两种诗，是以“诗分唐宋”成了经久不息的议题。

相比而言，唐诗面目讨人喜欢，它拥有风韵飞扬、形格漂亮的外在特征。但是沉静有力的宋诗，负荷着对学问人生的思考，不能偏废。今人论诗，固然不能囿于唐宋，但仔细观察宋代以后的诗路，不难发现宗唐者往往成就不大，例如高举学唐大旗的明朝诗家，其作品水平上不如宋，下不如清；然而宗宋者则往往能开辟出一片新天地，如清末的郑珍，晚清民国的陈三立、郑孝胥、陈曾寿等，都卓然成家。这是一个值得深切注意的现象。

时移世易，“好平易而恶艰深”的价值观似乎更加深入人心，懒汉思维变本加厉，遂致今天有些人写诗，连平水韵都觉得碍手碍脚，于是出现了新韵改革、蔑弃格律这种隳坏古典文化的运动。在仇学风气的笼罩下，宗唐的人不会减少，宗宋的人反而成了怪胎，哪怕是偶尔提起宋诗的人，也多只知道苏东坡和陆放翁。这恐怕是地下的明朝人在鼓吹唐诗、贬抑宋诗时未曾料想到的。

有名未必上乘，上乘未必有名

——略说唐宋诗的两个选本

《唐诗三百首》是古今最有名的唐诗选本，但不是顶好的唐诗选本。此书的编选者是清代的蘅塘退士，其方法是从脍炙人口的作品中选取，因此这个选本有一个与生俱来的问题，那就是浅。因为脍炙人口意味着大众接受度高、各种水平的人都能理解，这样的作品能兼具深致的，古今罕见。

单就七绝而论，《唐诗三百首》所选的作品，充斥着“日月山水风云烟雨花草”字眼，刨除这十个字就几乎无以为诗了。这是唐音的一个弊病，被《唐诗三百首》暴露出来了，而那些能体现唐人高远之境的作品，却多不入选。

且来看看下面这两首作品：

岁岁金河复玉关。朝朝马策与刀环。
三春白雪归青冢，万里黄河绕黑山。

——柳中庸《征人怨》

泽国江山入战图。生民何计乐樵苏。

凭君莫话封侯事，一将功成万骨枯。

——曹松《己亥岁》

上面两首都是七绝，题材亦同，但《唐诗三百首》只录柳作，不收曹作。事实上，曹作要远远优于柳作，因为曹作有深悯，而柳作费尽铺排，却只出得一个怨意。

从字面的夺目程度看，“万里黄河绕黑山”亦明显逊色于“一将功成万骨枯”。另外，柳作每联皆为对仗，然而首联“朝朝”对“岁岁”，犯了合掌之病，且全诗都在边戍景象上用力而没有变化。此诗在唐人七绝中，难称上选。

又如出自同一人之手的作品：

为有云屏无限娇。凤城寒尽怕春宵。

无端嫁得金龟婿，辜负香衾事早朝。

——李商隐《为有》

无事经年别远公。帝城钟晓忆西峰。

炉烟销尽寒灯晦，童子开门雪满松。

——李商隐《忆住一师》

《唐诗三百首》录了《为有》，不收《忆住一师》。从字面上看，这两首诗都比较浅显，都没有艰深的典故。不过，《为有》所展现的，只是一种无端而来的兴致，没有多大的内涵。但《忆住一师》不同。作者在这首诗里回忆一位佛门朋友，最后两句“炉烟销尽寒灯晦，童子开门雪满松”可谓人人能解，但我们透过这短短十四个字所描摹的场景，自可感到一股冷寂、孤高、不与世俗同调的气息，作者这位朋友是个什么样的人，我们从这些场景就可以想象一二。诵此小诗，亦自有一种绝俗、宁静的向往。从艺术感染力上看，《为有》远逊于《忆住一师》。

同样是字面意思浅显之作，艺术水平亦有明显的高低之别。然而《唐诗三百首》不选《忆住一师》这样的好诗，却选“辜负香衾事早朝”这种无聊之作，足见编选者的审美眼光有问题。

历来关于《唐诗三百首》的版本多多，就近世而言，喻守真先生编注的《唐诗三百首详析》是比较好的，此书对每一首诗都标注了平仄、韵部，更难得的是点出了作意和作法。读诗词若不辨别平仄、了解古人的措意，就只能是隔靴搔痒了。既然《唐诗三百首》无法令世人识得唐诗的最好之处，那么能让人懂得平仄、亲近唐人，也是功德无量的一件事情。这项点铁成金的任务，《唐诗三百首详析》完美地完成了。

与《唐诗三百首》相比，高步瀛先生的《唐宋诗举要》名气虽没那么大，却是关于唐宋诗的一个上乘选本。

“唐诗宋词”这个国人习以为常的并称，是不伦不类的。因为须得二者具有同样的分量，才可以并举，比如李白、杜甫并称为李杜，这完全没有问题，然而李商隐虽然也姓李，诗作水平也极高，但分量与老杜不匹配，是以不能与老杜并称。同理，宋词的分量与唐诗不埒，“唐诗宋词”这个并称，未为得体。

历代文学能与唐诗并举的，只有宋诗。

唐宋诗指的是两种艺术风格，两者并不仅以时代为划分界线。宋诗胜在筋骨，唐诗优于风华。宋诗的源头可溯至杜甫、韩愈。宋人将杜甫与唐人对举，叶适《徐斯远文集序》说：“庆历、嘉祐以来，天下以杜甫为师，始黜唐人之学，而江西宗派章焉。”

叶适所谓的唐人之学，是英俊飘逸的诗风，与杜甫的沉郁顿挫相对。在唐代，诗名高者都具有英俊飘逸的特征，如王维、王昌龄、李白、白居易、刘禹锡、杜牧，不一而足。相比这些人，作品风格沉郁的杜甫、深婉的李商隐，则显得“举眼风光长寂寞”。

到了宋代，人的价值观发生了改变，杜甫得到了前所未有的尊崇。王安石学杜，开宋代瘦劲雄直的诗风，其后黄庭坚、陈师道、陈与义翕然宗杜，各有所得而成名。

要而言之，唐诗是春华，宋诗是秋实；唐诗如少年，宋诗如中年。

自宋以后，一直以来都存在着唐宋诗孰优孰劣的争议。明代尊唐抑宋，降及清代，宋诗重光，尤其是到了晚清民国，执诗坛牛耳的同光体诸家，莫不深受宋人沾溉。

钱锺书先生的小说《围城》里有这样一个片段：

苏小姐道："我也是个普通留学生，就不知道近代的旧诗谁算顶好。董（斜川）先生讲点给我们听听。"

"当然是陈散原第一。这五六百年来，算他最高。我常说唐以后的大诗人，可以用地理名字来概括，叫'陵谷山原'。三陵：杜少陵（杜甫），王广陵（王令）——知道这个人么？梅宛陵（梅尧臣）。二谷：李昌谷（李贺），黄山谷（黄庭坚）。四山：李义山（李商隐），王半山（王安石），陈后山（陈师道），元遗山（元好问）。可是只有一原，陈散原（陈三立）。"说时，翘着左手大拇指。

董斜川"陵谷山原"这个说法的合理性，固是没有必要去深究的，因为若要论及唐以后水平高的诗人，还可加上一个方虚谷，即宋末元初的方回。但董斜川论诗推举陈三立、尊仰宋人，却是晚清民国推尊宋诗这一风气在小说里的投射。

唐宋诗不是非彼即此的两体，它们互相因依，人各依性情去涵咏即可，遇诗必分唐界宋，尊此黜彼，都很无谓。但不可不注意的是，明代尊唐抑宋，但明朝之诗与唐宋相比，几无足道，而晚清兼尊唐宋，却缔造了诗国最后的灿烂光辉。

高步瀛先生（1873–1940），河北霸县（今霸州市）人，受学于桐城大家吴汝纶，深于文章义法，其作《唐宋诗举要》着眼于骨力坚苍之作，这是诗的深切重大之处，高先生可谓直探诗之深曲。在选录的作品中，他给出了大量的考证和注解，点出作品的布局，此外还钞引了沈德潜、姚鼐、方东树、吴汝纶等名家的评语，这一部分尤具价值。

如杜甫的《登高》：

风急天高猿啸哀。渚清沙白鸟飞回。
无边落木萧萧下，不尽长江滚滚来。
万里悲秋常作客，百年多病独登台。
艰难苦恨繁霜鬓，潦倒新停浊酒杯。

高先生钞引了方东树的评语：“前四句景，后四句情。一二碎，三四整，变化笔法，五六接递开合兼叙点，一气喷薄而出。收不觉为对句，换笔换意，一定章法也。而笔势雄骏奔放，若天马之不可羁，则他人不及。”（《昭昧詹言》卷十七）

这种高简的评点鞭辟入里，胜过今人不知多少篇鉴赏文章。至于点出“艰难苦恨繁霜鬓，潦倒新停浊酒杯”是对仗，看似简单，却只有懂得作诗之人才能道出。

又如在刘长卿《经漂母墓》一诗的题注里，高先生钞引了《史记》韩信受漂母一饭之恩的记载，其后附注漂母墓所在地的古今异称。在注诗时，他尽量每句都点明来历，例如钞出《史记·范雎列传》“一饭之恩必偿”的记载，作为“昔贤怀一饭”的出处。诗末钞引了方回“意深不露”之评，并附上高先生自评：“大家咏古诗不屑屑于隶事，观此可见。”点出作意作法，起一语牖启读者之功。

《唐宋诗举要》选唐诗八十四家六百一十九首，选宋诗十七家一百九十七首，唐诗显得畸重。从这个篇幅看，漏选的宋诗佳制实在不胜枚举，而且李杜作品的比例偏大，有两百多首。不过，既然是选本，就不可能没有沧海遗珠之憾。评判一个选本的优劣，不在于看它漏选了多少好诗，而在于其收录的作品是否立得住。《唐宋诗举要》最可贵之处，就是所收之作每首都立得住，是以虽然收录宋诗偏少，但质量已高出不少宋诗选本。

高先生说诗，也有未尽曲隐之处，譬如关于下面这首诗的解读，就不甚惬人意。

土山宛转屈苍龙。下有盘盘盖世翁。
万木刺天元自直，丛篁侵道更须东。
百年富贵今谁见，一代功名托至公。
少日拊头期类我，暮年垂泪向西风。

——陈师道《东山谒外大父墓》

这是陈师道拜谒其外祖父庞籍之墓后所写的七律。庞籍是宋代名相兼名将，曾提拔司马光、狄青等人，晚年被贬，郁郁而终。陈师道诗的第二联“万木刺天元自直，丛篁侵道更须东”，纪昀不解，认为“东”字应为“通”。高步瀛先生以为纪昀这个说法于义未安，他的解读是：“上句喻庞之孤直，此句喻当日党议纷纭，不免谤诬，日久则公论自出，当反前日之议论矣。”这个解释，从大处看是没有问题的，但“更须东”三字仍旧没有着落。翻看诸家解释，从任渊到纪昀再到高先生，其说都未安。

余嘉锡先生在《四库提要辨证》中，详细叙述了庞籍的行迹后，对这首诗的中二联进行了解读：

> 后山伤（庞）籍之贤而屡为谗慝所中，致屡被遣谪，陷于悠悠之口，故于诗中用比兴之体，以直木比籍，言其位兼将相，如千寻之木，昂霄耸壑，然其初元以直臣进用，自不致有受贿杀人之事如谏官所言者，以丛篁比韩绛等，言小人当道，结党排陷，如蔓草之难除，使籍不能行其志，不得不避位以去也。籍以人言先知郓州，后知青州，其地皆属京东路，并"更须东"三字皆有着落，殆无一字虚设，非徒然泛然趁韵而已。五六两句即就上文转下，一气呵成，言纵令籍长保富贵，终身不衰，亦不过一时之荣，不足为籍重，所幸平生事业，有司马公之墓志在，贤人君子之言，乃天下后世之所以取信者，故曰"一代功名托至公"也。（《四库提要辨证》卷二十二）

这个考证与解读，极为精当，可以作为陈师道此诗的定说。余先生在这一条的辨析上，并非采用新出材料去证成己说，而是根据已见书籍而论，就这一节看，不谓不是高先生的一个小瑕疵。

不过，瑕不掩瑜，总体而言，《唐宋诗举要》选、注、评俱精，是近世难得的高水准之作。

宋诗的堂奥

> 明妃初出汉宫时。泪湿春风鬓脚垂。低徊顾影无颜色，尚得君王不自持。归来却怪丹青手。入眼平生几曾有。意态由来画不成，当时枉杀毛延寿。一去心知更不归。可怜着尽汉宫衣。寄声欲问塞南事，只有年年鸿雁飞。家人万里传消息。好在毡城莫相忆。君不见咫尺长门闭阿娇，人生失意无南北。
>
> ——王安石《明妃曲》（其一）

王安石比朱子幸运，朱子的诗名被其儒名所掩，而王安石的诗却为今人熟知——尽管很多人对王安石诗的认识，止于那句“春风又绿江南岸”，但这句无疑比朱子那句“为有源头活水来”更像诗一些，它至少让现代人知道，王安石除了是一位政治家，还是一位文学家。

事实上，王安石非但有诗名，更是在宋代诗坛有着开天辟地之功，其诗集的整体水准，不仅仅是宋代的翘楚，即便是放在古今诗人的范围内看，也在顶尖之列。今人论宋诗，大多说苏轼、黄庭坚，然而宋代的诗到了王安石手里才真正具备了异于前人的面目。由“宋代的诗”变为“宋诗”，王安石是关键的转捩点。

明人胡应麟的《诗薮》说：

> 六一（欧阳修）虽洗削西昆，然体尚平正，特不甚当行耳，推毂梅尧臣诗，亦自具眼。至介甫创撰新奇，唐人格调始一大变。苏、黄继起，古法荡然。推原科斗时事，实舒王（王安石）生此厉阶，其为宋一代祸，盖不特青苗法也。

这个论述，勾勒出了诗在北宋的演变痕迹，而尤着眼于王安石，胡应麟可谓眼光独到。不过，胡应麟在诗学上宗唐，并不认同宋诗，他这段话的目的是批评王安石，认为王安石改变前人诗风，其实与青苗法一样，都祸害了宋朝。

青苗法之弊，史家已多言之。然而王安石开出宋诗风格，却是功德无量之事。可以这样说，胡应麟对王安石是虽欲抑之，反而扬之。因为如果宋人按照唐人格调写诗，成就再高，也只是宋人写得一手好唐诗而已，更多的人只是在批量制造假古董——明朝诗人干的就是这件事。

若是宋代的诗里没有宋人，还有何价值可言？在诗方面，宋人的了不起之处，就在于他们既继承了唐人，又开出了新路。

批评宋诗不是古人的诗，这是抨击宋诗者常用的论调。例如宋人严羽在《沧浪诗话》里说：

> 诗者，吟咏情性也。盛唐诸人惟在兴趣，羚羊挂角，无迹可求。故其妙处透彻玲珑，不可凑泊，如空中之音，相中之色，水中之月，镜中之象，言有尽而意无穷。近代诸公，乃作奇特解会，遂以文字为诗，以才学为诗，以议论为诗。夫岂不工，终非古人之诗也。盖于一唱三叹之音，有所歉焉。

这番论述说得很漂亮，然而也只是漂亮而已，因为里面是空洞无物的。“终非古人之诗”，这不是宋诗的弱点，而恰恰是其价值所在。“于一唱三叹之音，有所歉焉”说的不是事实，王安石的“春风又绿江南岸，明月何时照我还”，苏轼的“杳杳天低鹘没处，青山一发是中原”，黄庭坚的“桃李春风一杯酒，江湖夜雨十年灯”“未到江南先一笑，岳阳楼上对君山”，难道不够一唱三叹？王、苏、黄等人的传世诗篇很多，实在看不出哪里逊色于严羽所推举的盛唐诸公。

苏轼《徐州莲花漏铭并叙》说：“以无目而废天下之视。”严羽以及胡应麟都中了此病。

古人谈诗，往往比今人更能扑入深处，但古人有时也喜欢说一些空洞的漂亮话。赵翼《瓯北诗话》赞扬李白：“诗之不可及处，在乎神识超迈，飘然而来，忽然而去，不屑屑于雕章琢句，亦不劳劳于镂心刻骨，自有天马行空，不可羁勒之势。”在这番话里，一个不羁天才的形象高耸入云。然而李白真是这样的吗？且看他的《梦游天姥吟留别》，“列缺霹雳，丘峦崩摧”前四个字全是入声，后四个字全是平声，音节由陡峭忽然变为平顺，抑扬有致，这显然是着意经营而后得的效果。可见天才并非不愿雕琢章句，而是更懂得如何雕琢章句。赵翼这种漂亮话，没有多大价值可言，后人如果跟着他起哄，只会浪掷心力。

历来最懂诗人的，是自身就有文学创作才能之人，这一点是无分古今的。梁启超的《王安石评传》说：

> 昆体披靡一世，率天下之人盘旋于温、李肘下，而无以发其性灵，诗道之敝极是矣，其不得不破坏之而别有所建设，时势使然也。首破坏之者实惟欧、梅，荆公与欧、梅为友（梅有《送介甫知毗陵》诗，公有《哭梅圣俞》诗），然非闻欧、梅之风而始兴者也，自其少年而门户已立矣。欧、梅以冲夷淡远之致，一洗秾纤绮冶之旧，至荆公更加以一种瘦硬雄直之气，为欧梅所未有。故欧、梅仅能破坏，荆公则破坏而复能建设者也。
>
> 宋诗伟观，必推苏、黄。以荆公比东坡，则东坡之千门万户，天骨开张，诚非荆公所及。而荆公逋峭谨严，予学者以模范之迹，又似比东坡有一日长。山谷为西江派之祖，其特色在拗硬深窈，生气远出，然

> 此体实开自荆公，山谷则尽其所长而光大之耳。祖山谷者必当以荆公为祖之所自出。以此言之，则虽谓荆公开宋诗一代风气，亦不必过。

梁启超长于辞章，在思想上又没有严羽、胡应麟挟唐诗以号令天下之弊，他论王安石诗，可谓精到。

苏轼是绝世天才，从他评论时贤的语气可以感受到，他在文学方面一生视为劲敌的，不是欧阳修，也不是黄庭坚，而是王安石。

在读了王安石的《题西太一宫壁二首》之后，苏轼说："此老，野狐精也。"然后次韵唱和。黄庭坚佩服王安石的人格，赞其为"一世之伟人"，对王安石的诗也极其推崇。黄庭坚是苏门学士，然而他的诗风峭拔，迥异于苏诗的流动风格，反而与瘦劲的王安石诗更为接近。

王安石对宋诗的贡献，就在他的"创撰新奇"，这个新奇，是肆力以赋笔的方法写诗，直接挑战了中国诗歌从《诗经》以来的比兴传统。比兴传统下的诗，侧重于抒情。而赋笔为诗，则偏向于达意。这就意味着在宋诗里面，你是什么样的人，你对这个世界的认识如何，至为重要。

在具体的写法上，详细比对一下唐宋诗就可发现，唐诗更像是诗人想到了一两个得意的诗句，然后前后扩充成一首诗，这在律诗里更为常见，首联往往只起装饰、烘托的作用，所以多用景语起兴，如李商隐写《安定城楼》，首联"迢递高城百尺楼，绿杨枝外尽汀洲"就是如此。

宋人的诗，读起来气脉更连贯，更像是从第一句到最后一句按顺序写出来的。例如苏轼的“如我自观犹可厌，非君谁复肯相寻”，这种起句的格局，已是唐调所不能笼罩的了。

《明妃曲》组诗是王安石的代表作，也可说是史上最好的咏昭君诗。这组诗有两首，这里所选的是第一首，作于宋仁宗嘉祐四年，其时王安石尚未上台主政。

这是一首曲折幽微、令人百读不厌的诗。

在当时，辽、西夏环伺北宋，在宋仁宗一朝，发生了宋人张元投靠西夏等事，张元后来成为夏主李元昊的得力谋臣，对宋作战。张元之所以投靠西夏，最直接的因素之一是他在宋朝屡试不第，无法施展才干。

《明妃曲》的诞生，或与这个背景不无关系。此诗开头写王昭君将要离别中原时，汉元帝才认识到她的美，然而为时已晚，只能责怪画工毛延寿。此前的人写王昭君，大多是哀叹王昭君的身世，或将批评的矛头指向毛延寿，因为王昭君没有向毛延寿行贿，毛延寿才将她画丑；汉室不想把美女给匈奴，就挑了“丑”的王昭君去和亲。然而王安石责备的却是汉元帝，“意态由来画不成，当时枉杀毛延寿”，意思是说，人的意态美是画不出来的，即使王昭君向毛延寿行贿，毛延寿也无法把她真正的美画出来。这里隐隐指向的是：国家的主事者没有识人之明，导致能人外走。

接着写王昭君在胡地的境况，到了“家人万里传消息”，笔锋开始剧烈转动，“好在毡城莫相忆”，写王昭君向家人答复：我在匈奴这边很好，不要挂念。这个描写，纯系出自王安石自己的想象。“君不见咫尺长门闭阿娇，人生失意无南北”，你看陈阿娇虽然离汉皇这么近，却被深锁冷宫之内，失意的人生，并不因为她在汉地而改变啊。

最后两句度越夷夏藩篱，直探生命问题，发前人所未发，使得此诗可以抽离王昭君本事，直接指向普遍人生，真可谓神来之笔。

大凡思想深刻之人，往往冷峻；心性悲悯之人，容易浮浅。王安石却兼具深刻与悲悯，这极其难得。直至今日，王昭君之事距离人们更远了，但《明妃曲》仍然使人震撼。

此诗节奏极快，不事妆点，雄直而有深趣，是以问世之后就震动了整个北宋士林，像梅尧臣、欧阳修、司马光、刘敞、曾巩等当世名流巨公，纷纷作诗唱和。这个盛景，在宋代是独一无二的。

不过，两首《明妃曲》在获得极大声誉的同时，也为一些人诟病。例如第二首有“汉恩自浅胡自深，人生乐在相知心”这样的句子，似乎在颂扬见利忘义的精神。由于王安石主持变法时树敌众多，是以在宋朝时，就有不少人为此深责王安石。即使到了近世，高步瀛先生也在《唐宋诗举要》里说王安石“持论乖戾”。

其实，“汉恩自浅胡自深，人生乐在相知心”只是铺垫之笔，因为接下来的诗句是“可怜青冢已芜没，尚有哀弦留至今”。王安石是说，昭君即使在匈奴过得好，但思汉之情始终未变。在第一首里，他也说王昭君“着尽汉宫衣”，写昭君坚贞如此，非但不乖戾，反而更能映照出叛宋之人的卑琐。再者，如果这首诗真如那些人说得如此“反动”，为何欧阳修、司马光等人会争相唱和并且在和诗里都不指出来？甚矣读诗之难也。

黄庭坚十分喜爱《明妃曲》，曾经为此诗写了一个跋：

> 荆公作此篇，可与李翰林、王右丞并驱争先矣。往岁道出颍阴，得见王深父先生，最承教爱，因语及荆公此诗，庭坚以为辞意深尽，无遗恨矣。深父独曰：“不然。孔子曰：‘夷狄之有君，不如诸夏之亡也。’‘人生失意无南北’非是。”庭坚白：“先生发此德言，可谓极忠孝矣。然孔子欲居九夷，曰：‘君子居之，何陋之有？’恐王先生未为失也。’明日，深父见舅氏李公择曰：‘黄生宜择明师、畏友与居，年甚少，而持论知古血脉，未可量也。’”

诗人看诗人，眼光确实不一样。“辞意深尽，无遗恨矣。”黄庭坚可谓王安石的知音。那时黄庭坚年纪尚轻，就能直探诗人深曲，可见才由天授。不过，黄庭坚在这里却是过于抬举李白等人了。且看李白的《王昭君二首》：

> 汉家秦地月，流影照明妃。一上玉关道，天涯去

不归。汉月还从东海出。明妃西嫁无来日。燕支长寒雪作花。蛾眉憔悴没胡沙。生乏黄金枉图画，死留青冢使人嗟。

昭君拂玉鞍，上马啼红颊。今日汉宫人，明朝胡地妾。

李白这两首诗，主旨是“生乏黄金枉图画，死留青冢使人嗟”，只是哀怜昭君身世，完全不及“人生失意无南北”用意深邃。即便是杜甫的“千载琵琶作胡语，分明怨恨曲中论”大名鼎鼎，然而其旨也只是哀怜而已，难如《明妃曲》那般激荡人心。

要而言之，论宋诗而侈言苏、黄，那还是在跟着俗调走而已。欲窥宋诗堂奥，不可不细味王安石诗。

宋格最高典范

吾宗端居丛百忧。长歌劝之肯出游。
黄流不解涴明月，碧树为我生凉秋。
初平群羊置莫问，叔度千顷醉即休。
谁倚柁楼吹玉笛，斗杓寒挂屋山头。

——黄庭坚《汴岸置酒赠黄十七》

这是黄庭坚的得意之作，也是最能展现黄庭坚峭拔诗风的作品之一。诗题的黄十七，指的是黄几复。这首诗和《寄黄几复》的水平都极高，足见黄庭坚对两人交谊的重视程度。

黄庭坚曾经问外甥洪朋：你喜欢舅父的哪些诗句？洪朋说“蜂房各自开户牖，蚁穴或梦封侯王”以及“黄流不解涴明月，碧树为我生凉秋”，认为这些诗句与杜诗非常相似。黄庭坚听了很高兴，说：“得之矣。”

此诗写于宋神宗元丰三年，大概这时黄几复遭遇了挫折，同样仕途并不平坦的黄庭坚，于是写下此诗来劝慰老友。

首联说黄几复整天在家里忧心忡忡，不如出游以放松心情。起笔就直书其事，不假景语烘托，节奏很快。“长歌劝之肯出游”是散文句式，多见于古体诗里，黄庭坚将这种句式用在律诗里，平添一股奇气。

第二联是说，浑浊的流水污染不了明月，碧树遮挡太阳，为我送来惬意的秋凉。两句的意思似断实连。综观黄庭坚与黄几复的坎坷身世，可看出黄庭坚是说：糟糕的处境污染不了我的志怀，在不顺利的时候更要自得其乐。“碧树为我生凉秋”带出清劲之风，广人胸怀。从平仄看，此句的最后五字本应为“平平仄仄平”，但黄庭坚却用了“仄仄平平平”，既失对，又用了古体诗常见而近体中不该采用的“三平尾”句式，可见黄庭坚是以写古体诗的方法来写这首律诗的。

在第三联里，黄庭坚用了两个典故。初平即皇初平，又称黄初平，晋朝人。相传黄初平年少的时候去放羊，跟人去了学道，最终修炼成仙。四十多年后，他哥哥找到了他，问：当年你看的那群羊呢？黄初平指着石头喝了一声，石头顿时化成了一群羊。黄庭坚借这个故事，勉励黄几复进学修德，这才是人的大事，至于那些身外的“羊”——比如一身的穷达，则是小处，不必对此过多用心。叔度是汉代高士黄宪的字。黄叔度人品高洁，名士陈蕃这样形容他：有一段时间没有见黄叔度，自己的贪鄙之念就萌生了。黄叔度的气度，被人誉为“汪汪若千顷之陂，澄之不清，淆之不浊，不可量也”。这句诗是提醒黄几复要像黄叔度一样，葆有高洁心性。值得一说的是，第三联使用的典故，事主都姓黄，切黄几复之姓。这是宋人惯用的手法。比如张先八十五岁了还纳妾，苏轼写诗戏之，诗中典故全是张姓古人的风流韵事。

末联的柁楼即舵楼，指汴河中的船尾放舵处的小楼。斗杓是北斗的第五至第七星。这两句是说，这时候是谁倚着舵楼吹笛呢，寒夜里，斗杓已经挂在屋脊上了，夜已经深了。“时不我待，及时进学”的意味隐现其中，既勉人又自勉，没有迂腐气息。

在前面三联里，作者要么述事，要么说理，都很质实。末联以虚笔收结，意在言外。这种结构出人意表，可谓匠心独运。全诗陈义正大然而亲切有味，毫无艰难劳苦之态。愈是细究，愈知作者用意之深。宋诗高处，在这首诗里可窥一斑。

这是一首拗律，乃诗家故意为之的艺术尝试。按照常规，律诗中间两联需要对仗，但黄庭坚此诗的第二联不对仗，在平仄上，前三联都不合律，只有最后一联完全合律。如果根据“平声长、仄声短”的方法去吟诵这首诗，更能感受到此诗的奇崛，这也是作者不为时势所屈的心情。如此奇特之作，堪为宋格最高典范。

那些“无表现”之人

平生久要刘文叔，不肯为渠作三公。
能令汉家重九鼎，桐江波上一丝风。
——黄庭坚《题伯时画严子陵钓滩》

严光，字子陵，会稽余姚人，东汉隐士，是汉光武帝刘秀的同学。刘秀称帝之后，严光立即变更姓名，不让世人知道。当然，刘秀最终还是找到了他，并且将他请到自己身边。两人共寝时，严光把脚放在刘秀的肚子上，刘秀不以为意。然而严光坚决拒绝了刘秀提供给自己的官职，选择回到富春山隐居，不时垂钓于桐江边，年八十岁而卒。

黄庭坚这首七绝写的就是严光。诗题里的“伯时”，是黄庭坚的好友李公麟。李公麟擅长丹青，画了一幅严子陵钓滩图，请黄庭坚题诗于其上，遂有斯作。“平生久要刘文叔，不肯为渠作三公”，开头直书严光拒绝做官之事。“久要”是旧约、旧交的意思，此处“要”字读yāo，这个词出自《论语》：“久要不忘平生之言。”文叔是刘秀的字。这两句是说，严光与刘秀交情很好，但不肯为刘秀出任三公之职。在东汉，太尉、司徒、司空合称三公，是当时的最高官衔。据《后汉书·逸民列传》记载，刘秀授给严光的官职是谏议大夫，并非三公。“不肯为渠作三公”里的“三公”并非确指，作者想要述说的是严光面对高官厚禄时不为所动的心志。

“能令汉家重九鼎，桐江波上一丝风”，鼎是国家大器。这两句是说，能够使东汉政权稳固的，是桐江边上严光的一把钓鱼竿。这两句在字面上不是很好理解：区区一个隐士，如何能够延长汉祚？

这一耐人寻味的节点，就是黄庭坚深具特识之处。

钱穆先生论史，推重那些“无表现”的人物。这是一种高卓的眼光，与黄庭坚这首诗的用意相通。历史人物有很多种，有的是有表现的，比如刘邦、项羽、诸葛亮，无论他们的事业是失败还是成功，他们终归有过耀眼的表现，被史家书上浓墨重彩的一笔。这些人深刻影响历史进程，自不必多说。与此同时，历史上还有一些“无表现”的人，他们没有事功，地位也不显赫，甚至没有著述留下，但这些人也一样在历史上起着重要的作用。

今人看历史，往往对那些无表现的人不甚关心。古代史家则不同。在孔门弟子中，颜回没有事功，也没有著述，然而这并不妨碍他成为孔门弟子之首。太史公写《史记·仲尼弟子列传》，第一个讲的就是颜回。这是因为，颜回深刻影响了后世人心。

孔子称赞颜回：“贤哉回也！一箪食，一瓢饮，在陋巷，人不堪其忧，回也不改其乐。贤哉回也！”颜回居于陋巷，处境很差，然而始终保持求道之乐。可见身外的情况如何，丝毫摇动不了颜回的向道之心。这是一种强劲无俦的人格力量，润养着历代的仁人志士。

不过，那些以恶衣恶食为耻的人，是无缘得到颜回之风熏陶的。当然，这一类人，入不了孔子的眼，因为孔子说：“士志于道，而耻恶衣恶食者，未足与议也。”

东汉末期的隐士管宁，也可谓是无表现之人。他和华歆是好友，两人早年一起读书。有一次，二人同在园中锄菜，看见地上有一片金，管宁依旧挥动着锄头，和看到瓦片石头一样没有区别，华歆高兴地拾起金片，犹豫一会儿才扔了它。又有一次，某达官贵人的马车从他们的读书处经过，管宁读书如故，完全不为所动，华歆则放下书出门去观看。回来之后，管宁对华歆说：“子非吾友也。”马上与华歆割席绝交。

后来，华歆做了大官。管宁则讲学教化一方，对于官府的屡次征召，他都拒绝了。历史褒奖了管宁，割席故事流传后世，滋育国人重道不重势的精神。钱穆先生在《中国历史人物》（收录于《国史新论》）一文里谈到管宁与华歆，不无感慨地说：“一个了不起的人物，不一定要有表现。有表现的，或许还不如无表现的。”

严光也好，管宁也罢，都是看重名节之人。在东汉，这一类人可谓不胜枚举，梁鸿就是其中之一。少年时期的梁鸿，到太学去学习，不肯与人同食，坚持自己做饭，同学先做好了自己的饭菜，然后通知他可以做饭了。梁鸿说："童子不因人热者也。"于是灭掉炉灶的余热，重新燃火做饭。后来，"不因人热"成了一个典故，意谓不仰仗别人。

与颜回一样，东汉这些重名节的人，身上都有巨大的人格力量，他们对后世的贡献，亦不可限量。有这些人的遗风在，东汉可谓不亡。宋人任渊注释黄庭坚这首诗时说："东汉多名节之士，赖以久存，迹其本原，政在子陵钓竿上来耳。"这个解读，探得作者深意。

这些无表现之人，胜某些有表现者多矣。

言与人

岭外音书断，经冬复历春。

近乡情更怯，不敢问来人。

——宋之问《渡汉江》

这是初唐诗人宋之问的代表作。关于此诗的作者，还有另一个说法是李频，不过李频没有被贬到岭外的经历，故学者多认为是宋之问所作。在沈德潜的《唐诗别裁集》里，此诗就被安放在宋之问的名下。

众所周知，宋之问曾经依附过武则天的男宠张易之，后来被贬为泷州参军。泷州在今日的广东省罗定市，在唐朝时是很僻远的地方。在岭南没待多久，宋之问就逃走了，偷偷潜到了洛阳，《渡汉江》就是在这条逃回中原的路上作的。

根据《旧唐书》的记载，宋之问不仅依附权贵，更做出过卖友求荣的事来，“深为义士所讥”。关于宋之问做过的坏事，史家说法很多，但基本都认为这是人品卑污的人。《唐诗别裁集》在收录宋之问的作品时，还因此做了一个特别说明："不以人废言，故薄其行而仍录其诗。"

宋之问其人无行，其诗却能传世，历史上有很多这种事例。这个关于"言与人"的问题，值得一说。

1948年，钱穆先生在无锡的江南大学教书，应友人之邀，写一些随笔发在报刊上，当年就结集成《湖上闲思录》一书。

第二年，他离开大陆，仓促之间，没有带上这本书的稿子。

1958年，即在写下《湖上闲思录》十年之后，钱先生在香港重新看到了这本书，当时他的心情是这样的："再自披览，即篇题亦都忘却，更不论内容所涉。循诵而下，恍如读他人书。乃深幸此人谈吐，与其平日素所蓄藏，无大悬别，此亦大可欣喜之一境也。"

这段文字，见于钱先生为此书写的跋文里，可谓儒者本色。"乃深幸此人谈吐，与其平日素所蓄藏，无大悬别"，看到这句话，我想起了《明史》里的一个故事。

1402年，朱棣的军队围攻南京，所谓的"靖难之役"至此到了尾声，建文帝即将退出历史舞台。

后来成为一代名儒的吴与弼，当时就在南京城中。他的父亲吴溥是建文帝的大臣，城陷前一晚，吴溥约上同僚也是邻居的王艮、解缙、胡广等人，一起在自己家中商讨何去何从。

解缙先是陈说大义，誓死效忠于建文帝。胡广是建文帝钦点的科考状元，也接过解缙的话，表示绝对不能变节。

两人都说得慷慨激昂。众人之中，唯独王艮流泪不语。

谈完之后，胡广、解缙、王艮各自散去。吴与弼年纪尚幼，他对父亲说：“胡叔能死，是大佳事。”

吴溥说：“不然，独王叔死耳。”

话音刚落，他们就隔墙听到胡广对家人说：“外喧甚，谨视豚。”意思是说：外面喧闹杂乱，去看好家里的猪。

吴溥闻言，对吴与弼说：“一豚尚不能舍，肯舍生乎？”意思是说，都已经是这种时候了，胡广连一头猪都舍不得，怎么可能会舍生就义呢？

后来发生的事情是，解缙主动出城投降了朱棣，第二日就向朱棣推荐了胡广。朱棣召胡广，胡广到来，向朱棣叩头谢恩。当然，与解缙、胡广一样选择了迎降朱棣的，还有吴溥。

只有在吴溥家里流泪不已的王艮，当晚回家后立即饮药自尽，以此报答建文帝的知遇之恩。

后来，吴与弼终生不仕，躬耕自足。他在坚苦治学之余，热诚接引后进，名儒陈献章就是他的学生之一。

这是一个令人唏嘘的故事。在大变动来临之际，诚然不能对每个人都责之以死。然而每当遇到这种关键时刻，人们总会发现，要做到“言行一致”却是一件极其艰难的事情。尤其是那些话音铿锵、言之凿凿的人，其行为往往与言谈匹配不上。解缙和胡广就是很好的例子。

孔子说：“君子不以言举人，不以人废言。”有善言的人，未必有美德，所以“不以言举人”。另外，没有美德之人，可能有善言，所以“不以人废言”。

这句话只是在强调一种理性看待言与人的态度，不能因此推断孔子认可言行不一致之事。否则，就是厚诬孔子了。

孔子是非常注重言行一致的。他说：“始吾于人也，听其言而信其行。今吾于人也，听其言而观其行。”这番感叹，是因弟子宰予而发的。孔门有“德行、言语、政事、文学”四科，宰予是“言语”科的代表人物之一，《史记·仲尼弟子列传》说宰予“利口辩辞”，说明宰予是一个非常能说会道的人。

《史记》记载了孔子对宰予的评价：“吾以言取人，失之宰予。”大概是因为宰予言语精妙，以致孔子一度对他评价很好，然而宰予的言与行并不相符。孔子知道了之后，承认这是自己的一个过失，主张不能以言取人。

在孔门弟子中，子贡和宰予一样，也是“言语”这一科的代表人物。孔子对子贡说：“予欲无言。”然而孔子又说：“吾与回言终日。”一方面，孔子向子贡表示自己不想说话，另一方面，孔子却能与弟子颜回“言终日”。

这不矛盾。颜回在视听言动之间都躬行自己知道的义理，与这样的人谈话，不会嫌多。子贡则是“不受命，而货殖焉”，又喜欢从孔子的言语中求义理，所以孔子对他说“予欲无言”。

远至宋之问，近到汪精卫，这些人的品格不堪问，他们的作品若是文辞好，也能够存留下来，这是后人躬行孔子“不以人废言”这一义理的体现。再进一步说，这些人的作品也仅仅是得以存留而已，他们在中国文学史中的地位不可能再高，因为其人无行，对作品缺乏足够的支撑力量。一部唐代文学史，即使把宋之问的诗删去，于唐代文学而言并不会有什么损伤。

风气转换，今日所见，年老的习惯于诈唬年轻的，年轻的汲汲于依傍年老的。大家都忙得很。在这样一个世界里，反躬自问言行是否一致，或许是很多余的一件事了吧。

匹夫有责的责

山雨初开一望之。似无筋力可登危。
每重九日例凄苦，垂七十年更乱离。
今岁江南犹有酒，吾曹天下谓能诗。
肯来吊古酣歌否，恰放黄花一两枝。

——方回《九日约冯伯田、王俊甫、刘元辉》

方回，字万里，号虚谷，宋末元初人，曾经迎降元人，并接受了元朝政府授予的官职，可谓大节有亏。不过，从“不因人废言”的态度看，他的诗可代表宋朝末期的最高水平。

这首七律是方回的代表作之一。当代著名诗人、学者陈沚斋先生评价此诗说：“老健则似后山，然比其《九日寄秦觏》诗更为朴拙，真如百炼精钢，外表浑如黑铁，掷地则铿然而鸣。”（《江西派诗选注》）诗人看诗人的眼光，总是独到而深邃。

我们且来看看下面这首诗：

疾风回雨水明霞。沙步丛祠欲暮鸦。
九日清樽欺白发，十年为客负黄花。
登高怀远心如在，向老逢辰意有加。
淮海少年天下士，可能无地落乌纱。

——陈师道《九日寄秦觏》

仔细比对一下上面两首与重阳节有关的诗，不难发现，确实如陈沚斋先生所说，《九日寄秦觏》不如《九日约冯伯田、王俊甫、刘元辉》朴拙。前者的格调虽然老健，但还是有风华的，里面涌动着登山临水不可无诗的雅兴。至于方回之作，则全然不见风华，而只有深心的悲怆了。

从内容可以看出，方回约朋友一起相聚喝酒，借此发出这么一番感慨。关于“每重九日例凄苦，垂七十年更乱离”这一联，陈沚斋先生认为：“方回生于乱世，平生事多乖违，言行亦每不相符，人格自卑卑不足论了，但本诗两句的感受还是真实的、深刻的。”

值得一说的是，第三联“今岁江南犹有酒，吾曹天下谓能诗”，语虽慷慨，骨子里亦是悲切之音。

方回是一个令后人喟叹的人物，他的诗写得比宋之问好，如果他立身严正的话，或将成为一个对后世产生深远影响的宋朝遗民。可惜的是，降元一事的发生，注定了他的生命不可能有感召后人的力量。人格有亏，固然不能废其作品之美，但士先器识而后文艺，这一类人终究不被后人珍视，则是显然可见的。在这一点上，宋之问与方回的命运相同。

士大夫在夷风猾夏的时势里，更应着力于著述或讲学，以延续文化命脉。这种人多了起来，文化重光的一天是可待的。清朝的灭亡，就与明末清初大儒黄宗羲、顾炎武等人的思想影响密不可分。可惜的是，方回并没有承担起这一使命。

在人生表现上，顾炎武可谓是方回的反面。

“天下兴亡，匹夫有责。”在中国，这八个字近百年来可谓尽人皆知。值得一说的是，尽管这句话符合顾炎武的思想主张，但顾炎武并未直接说过这句话。他在《日知录》里谈了亡国与亡天下的区别：“易姓改号，谓之亡国。仁义充塞而至于率兽食人、人将相食，谓之亡天下。”他认为，保全一姓之国，是国君、大臣这些在位者的责任；而保全天下，即保全礼义廉耻，则是“匹夫之贱与有责焉”。到了晚清“民国”时期，顾氏的这一论述被提炼为“天下兴亡，匹夫有责”，简约的八个字很快播传天下，弦诵至今。

魏晋时期，名士嵇康被当权者司马氏杀害，老友山涛后来却举荐嵇康的儿子嵇绍出仕司马氏朝廷。嵇绍考虑到司马氏于自己有杀父之仇，一时犹豫不决。山涛这样劝他：“为君思之久矣！天地四时，犹有消息，而况人乎！”意思是说，这个问题我为你想了很久了，但这个世界一直在变，人也应该懂得变通。嵇绍被他这么一说，就接受了举荐。

顾炎武认为，山涛和嵇绍的行径败义伤教，这种言行全无可取，只能破坏风气、堕落人心。

在山涛和嵇绍的反面，是王裒（音póu）。王裒的父亲王仪是司马昭的手下，三国时期，司马昭率军征讨东吴，在东关之役中吃了败仗。事后，司马昭问手下："东关之败，谁应该负起这个责任？"王仪断然说："这当然是元帅的责任！"司马昭大怒，马上下令处死王仪。王仪死后，其子王裒哀痛愤怒，自此一生绝不向西而坐，对于朝廷三番五次的征召，更是坚决拒绝，以示不臣司马氏之心。

顾炎武激赏王裒的这种气节。他本人也与王裒有着共同的品格。清兵席卷江南时，顾炎武的嗣母王氏绝食殉国，留下遗言告诫他勿事二姓。终顾炎武一生，虽然屡受清廷诱惑，始终未尝出仕。王裒与嵇绍的分别，在于前者知耻，后者不知耻。"博学于文，行己有耻"是顾炎武一生笃行的信条。所谓行己有耻，是说人须有羞耻之心。以什么为耻？顾炎武在《与友人论学书》一文中说："耻之于人大矣！不耻恶衣恶食，而耻匹夫匹妇不被其泽。"用今天的话来说就是：人不应以窘迫的生活为耻，而应以自己不能对他人产生良好的影响为耻。

单看"天下兴亡，匹夫有责"这句话，或会觉得顾炎武认为人人都有保全礼义廉耻的责任——这似乎成了一种外向的要求。然而，不论是在古代还是今天，即使每个人都登高而呼"我们都应该讲求礼义廉耻"，天下风气也未必见得就此清净。综观顾氏的意思，这“匹夫有责”的根本，应是“行己有耻”，这是一种反求诸己的行为，属于对自己的内在要求，并不鼓励躁进。

也有人把这句话笼统解读为人人都有责任为天下出一分力。这更非顾炎武本意。顾炎武并不认为每个人都有能力承担起这种责任。在《生员论》一文中，他描述了明末的社会状况：读书人受朝廷的利禄吸引，汲汲于成为生员，进入体制内以保养身家；但这些人只将精力放在研习科考文章以及织结关系网上，往往治国乏术，没有能力承担起治理、保卫国家的责任；更糟糕的是，这个知识群体缺乏实学，却喜欢诟病当局，所论不切实际，导致当权者厌恶他们，于是出台更多苛刻的政策以限制他们，在这种环境下，后进的士人更是只为利禄而读书，学风因而更加空疏浮躁，成了一个恶性循环。

正是由于“耻经生之寡术”，顾炎武早早就决意不再参加科考，退而著《天下郡国利病书》。他遍阅历代史册，游历全国做实地考察，每到一个关隘，就访问当地的老兵，询问详情，借此修正或补充历代典籍的不足。顾氏是真正做到了道德、学问、文章紧密一体的，他在世时就名扬天下，其著述惠泽至今，绝非幸致。

天下兴亡，匹夫有责，责在“行己有耻”。

·旨味篇

学李白，还是杜甫？

明月出天山。苍茫云海间。长风几万里，吹度玉门关。汉下白登道，胡窥青海湾。由来征战地，不见有人还。戍客望边色，思归多苦颜。高楼当此夜，叹息未应闲。

——李白《关山月》

李白的诗以整体的气韵高昂见长，不争一字之奇。看这首乐府诗《关山月》的前四句，就能感受到一股凌跨百代的气势，更为可贵的是，这种气势又能以从容的意态出之。在李白的笔下，这一类的诗句可谓不胜枚举。可以这样说，就“韵格高”这一点来说，古今诗人罕能与李白并肩。

胡应麟说，柳宗元的“千山鸟飞绝，万径人踪灭”一诗，骨力豪上、句格天成，但与王维的辋川诸作相比起来，便觉得太“闹”了；若是李白的“明月出天山，苍茫云海间”，则是“浑雄之中，多少闲雅”。这个评价很见识力。

王维的《辋川集》里，有我们耳熟能详的《鹿柴》：

李白

空山不见人，但闻人语响。返景入深林，复照青苔上。

对比之下，柳宗元的《江雪》确实不如它安静。值得一说的是，这不意味着《江雪》不如《鹿柴》，王维的一些诗，其弊处恰恰就在于太安静，缺乏振动人心的力量。

李白的《关山月》，将征人的情绪、古今的变幻，熔铸在广阔的天地里。与《鹿柴》相比，《关山月》有人趣，更能打动人心。与《江雪》相比，两诗同样韵格极高，但《关山月》用笔自在，而《江雪》不免显得紧迫了些。

历来李杜并称，这是就他们身后的诗名而言的。杜甫在世的时候很寂寞，远远不如王维、王昌龄、李白等人的诗名大，然而论及对后世诗人的影响，杜甫则远远超过了他们。在宋代，以黄庭坚为核心人物的江西诗派笼罩诗坛，方回是这一诗派的殿军，他提出了“一祖三宗”的说法，一祖为杜甫，三宗分别为黄庭坚、陈师道、陈与义。这个说法有商榷空间，比如把陈与义放进来是否恰当，历来颇受争议，但方回把杜甫安放在这三个人前头的举动，则折射出了宋代江西诗派共同的尊杜心理。

与杜甫相比，李白在宋代不免显得寂寥。在北宋的名家中，欧阳修不喜欢杜诗，但欧阳修更多地以文章见重于宋代，至于在诗方面的影响力，则不如他的门生王安石和苏轼。王安石推尊杜甫，不喜欢李白，《苕溪渔隐丛话》抄录了王安石评价李白的话语：“（李）白识见污下，十首九说妇人与酒，然其才豪俊，亦可取也。”

这段话很严厉，颇具王安石特色。说李白“识见污下”，显然是苛刻了。性情是诗的根本，在这一点上，适宜与杜甫分别而论的，其实是王维，不是李白，因为李白与杜甫在这个根本点上没有异致，两人都独具深情。

不过，王安石说李白的作品“十首九说妇人与酒”，这个表述可能夸张了些，但不得不说其指出了李白诗集里的一个弊病：内容重复。如果我们只是在选本里读李白的诗，不会有这种感觉，然而若是翻看李白的诗集就很容易发现，李白不仅频繁说酒与妇人，就连一个功名富贵不长在的意思，也在不同的诗中多次表达。

变化太少，是李白诗集的一个瑕疵。这个情形，或许对于李白来说也是正常的，因为韵格高的诗，往往顾不上做太多细密功夫。话说回来，就作品而言，李杜难分优劣，也不必分优劣。后世诗家主张学杜甫的多、学李白的少，不是因为杜甫的诗比李白的好，而是因为杜诗风格多元，内容包罗万象，能为后学提供更多可行的途径；至于李白，其人天分太高，其诗特征太明显，如果没有他那种天分而强学其诗，则容易举鼎绝膑，不自觉其面红耳赤了。

杜甫七律极品

花近高楼伤客心。万方多难此登临。
锦江春色来天地，玉垒浮云变古今。
北极朝廷终不改，西山寇盗莫相侵。
可怜后主还祠庙，日暮聊为梁甫吟。

——杜甫《登楼》

这是杜甫七律中的极品。杜甫七律冠绝古今，所以这首诗自然也是古今七律的极品了。

《登楼》一诗的背景是：吐蕃攻破京城，唐代宗逃到陕州，其后郭子仪收复京师，代宗车驾回京，“北极朝廷终不改”所指的就是此事。钱谦益认为，第三联两句说的都是这件事。不过也有其他注家持不同意见，比如赵次公就认为，唐代宗返回京城，朝廷似乎安定了，但接下来是，“吐蕃陷松、维、保三州，成都大震，则来相侵矣”。所谓“寇盗莫相侵”，是诗人心里的愿望。这个说法也通。

最后一联里的后主即三国时的蜀汉皇帝刘禅。刘禅宠信宦官黄皓，终致亡国。有论者认为，“可怜后主还祠

杜甫

庙”是暗指回到京城的唐代宗，因为代宗宠信宦官程元振、鱼朝恩。诗以“日暮聊为梁甫吟”收结，诸葛亮喜欢吟唱古曲《梁甫吟》，这句诗是伤悼在艰难的时局里，没有像诸葛亮这样的能人出来匡扶代宗。

杜甫七律之中，另一首饱受赞誉的作品是《登高》(风急天高猿啸哀)。胡应麟认为，《登高》当为古今七律第一，理由是《登高》一诗，“如海底珊瑚，瘦劲难名，沉深莫测，而精光万丈，力量万钧。通章章法、句法、字法，前无昔人，后无来学”。

这是一个动人心弦的说法，但犹有可论之处。从“力量万钧”这一点上看，《登高》里面的每一联，都显然压不住《登楼》的“锦江春色来天地，玉垒浮云变古今”，而且从整体上看，《登楼》也没有懈笔，并不是只有第二联好。另外从字法上看，《登高》颔联是“无边落木萧萧下，不尽长江滚滚来”，“无边”与“不尽”对仗，意思尚未宕开，也是一个瑕疵，而《登楼》并无此弊。

杜甫是儒者人格，这是没有什么疑问的。儒者人格有什么特点呢？由于儒门尚文，讲求礼义，因此很多人对于儒者的印象，不是文绉绉就是谨小慎微，总之觉得是偏柔的气质。这其实是一个极大的误解。儒门是尚刚的，并不主柔。孔子说：“吾未见刚者。”在《礼记·儒行》里，孔子告诉鲁哀公何为儒者，列举了十多种儒者特征，总体就可以用一个“刚”字来概括，比如“儒有可亲而不可劫也，可近而不可迫也，可杀而不可辱也”这些话，就是在强调刚毅之气。从人生行为上看，孔子、孟子和荀子这三位儒宗，都体现出这种气质。

细看杜诗就不难发现，这些作品的一大特质是极其刚劲，这是杜诗的宝贵之处，因为正是这种特质，使得杜诗具备超越时代的力量。比如今日我们不讲忠君了，但读到《登楼》时，一样会为这首诗的刚健之气而震撼。

《登高》的质地自然也是刚的，但它和《登楼》的区别在于，《登高》刚而狭，《登楼》刚而大。《登高》全诗用紧调，每一句都向诗人身世着思，像“无边、不尽、万里、百年”这些词，尽管字面的意思极其宏大，但都统摄入诗人的身世里面，是以《登高》全诗略显促迫。与之相比，《登楼》则是刚劲而阔大，比如“锦江春色来天地，玉垒浮云变古今”，不专对时局用心，但又把时局包含了进去。这是在思绪推进中的一记缓步，极大地拉阔了全诗的境界。因此从格局上看，《登楼》能包举《登高》，而《登高》不能包举《登楼》。沈德潜的《唐诗别裁集》评价《登楼》说：“气象雄伟，笼盖宇宙，此杜诗之最上者。”可谓知言。

诗与生活

童稚情亲四十年。中间消息两茫然。
更为后会知何地，忽漫相逢是别筵。
不分桃花红胜锦，生憎柳絮白于绵。
剑南春色还无赖，触忤愁人到酒边。

——杜甫《送路六侍御入朝》

用最典雅的文学体裁——诗，去写琐细的生活情状，杜甫是一个典范，例如这首《送路六侍御入朝》就是如此。题目中的“路六”，注家已经不能确知是什么人，能够猜得出的，这应该是诗人的一位发小，“童稚情亲四十年”，开门见山，点明两人身份。

“中间消息两茫然”，一别几十年，音讯不通，甚至互相不知道死生。“更为后会知何地，忽漫相逢是别筵”，分别之后，从未想过会在什么地方相逢，然而令人意想不到的是，大家重逢的时候，却是在一个离别的筵席上。这颇令人伤怀，所以杜甫接着说，“不分桃花红胜锦，生憎柳絮白于绵”。仇兆鳌说，“不分”是“不能分辨”的意思。这个解说有误，这里的“分”只能是去声，要读fèn，否则就不符合格律了。“不分”义同“不忿”，意思是桃花红胜锦，如此胜景却更为恼人。“生憎柳絮白于绵”，古人送别，常折柳相赠，柳意味着离别，因此柳絮惹来诗人的憎厌之情。这两句是写心中的烦恶之感。末联是承接桃红柳白而做的收结：春色大好，却更触动人的愁绪，何以消愁？唯有举酒。

这首诗没有惊人之语，甚至不用典故，像拉家常一般说开，这种完全白描的做法，所成的文字却极为浑成，自然而有味。老杜笔下，常常给人这种惊喜，如“细雨鱼儿出，微风燕子斜”“老妻画纸为棋局，稚子敲针作钓钩”，都是此类，看似平淡无奇，却非常耐读。

钱基博先生的《中国文学史》一书说：“汉魏以前，诗格简古，世间一切琐事猥语皆着不得。即李白诗酒轶荡，怀奇负气，亦不屑意世故。独杜甫抒所欲言，意到笔随，以尽天下之情事，逢源而泛应。”这段话点出了杜甫的一大贡献：拓宽诗路。杜甫用其艺术实践告诉世人，好诗是多样的，并不只有特定的几种类型。

将生活琐事入事，宋人在这一点上更加身体力行，但他们的一些做法，有时又走向了极端。譬如苏轼的这首《被酒独行，遍至子云威徽先觉四黎之舍》：

半醒半醉问诸黎。竹刺藤梢步步迷。
但寻牛矢觅归路，家在牛栏西复西。

如此句子，令人啼笑皆非，谐趣是有了，也让人看到了东坡的可爱之处，然而就诗本身来说，却没有多少思致，只能算是游戏之笔。

在词的创作上，宋人也不避忌生活琐事。黄庭坚《归田乐引》这样说："拼了又舍了，定是这回休了，及至相逢又依旧。"写情侣之间的相处情景，然而笔调过于戏谑，迹近侮慢词体，与他写诗时的严肃态度完全不相称，这也是游戏之笔，难以成为后学通衢。要以言之，杜甫开示给后人一条宽广的路，然而如何落笔，可谓存乎诗家之心。

对于诗来说，写不寻常的事，总是天然地占了一些便宜，历来受赞赏的好作品，不少就跟重大题材有关。然而无论是今人还是古人，都有一个共通的地方，那就是人的大部分生活，其实都是平常的，并不总是波澜壮阔的。如果说诗只适宜写重大题材，那么诗就未免离人太远了。

实际上，诗离古人并不远，它就在古人的生活当中。所谓诗的国度，包含了这么一个意思：诗是一种生活方式，浸润在人们的日常言行当中。对于古人来说，他们是不需要提倡所谓"诗和远方"的，朋友相聚、花间对月、登山临水，在每一个生活细节里面，都可以有诗，甚至是不能没有诗。在这样的风气之下，时代是不可能粗鄙的，偶尔的游戏之作，减损不了其雅正程度。

当诗不再与生活熔铸为一体的时候，当一个时代真诚地对那些文理不通甚至犯下平仄通押这类大忌的"诗"拍案赞赏的时候，那只能说明，诗国已经远去。

韩愈的沉着痛快

一封朝奏九重天。夕贬潮州路八千。
欲为圣朝除弊事，肯将衰朽惜残年。
云横秦岭家何在，雪拥蓝关马不前。
知汝远来应有意，好收吾骨瘴江边。

——韩愈《左迁至蓝关示侄孙湘》

元和十四年，唐宪宗派使者到凤翔迎佛骨入宫，留三日后再送往佛寺。这个举动，引发朝中崇佛大潮。韩愈看不下去，写文章劝皇帝停止佞佛，并建议将佛骨烧毁。唐宪宗阅文后大怒，要将韩愈处死。这个处罚，朝中大臣以及贵戚们都认为太重了。经重臣裴度等人的劝阻后，唐宪宗改将韩愈贬为潮州刺史。在赴潮州就任的路上，韩愈的侄孙韩湘前来送别，于是有了这么一首诗。此时韩愈已经年逾五旬，是以诗中有“残年”之说。

诗题中的“示”，常用于长辈对晚辈、上级对下级。如果是晚辈写诗文给长辈，则不能用“示”，而宜用“呈”或“奉呈”。奉字是敬辞，至今我们仍在日常生活中使用，例如：无可奉告——以敬辞来表达峻拒的态度。值得注意的是，“雪拥蓝关马不前”这一句里的“拥”字，今日读成平声了，但它的古音是仄声，在古诗文里应读yǒng。

这一首诗，与其说是韩愈写给侄孙的，还不如说是写给唐宪宗看的，尤其是“欲为圣朝除弊事，肯将衰朽惜残年”两句，明白地托出了自己在这个事件中的用心。所谓的“弊事”，指的就是皇帝迎佛骨之事；而“肯”字的意思是“岂肯”，意谓自己不会只考虑保全一身而不理会国家大事。韩愈在《伯夷颂》一文里，说当时有一些所谓的士人，“一凡人誉之，则自以为有余；一凡人沮之，则自以为不足”。将这些表现反过来，就是韩愈所推崇的特立独行之人格。在谏迎佛骨这件事上，韩愈无愧于他所说过的话。

第三联描绘前途险恶，最后以不知能否从潮州生还的忧心收束全诗。看此诗后半部分所散发出的忧惧气息，可以隐约感受到，唐朝时的潮州是何等荒远之地。这首诗的妙处，在于先述说了为国家鞠躬尽瘁的心志，然而以恐惧前程的心情收尾，这令人读后或会想到，朝廷对韩愈的处罚，是否过重了？

古诗文里的“敢”“肯”等字，用意很微妙，往往表达的是“岂敢”“岂肯”的意思。例如王安石七绝《乌江亭》：

百战疲劳壮士哀。中原一败势难回。
江东子弟今虽在，肯与君王卷土来。

韩愈

这首诗说的是项羽的故事。杜牧说："江东子弟多才俊，卷土重来未可知。"王安石不认同这个说法，他认为项羽败局已定，颓势难挽，江东子弟虽然还在，却是不会与项王卷土重来了，这里的"肯与"，是"岂肯与"的意思。

无独有偶。抗英有功的林则徐被清朝当局贬到了新疆伊犁，出发时，林则徐在西安与家人告别，写下《赴戍登程口占示家人》两首七律，其中第二首的颔联是"苟利国家生死以，岂因祸福避趋之"，这两句传颂至今。与韩愈一样，林则徐的这两首诗，也不仅仅是写给亲人那么简单，更是在向皇帝表明自己的心迹。

从风格上看，《左迁至蓝关示侄孙湘》不是纯然的唐人常调，因为不够含蓄隽永，比如"欲为圣朝除弊事"一联，将心绪倾泻无遗，不免欠缺了余味。但如此诗句，又实在很痛快。这是一种可贵的特质。宋人善学，将杜甫的沉着、韩愈的痛快熔为一炉，发扬光大。譬如苏舜钦的这首《送李生》：

> 李生以病废，东入徂徕峰。志气尚突兀，形骸已龙钟。男儿生世间，有如绝壑松。误为风雷伤，不与匠石逢。哀哉千尺干，摧折似秋蓬。

"误为风雷伤，不与匠石逢"，说得真好。此诗不假雕饰，自有磊落奇气。这种路数，到了苏轼、黄庭坚那里，更是被发挥得淋漓尽致。

沉着痛快的诗风，表面看无须装饰文辞，骨子里却对作者的人格与学问要求很高。韩愈辟佛一事，在学术上或有讨论的余地，此处不论，单看他身上那种坚守信仰的力量、敢于直犯君王的勇烈，就足以彪炳千秋。不妨想象一下，如果不是林则徐而是一个贪墨之徒写下“苟利国家生死以，岂因祸福避趋之”，那将不是佳句，而是笑柄。

白居易的俗和雅

七十而致仕，礼法有明文。何乃贪荣者，斯言如不闻。可怜八九十，齿堕双眸昏。朝露贪名利，夕阳忧子孙。挂冠顾翠緌，悬车惜朱轮。金章腰不胜，伛偻入君门。谁不爱富贵，谁不恋君恩。年高须告老，名遂合退身。少时共嗤诮，晚岁多因循。贤哉汉二疏，彼独是何人。寂寞东门路，无人继去尘。

——白居易《不致仕》

相传白居易写完诗后，会把诗读给文化程度不高的老妪听，遇到老妪不懂的地方就改，一直改到老妪能懂为止。这个故事颇具煽惑力，不过煽惑的不是诗人，而是读者，因为如果都按照“老妪能解”这四个字去要求历代诗人，发展下去就是“劳动人民看不懂的东西就不是好东西”，类似的主张，我们绝不陌生。

从历史上看，白居易“老妪能解”的做法，对后世诗人并未有多大的沾溉之功。比如在他之后的李商隐，写诗就喜欢密集使用典故，一样名传千古。宋朝就不用说了，诗家竞以才学为诗，后世的读者如果没有一定的学养，或者说傲慢得连既有的笺注都不愿去看，往往读不懂宋人的诗。

所谓“老妪能解”，只是白居易的野心，他希望自己作品的传播面达到最广。这种心志对于个人来说，实在无可厚非。但如果据此评断白居易的成就，恐怕就大谬不然了。清人叶燮说，白居易的五言律诗，对仗工整，用典贴切，常常读得意犹未尽，杜甫之后不可多得。这个评价不谓不高，但并非是针对通俗易懂而言。

事实上，白居易的诗只是面目俗，其主旨仍然是雅的。《不致仕》这首古体诗，可以让人看到他的俗和雅。诗题的“致仕”，是官员退休的意思。有人认为白居易此作是在讽刺杜牧的祖父杜佑，因为杜佑年过七十岁尚未退休。这个说法存疑，因为杜佑曾屡次上书皇帝请求退休，皇帝起初不允许，最后拗不过，才答应了他的请求。况且杜佑立身谨严，为人平易谦逊，他在当时最为世人非议的事，是在其妻子去世之后，不顾亲族的劝阻，将自己的一个妾升为正室，为当时的礼法所不容。

诗的最后四句——“贤哉汉二疏，彼独是何人。寂寞东门路，无人继去尘”，这可不是随便一个老妪就能懂的。此处用了一个典故。所谓“二疏”，指的是西汉贤人疏广及其侄子疏受，疏广官至太子太傅，疏受也做了太子少傅，叔侄俩显赫一时。但到了太子十二岁时，疏广对疏受说：“吾闻‘知足不辱，知止不殆’，‘功遂身退，天之道’也。今仕官至二千石，宦成名立，如此不去，惧有后悔。”劝侄子与自己一起退休。疏受同意了叔父的提议，两人一起辞官归乡。走的时候，同僚、友人在长安城的东郭门外为他们饯行，当日数百辆车来集，以致观看热闹的路人感慨地说：“贤哉二大夫！”

此诗前面的句子并没有过人之处，像“谁不爱富贵，谁不恋君恩”这种表述，是一贯的“白氏牌”开水，没有味道可言。为这首诗增色的，也是此诗最值得回味的地方，即最后六句。“少时共嗤诮，晚岁多因循”，这两句换成今日的话来说，就是人若不自警，往往容易变成自己当初厌恶的那种人。结尾处的“寂寞东门路，无人继去尘”，是在叹息今天已经找不到像疏广、疏受这样的人了。

与白居易同时代的裴度说：“以年致仕，抑有前闻，近代寡廉，罕由斯道。”指出当时的官员普遍寡廉鲜耻、贪恋富贵，到退休年龄了还不肯去位。白居易这首《不致仕》，就是在着力批评这一现象。

从《不致仕》可以窥见，白居易虽然追求通俗，但并非无原则地迁就读者，而是坚持以雅为指归，像“贤哉汉二疏，彼独是何人。寂寞东门路，无人继去尘”这种句子，用意深刻然而措辞委婉，给人留有想象的空间、回味的余地，是风人之能事。

与老杜、李商隐等诗家相比，白居易的诗确实不耐读。叶燮也承认，白诗读多了会令人生厌——这正是白居易过于追求通俗导致的。不过，俗归俗，白诗至少是有寄托、以雅为本的，这与那些一意迁就甚至是谄媚读者的做法相比，显然有着霄壤之别。

诗贵有英气

王濬楼船下益州。金陵王气黯然收。
千寻铁锁沉江底，一片降幡出石头。
人世几回伤往事，山形依旧枕寒流。
今逢四海为家日，故垒萧萧芦荻秋。

——刘禹锡《西塞山怀古》

这首脍炙人口的七律，所咏的是西晋灭吴之事。王濬是益州刺史，受晋武帝之命，在蜀地造大船，造完之后率水兵沿江直下伐吴。为了阻止晋军前进，吴帝孙皓派人在长江上横放铁索，但这并未能阻止一统的脚步，最终晋军击破东吴，结束了三国分立的局面，完成国家一统。

关于这首诗，历来传诵着这样一个典故：白居易、元稹、刘禹锡等人相与约定写一首以“金陵怀古”为主题的诗，刘禹锡写出这首诗之后，其他几人叹为观止，都搁笔不写了。对于这个故事，学者瞿蜕园根据刘禹锡的行迹，认为并不可信。不过话说回来，这个佳话能够广为传播，其根本原因还是这首诗写得确实好。

“人世几回伤往事，山形依旧枕寒流”扣题西塞山，站在东吴的角度抒发故国灭亡的感慨。这两句非常警策，又如流水般明快，但细读之下可以看出刘禹锡的用笔很讲究：人世、往事，是无形无状的东西；山形、寒流，有形有状，可见可触。如此着墨，虚实相应，是上乘的对仗。末联“今逢四海为家日，故垒萧萧芦荻秋”，承接上一联的感慨，来了一个转笔，以赞同大一统的态度收结全篇。

这首诗尤为值得注目的地方，是在前四句。学者俞陛云的《诗境浅说》认为：“此诗所以推为绝唱，未有发明之者。余谓刘诗与崔颢《黄鹤楼》诗异曲同工。崔诗从黄鹤仙人着想，前四句皆言仙人乘鹤事，一气贯注。刘诗从西塞山铁锁横江着想，前四句皆言王濬平吴事，亦一气贯注，非但切定本题，且七律诗能前四句专咏一事，而劲气直达者，在盛唐时，沈佺期龙池篇、李太白鹦鹉篇外，罕有能手。”

这番论述很精彩。俞氏所盛赞的沈佺期、李白诗，是否如此高妙，固然还可以再论，但这段话里的“一气贯注”“劲气直达”，却已隐约揭出了好诗应该具备的元素，这个元素就是英气。长期以来，我们都听惯了这么一句话：“见仁见智。”这句话实在害人，因为它容易抹去好诗所共同具备的元素。那些传诵至今的佳作里，固然兼备了各种风格，也囊括了各种题材，然而这些作品，都无一例外地独具一股英挺之气，使其傲立于浩如烟海的作品中，为后人记取。

譬如刘长卿的《长沙过贾谊宅》：

三年谪宦此栖迟。万古惟留楚客悲。
秋草独寻人去后，寒林空见日斜时。
汉文有道恩犹薄，湘水无情吊岂知。
寂寂江山摇落处，怜君何事到天涯。

这是刘长卿的代表作之一，写得悲凉入骨，但通体读来，却不会给人颓靡之感。这种感觉，是诗的独特语言所带来的。诗之所以为诗，就在于它有着独特的表述，与平常说话的语言不同。平常说话，用语贵能精准妥帖，而诗往往是推其极而言之，语意不能有所保留，因为不如此就不足以触动人心，而不触动人心就不是好的诗句。刘长卿这首诗里，诸如“万古、惟留、独寻、空见”等字眼，都是推其极而言，为全诗灌注了一股英气。

一位真正的诗人，首先必然是一个卓尔不群之人，这意味着他是人群中最擅长运用各类独特表述方式的人。这或许是一种天生的能力，不是每个人都具备的，同时又不是任何一位天才所能专美的。我们看到，中国自有诗以来，即便是那些学富五车的硕学名儒，也有写不出一首传世诗作的时候。而同时我们也看到，即使是唐朝有了李杜，后世也依然有大诗人涌现。所以在“阿法狗”机器人战胜围棋名将李世石的时候，作为人类的我们，实在完全不需要担心机器人会攻陷诗歌，相反地，这个事件应该让我们更珍视人类历史上的那些诗歌天才。

为何穷苦之言易好？

茂陵刘郎秋风客。夜闻马嘶晓无迹。画栏桂树悬秋香，三十六宫土花碧。魏官牵车指千里。东关酸风射眸子。空将汉月出宫门，忆君清泪如铅水。衰兰送客咸阳道。天若有情天亦老。携盘独出月荒凉，渭城已远波声小。

——李贺《金铜仙人辞汉歌》

真正的诗人，总是敏感而深刻的。

这首诗是李贺诗集的压卷之作，它的前面还有一个短序："魏明帝青龙元年八月，诏宫官牵车西取汉孝武捧露盘仙人，欲立置前殿。宫官既拆盘，仙人临载，乃潸然泪下。唐诸王孙李长吉遂作《金铜仙人辞汉歌》。"

与这首诗相关的事情是这样的：喜欢求仙问道的汉武帝，曾经派人用铜铸造仙人，铜人高二十丈、大七围，手捧盘子以承接天上甘露。到了曹魏的时候，魏明帝下令把铜人从长安迁到洛阳去，但人们在拆运的时候，发现铜人竟然流下了眼泪，于是停止了搬运。

铜人流泪一事，应该只是传说。在史籍记载中，铜人之所以没有被搬到洛阳，是因为它太重了。不过，这并不是李贺关心的方面，他关心的是兴亡。“衰兰送客咸阳道，天若有情天亦老”堪为不朽名句。宋人石延年以“月如无恨月常圆”与“天若有情天亦老”对仗，为人称赏，然而这句明显不如李贺的句子沉着，两者无法匹配。

在这首诗里，李贺仿佛就是那个流泪的铜人，而他的一生，只不过活了二十七岁而已。

李贺的诗有很浓的感伤色彩。例如《将进酒》：“况是青春日将暮，桃花乱落如红雨。劝君终日酩酊醉，酒不到刘伶坟上土。”这几句是说，人生苦短，须及时饮酒。又如《梦天》：“黄尘清水三山下，更变千年如走马。遥望齐州九点烟，一泓海水杯中泻。”时间迅速逝去，九州轻幻如烟，大海化为一杯水……这些奇幻表述的背后，是李贺对人生乃至世界的虚幻感。

是的，他经常触及“生死存亡”这些深切重大的问题。这种思考，并不是每个人都有的。试看大量存在于这个世界上的怨恨、恐惧、计较，我们就知道，能够随时意识到自己并非长生不老的人，其实不多。

不仅如此，今人甚至讳谈死亡。譬如在某些电梯里，4楼成了3A楼、14楼改为13A楼，因为“4”字的发音与“死”相近。讳死心理起于何时，难以细考，但这是迥异于古贤的思想，则确然可见。

古人并不讳言死亡。孔子在匡这个地方遭到当地人的围困，弟子颜回一度在乱中失散。见面后，孔子说：“吾以女为死矣。”颜回说：“子在，回何敢死！”这个对话是严肃之谈，并不是玩笑，因为在这场劫难中，孔子是随时有生命危险的，以至于他说：“天之未丧斯文也，匡人其如予何？”此外，孔子曾如此评价学生子路：“若由也，不得其死然。”因为子路性情刚烈，孔子担心他不能寿终，后来子路死于卫国内乱之中，孔子的担忧不幸成真。从这些细节里，都可看见古人面对死亡时的坦然态度。

曾子病重的时候，寝卧的席子很华美，一名童子看见，无意说了一句：这是大夫用的东西啊。曾子并非大夫阶层，他意识到自己违礼了，马上要求儿子曾元换席子。曾元不同意，说：“夫子之病革矣，不可以变，幸而至于旦，请敬易之。”意思是您的病已经很严重了，不能随便动，希望明天再换席子。

对于这个请求，曾子不同意：“尔之爱我也不如彼。君子之爱人也以德，细人之爱人也以姑息。吾何求哉？吾得正而毙焉，斯已矣。”他责备曾元爱人，还不如一个童子。在他的坚持下，曾元把席子换掉，还没在新席子上躺安稳，曾子就去世了，终生不违儒者本色。我们可以看到，在这种时刻，曾子父子都不避讳言死。

古贤不讳言死，其实就是他们常思考生死问题的体现。对于他们来说，死且不讳，因此遇到失意之时，更不避忌发出哀音。“欢愉之辞难工，穷苦之言易好”的原因在于，严肃生命所发出的穷苦之言，往往触及人生深层问题——比如生死——这已不仅是一己悲欢了。

至于那些总是意识不到自己不能永生的人，往往不仅忌讳言死，更恐他人嗤笑，连愁绪也不敢吐露。这些人读李贺的诗，多半不能卒章，这并不能说明他们比李贺奋发有为，而是因为他们的思力无法承受李贺如此沉挚的遗音。

多少人在重蹈楚国宫女的覆辙？

梦泽悲风动白茅。楚王葬尽满城娇。
未知歌舞能多少，虚减宫厨为细腰。

——李商隐《梦泽》

谈起李商隐诗，我们马上想到的往往是他的七律，其中又以无题诗为甚。这也难怪，毕竟那些都是备受历代论者推崇的作品，我们想不记得都难。对于一个诗人来说，若是能有一首作品传诵后世，就已经是很好的福报了，而李商隐却是有许多首诗被后人记取，这说明他不仅有福气，更有大才气。

不过，李商隐的七律虽然好，却不是他用力最多的体裁。现存下来的李商隐诗集里，总共有接近六百首诗，其中七律是一百一十七首，占的比例可谓不小，然而七绝的比例更大，有一百九十二首，占了总数的三分之一，是诗集里数量最多的体裁，可见诗人的用心所在。

从水平上看，李商隐的七绝，如果不说比他的七律好，那么至少也是平分秋色。叶燮在《原诗》里甚至这样说："七言绝句，古今推李白、王昌龄。李俊爽、王含蓄。两人辞、调、意俱不同，各有至处。李商隐七绝，寄托深而措辞婉，实可空百代无其匹也。"

叶燮认为，李商隐的七绝古今第一。这个赞誉看似吓人，其实一点也不过分。

刘咸炘先生在《学略》中说："绝诗最难，而今人视为最易。"是的，各体诗中，以七绝最为难写，它只有二十八个字，很短，然而学诗之人多忌从七绝入手。陈沚斋先生在《历代七绝精华序》（收录于《沚斋丛稿》）一文中说："七绝易学难精，古贤是叹。"这是因为，七绝容易上手，但很难写得精彩，如果刚学写诗就在七绝上用力，往往陷溺于浮浅之中而不得出。陈先生建议初学写诗者先写律诗和古风，待腹笥与阅历都丰了，再尝试写七绝。这个建议可谓金玉良言。

绝句分五绝和七绝。五绝以古体为正宗，今人熟悉的五绝，如孟浩然的《春晓》、柳宗元的《江雪》，押仄声韵，都属古体诗。而七绝则以近体为正宗，多使用律句、押平声韵，规矩比五绝绵密。但七绝比五绝难写好，不在于它受到的限制多。比如律诗的规矩比古风多，却比古风容易写，因为古风对学问的要求更高，作者若是积淀不足，往往难以驾驭。

七绝难于五绝，在于它对作者天分的要求高。五绝虽然字数比七绝少，但它以古体为正格，古体的佳境是"重剑无锋"，越朴拙越好，技巧多了反而显得卑弱。如柳宗元的《江雪》，全用实词织成，却兴味高远。

七言不如五言苍古，因此七绝必须精警，这就需要讲究运笔，如王之涣的“羌笛何须怨杨柳，春风不度玉门关”、李商隐的“可怜夜半虚前席，不问苍生问鬼神”，都有关键的转笔，使全诗警拔起来。精警，就意味着你要在二十八个字的狭小天地里腾挪出新，这需要极高的天分。陈沚斋先生说：“传统诗歌诸体之中，余意以七言绝句为最尊。”因此可以这样说，七绝是最适合天才施展拳脚的诗体。

陈沚斋先生评说各体诗：“古诗可以学问阅历养之，律诗可以工力词采足之，而七绝则纯乎天籁，不容假借也。”的确，唐代以来有名的诗家，大多能写好律诗或古风，然而精擅七绝的诗人却不多。根据整体质量严格算起来，唐代能称得上七绝大家的，是王昌龄、李白和李商隐，宋代是王安石，清代则是龚自珍。可谓屈指可数。就连功力深厚的老杜，律诗与古风登峰造极，却不能兼擅七绝，可见此体之难。

李商隐就是精擅七绝的天才。

《梦泽》这首七绝，作于唐宣宗大中二年，其时李商隐从广西北返，路经洞庭湖，遂有此作。“梦泽悲风动白茅，楚王葬尽满城娇”，梦泽是地名，在洞庭湖一带，古属楚国；白茅是楚地常见的一种植物，春秋时期，楚国每年向周天子进贡茅，《左传》：“尔贡包茅不入。”有一次齐国伐楚，理由之一就是楚国没有向周天子贡茅。李商隐此诗首句，暗含兴亡之感。第二句的楚王，指的是春秋时期的楚灵王，这位国君喜欢腰细的女人，宫女为此经常节食，求得细腰以迎合楚王。后人因此说："楚王好细腰，宫中多饿死。"

此诗前两句，是说诗人到了梦泽，见到白茅，想起了楚灵王的往事。一个"悲"字以及一个"葬"字，已经将作者心中的情感和盘托出，句法上不事任何安排。

"未知歌舞能多少，虚减宫厨为细腰。"楚王的故事，其实在前两句里已经说完了。后面这两句，说的不是楚王，而是说那些取悦、迎合楚王的宫女。歌舞终究会有尽时，楚王也会有不存在的时候，那些辛辛苦苦节食以求细腰的人，伤害自己的生命以迎合他人，其结果又是如何呢？末句的"虚"字，透出无限悲凉。

这首七绝，说的当然不仅仅是宫女而已。清人屈复点评说："制艺取士，何以异此？可叹！"这个眼光，自然比一般的文辞赏析来得深刻，但犹有可说的地方。盖开科取士，属于人间的秩序设计，就像今日各种类别或层级的考试一样，都属于不可或缺之物。对于士子来说，参加科考的目的即便是为了衣食，也无可厚非。但如果在这一条路上，只忙于把自己锻造成符合他人所制定的规范之人，就是迷途不知返，自我神采已失，即便获得功名，那又怎么样呢？

对于今人来说，也先别忙着嘲笑古人，因为你可以看到，今人面对上司的时候，他们的表现往往与楚国宫女没有任何区别。再看时下各种媒体或者公司的主事者，当他们面对读者、客户、用户的时候，只需要看一眼他们那双随时准备跪下的膝盖，你就会发现，楚国宫女即使是因为追求细腰而饿死，也比那些人有骨气多了，因为宫女不会在跪下的同时，还做出一副委曲求全的无辜状。

李商隐的这首诗，既有讽刺，又有慨叹，更有怜悯。在这二十八个字里，他托出了一个人生大问题——又或是大难题：所谓委曲求全，委曲了，真能求得全吗？在这个世界上，又有多少人在不知不觉地重蹈楚国宫女的覆辙？

质朴见真情

结发为夫妇，于今十七年。
相看犹不足，何况是长捐。
我鬓已多白，此身宁久全。
终当与同穴，未死泪涟涟。

每出身如梦，逢人强意多。
归来仍寂寞，欲语向谁何。
窗冷孤萤入，宵长一雁过。
世间无最苦，精爽此销磨。

从来有修短，岂敢问苍天。
见尽人间妇，无如美且贤。
譬令愚者寿，何不假其年。
忍此连城宝，沉埋向九泉。

——梅尧臣《悼亡三首》

梅尧臣与苏舜钦齐名，人称“梅苏”。不过，梅尧臣在今时最有名的作品，可能并不是这组悼亡诗，而是《陶者》：

陶尽门前土，屋上无片瓦。十指不沾泥，鳞鳞居大厦。

唐人李绅也有一首《悯农》，我们就更熟悉了：

锄禾日当午。汗滴禾下土。谁知盘中餐，粒粒皆辛苦。

此诗风格、立意都跟梅尧臣的《陶者》类似，但它们只是胜在有悲悯之情，艺术价值却不高。二十世纪初以来，那些直白描绘老百姓生活疾苦的作品，获得了许多喝彩声，这本来没有什么问题，问题在于被世人称赞的这一类作品中，有许多手笔水平并不高。

其实，描写劳动人民生活情状的作品，并非没有佳作，梅尧臣的《小村》就是一例：

淮阔洲多忽有村。棘篱疏败谩为门。
寒鸡得食自呼伴，老叟无衣犹抱孙。
野艇鸟翘唯断缆，枯桑水啮只危根。
嗟哉生计一如此，谬入王民版籍论。

此诗描写了小村村民的生活苦况，末句“谬入王民版籍论”（此处“论”字读平声）是全诗的亮点，意谓当地农民生活如此艰辛，但官家仍然将他们编入交租的户籍里。但是现在的人谈起“人民的艰苦生活”，所想到的作品，不是《悯农》就是《卖炭翁》这些浅易之作，又有多少人提到梅尧臣的这首《小村》？

从水平上看，《小村》比《陶者》《悯农》高出不是一个层次。但获得近世名声的却是后两者，原因只在于后者更易读易懂。

风气所及，其余诗作的待遇也发生了变化，以至于人们想起李白，就一定会提《静夜思》，而不会说《古风五十九首》；谈到杜甫，必然会说“两个黄鹂鸣翠柳”，而茫然不知“玉露凋伤枫树林”为何物，实在令人叹息。

陈衍非常赞赏梅尧臣的这三首悼亡诗，认为这三首悼亡诗比潘安、元稹的同题材作品还要好。

道听途说不足为凭，我们且来看看潘、元二人的作品。

荏苒冬春谢，寒暑忽流易。
之子归穷泉，重壤永幽隔。
私怀谁克从，淹留亦何益。
僶俛恭朝命，回心反初役。
望庐思其人，入室想所历。
帏屏无仿佛，翰墨有余迹。
流芳未及歇，遗挂犹在壁。
怅怳如或存，周遑忡惊惕。

如彼翰林鸟，双栖一朝只。
如彼游川鱼，比目中路析。
春风缘隙来，晨霤承檐滴。
寝息何时忘，沉忧日盈积。
庶几有时衰，庄岳犹可击。

——潘安《悼亡诗》（其一）

昔日戏言身后意，今朝都到眼前来。
衣裳已施行看尽，针线犹存未忍开。
尚想旧情怜婢仆，也曾因梦送钱财。
诚知此恨人人有，贫贱夫妻百事哀。

——元稹《遣悲怀三首》（其二）

两首都是非常有名的作品。但陈衍认为，潘安的作品中，除了“望庐思其人，入室想所历”之外，并没有沉痛语。细读此诗，确如陈衍所言。此外，元稹的“贫贱夫妻百事哀”，固然令人动容，但“尚想旧情怜婢仆，也曾因梦送钱财”的确不免使人倒胃口，没有深致可言。

石遗老人眼光锐利，这一评价不算苛刻。细细揣摩潘、元、梅三人的同题材诗作，梅尧臣的确是稍胜一筹。潘安悼亡诗的弊病，在于铺陈过甚，有失雅洁；而元稹之作，则弊在夹杂俗气，多少亵渎了深厚的夫妻情义。

梅尧臣的悼亡诗则全无潘安、元稹的弊病。他的作品最大限度地挤掉了水分，字与字之间显得很紧凑，而三诗之间则又存在着一个跳跃的关系。第一首述说面广，有总概的意味，结婚十七年仍旧“相看犹不足”，这种难能可贵的情感，寓于平淡的造语当中，已显珍奇。第二首则呈现具体的感受，“窗冷孤萤入，宵长一雁过”，个中凄凉，我们自可想象。至于第三首，语句则更是平淡。贵贱寿夭，本是天命，强求不得，所以梅尧臣是“岂敢问苍天”。然而压抑不住悲痛的他，还是问了，“何不假其年”，却又问得如此无力。

全诗平直道来，质朴而见真情。

晚清大诗人陈三立在《故妻罗孺人状》一文中，描写其亡妻罗氏的行迹，也平淡无奇，但一字一句里，尽现作者的深情，与梅尧臣这几首悼亡诗，有同工之妙：

> 余尝醉后感时事，讥议得失辄自负，诋诸公贵人，自以才识当出诸公贵人上，入辄与孺人言之。孺人愀然曰：“有务为大言对妻子者邪？”余为面惭不能答，然酒酣耳热，中郁发愤，复不禁往往为孺人言之也。

酒后大言骄妻、被妻子直指己过、旧“病”复发——在这些细微的转折当中，可见作者对妻子的心理依赖程度，以及妻子直心匡夫的深意。夫妻感情之真挚，于斯尽见。陈三立此作，丝毫不逊色于世人盛称的归有光《寒花葬志》。潘安的悼亡诗与之相比，亦显安排过多了。大抵碰上如此肃穆的事情，愈是简单质朴的文笔，就愈得当。太多花哨的技巧，反而容易损害感情之真挚。

轰轰烈烈的夫妇事迹，固然可贵，但平淡的生活景象，同样也能浸润人心，就像粤剧《凤阁恩仇未了情》的旦角所唱——“愿为郎君老朱颜”，这不是豪言壮语，但已经显出这位女子在爱情上忠贞不渝的力量，令人心情震动。

平淡的语言或事迹，是否写得传神，裁剪的手法也很关键。像梅氏这组悼亡诗，每一首是一个镜头，三个镜头就是一生，令人读后倍感怅惘。

第一等好诗，第一等议论

故乡飞鸟尚啁啾。何况悲笳出塞愁。
青冢埋魂知不返，翠崖遗迹为谁留。
玉颜自古为身累，肉食何人与国谋。
行路至今空叹息，岩花涧草自春秋。

——欧阳修《唐崇徽公主手痕和韩内翰》

崇徽公主是唐代名将仆固怀恩的幼女。仆固怀恩乃唐朝平定安史之乱的功臣之一，后来遭到唐室猜忌，于是联合回纥起来反唐，在进军长安途中暴卒。唐代宗怜其有功于唐，将他的幼女收养，即是崇徽公主。史载唐代宗视崇徽公主如己出。

据《资治通鉴》载，仆固怀恩在世时，就已有两个女儿外嫁回纥："臣有二女，远嫁外夷，为国和亲，荡平寇敌。"这两个女儿当中，其中一个是光亲可敦，嫁给了回纥的登里可汗。

唐代宗大历三年，光亲可敦去世，其夫登里可汗指定崇徽公主为继室。国势衰落的唐朝不敢怠慢，便将崇徽公主远嫁回纥。其时唐朝财政拮据，为了筹备送给崇徽公主的“缯彩两万”，伤透了脑筋，不得不向公卿大夫的骡子和骆驼征税。

据《新唐书·回鹘传》载，即使有了崇徽公主的和亲，仍不能停息回纥对大唐的骚乱。留在长安的回纥人，在市中横行无阻，于光天化日之下强抢妇女，令皇城居民闭门不敢出。他们抢夺了长安令邵说的马，最后也因为唐朝惮于回纥的军事实力而被恕免。

大历四年，崇徽公主远赴塞外，路经阴地关（今山西灵石）的时候，用手在石壁上留下了痕迹。这个崇徽公主手痕，为后世诗人咏唱。且看唐人李山甫这两首作品：

一拓纤痕更不收。翠微苍藓几经秋。
谁陈帝子和番策，我是男儿为国羞。
寒雨洗来香已尽，澹烟笼着恨长留。
可怜汾水知人意，旁与吞声未忍休。

——《阴地关崇徽公主手迹》

金钗坠地鬓堆云。自别朝阳帝岂闻。
遣妾一身安社稷，不知何处用将军。

——《代崇徽公主意》

两诗句句激愤，字字含悲。然而国家大势，很难因个人的感情而发生运移。唐室的衰败，自安史之乱之后，就已成了定势，就像兵败的项羽，业已耗尽了元气，重整旗鼓谈何容易。

不过，不能卷土重来，也只不过是一种现实。在古人的信仰中，即使现实是如此残酷，但卷土重来的精神不可没有。赵翼在《廿二史札记》里认为明末书生误国，批评他们不懂得权衡天下大势，凭意气用事，未能先与后金和解，全力去对付中原的农民军，从而腹背受敌，最终导致明朝灭亡。

赵翼之论，有他的一番道理。但那也只能说明明末书生的过失，更多的是具体方法上的失误。这种执行策略上的错误可商可议，然而对于将士防备敌人、奋勇杀敌的精神，则不能有所指摘。

欧阳修此诗所呼吁的，就是这样一种不屈的精神。

如何应对北方骑兵，是冷兵器时代里每个中原政府所必须思虑的重要问题。在宋代，这个问题显得非常严重。总宋三百多年，都处在强敌的环伺之中。北宋政府在面对西夏、辽国时，极度被动，这引起了许多士人的不满，欧阳修就是其中一位。他固然怒于政府的不争，但对于国势的颓唐，他更多的是悲哀。这首《唐崇徽公主手痕和韩内翰》叙说的虽是唐朝的故事，所指向的却是当下。

传世的咏史、怀古诗，说的往往是作者当下之事。这是诗歌里可贵的当代意识。

欧阳修此诗所寄寓的感慨，比李山甫的更深沉。前四句说的是崇徽公主的事迹，第五、六句愤怒地说出玉颜的遭遇，同时以强烈的质问语气，揭出肉食者的卑懦嘴脸。

那些享受着高官厚禄的人，不能改变一个国家的命运，反而让弱质纤纤的女子，牺牲自己的青春，远赴夷蛮之地，以此来挽救国运——再没有比这更令人痛心的事情了。

唐诗不重议论，但到了宋诗这里，发生了变化。宋人或许觉得，只是描写已经不足以抒发心里涌动的情感，于是像“玉颜自古为身累，肉食何人与国谋”这样的议论就多了起来。苏轼那首《和子由渑池怀旧》，下笔便是议论。至于王安石、黄庭坚等人的诗作，议论同样俯拾皆是。

议论入诗看似取巧，实则是一步险棋，因为议论最容易落于下乘。毕竟诗不是文，没有足够的字数空间让你建立绵密的逻辑关系。有时作者急于表达观点，或观点不成熟，往往损害诗味，使得诗作缺乏远意。宋诗为后人诟病的一个地方，就在于许多拙劣的议论影响了诗作的质量。

欧阳修此作则无斯敝。前四句中，每一句的感情都渐趋强烈，至第四句已无描述可供差遣。将铺垫做足，第三联的议论便显得水到渠成，它将作者的悲怀与愤怒，用最痛快的方式表达出来。末联一转而变得沉着，一种无可奈何的绝望，隐隐涌动在里面。

朱子赞扬这首诗说：“以诗言之，第一等好诗。以议论言之，是第一等议论。”可谓是最精当的评价。

“玉颜自古为身累，肉食何人与国谋。”其实，欧阳修说的，又何尝只是宋朝的事呢？

怅惘之中有昂扬

春风疑不到天涯。二月山城未见花。
残雪压枝犹有橘，冻雷惊笋欲抽芽。
夜闻归雁生乡思，病入新年感物华。
曾是洛阳花下客，野芳虽晚不须嗟。

——欧阳修《戏答元珍》

欧阳修是北宋文坛标杆式的人物，除了能诗擅文之外，更是粹然儒宗，深刻影响了北宋的风气。五代时期历仕四朝十君的冯道，自五代到宋初，一直为人称赏。而冯道本人对自己也很满意，曾写下《长乐老叙》，言辞间对自己这一生的际遇颇为自得。欧阳修撰《新五代史》，一改前人的评价，直斥冯道“可谓无廉耻者矣”。司马光修《资治通鉴》，钞引了欧阳修对冯道的评价，并发了一大通议论，称冯道是“奸臣之尤”。自此之后，冯道就再也没有从耻辱柱上除名。

学术贵能有益于世道人心。陈寅恪先生在《赠蒋秉南序》里说：“欧阳永叔少学韩昌黎之文，晚撰五代史记，作义儿冯道诸传，贬斥势利，尊崇气节，遂一匡五代之浇漓，返之淳正。故天水一朝之文化，竟为我民族遗留之瑰宝。孰谓空文于治道学术无裨益耶？”

在影响世道人心这一点上，不知今之学者，视古之学者，其相去几何？

宋代的文坛盟主，都对优异的后生进行不遗余力的奖掖。我有一位朋友是大学老师，她曾跟我说，现在有些学生连唐宋八大家的名字都记不全，这真是令人难以想象的事，其实他们只需要记住一个欧阳修，就可以顺带记住另外五个人，再加上唐代的韩、柳，这就记全了。

唐宋八大家中，苏洵、苏轼、苏辙、曾巩、王安石这五个人，都受到过欧阳修的奖掖。只要想想王安石、苏轼的诗文对当时士子的巨大影响，就可依约想见欧阳修巍然耸立的盟主形象了。

宋仁宗景祐三年，范仲淹因上书批评时政而被贬，欧阳修挺身而出，为他辩护，被贬为夷陵县令。这首《戏答元珍》，就作于欧阳修夷陵县令的任期内。元珍是他的朋友丁宝臣的字，当时为陕州军事判官，其作品多不传世。

诗题一个“戏”字，托出了此诗的格调：无奈。“春风疑不到天涯”的“疑”字，用得非常巧妙，一上来就能引发读者的好奇。句中“天涯”二字，可令人想象到夷陵地僻荒凉。诗不是侦探小说，难以句句设悬，之后作者迅速用“二月山城未见花”，让这一个“疑”字有了着落。

都已经是二月了，这个山城还未见花开，可见春风是到不了这个边远小城的。唐人已有“春风不度玉门关”之说，赵宋皇恩浩荡，能否泽及我欧阳修这一谪臣呢？又是一疑，这才是欧公最大的疑问。

春天虽然疑似未至，然而事实上已经来了：“残雪压枝犹有橘，冻雷惊笋欲抽芽。”两句的图画，都是万物苏醒的景象。可惜的是，在这个万物各展风华的时候，诗人却只能在一个荒凉偏僻的小城，看着天边归雁，徒生乡思(音sì)；更糟糕的是，诗人不得不携病进入新年，以病身来看那万物逢春之象。

此情此景，怎不有“沉舟侧畔千帆过”的感喟？然而，诗人不想效颦文人的咨嗟怨尤，不愿自己沉湎于这种坏情绪中。于是，他开慰自己：怎么说我也曾在洛阳生活过，见识过那百花争放的盛景；在夷陵这个僻远之地，还能看到野花，已经没有遗憾了；何况野花只是开得晚了一些，又有什么好嗟叹的呢？

一般来说，七律的好处往往在第一联之后方能显现出来。但欧阳修的这首《戏答元珍》，精华却在第一联。第一句设悬，第二句解悬，流畅自如。从整体来说，此诗的妙处在于圆融。颔联反首联意而作，谓春天其实已经到来；颈联写谪官逢春的复杂心态，末联表达了蛰居待时的心志。全诗语言清通，没有生硬之处，怅惘之中不乏昂扬，又没有故作达观的生硬姿态，与他的儒宗身份可谓相得益彰。

王昭君之哀

胡人以鞍马为家，射猎为俗。泉甘草美无常处。鸟惊兽骇争驰逐。谁将汉女嫁胡儿，风沙无情貌如玉。身行不遇中国人，马上自作思归曲。推手为琵却手琶。胡人共听亦咨嗟。玉颜流落死天涯。琵琶却传来汉家。汉宫争按新声谱。遗恨已深声更苦。纤纤女手生洞房。学得琵琶不下堂。不识黄云出塞路，岂知此声能断肠。

——欧阳修《明妃曲和王介甫作》

这是欧阳修一生最为得意的诗。

王安石写了两首《明妃曲》（详后），水准极高，轰动当时，当时名流纷纷唱和。欧阳修的和诗也是两首，这里选的是前篇。两首和诗，加上《庐山高》，是欧阳修一生最自鸣得意的作品，其中尤以这一首为甚。据《石林诗话》记载，欧阳修认为《庐山高》是当世人不可能有的手笔，唯有他和李白才写得出；《再和明妃曲》则是李白也不能写出的作品，唯有他和杜甫可以；而《明妃曲和王介甫作》则是李白和杜甫都写不出，唯有他欧阳修可以。

这些自得的语气，未免过当。不过细读此诗，不难发现，欧阳修有此自负是有道理的。

此诗最高妙之处，在于它明里述说一个弱质女子的身世，暗里却在抒发家国之痛，格局不再狭小，显出了他的博大襟怀。

明妃即王昭君，晋代为避司马昭之讳，王昭君就成了王明君，亦被称为明妃。历来咏唱明妃的诗很多，杜甫的“群山万壑赴荆门”算是家喻户晓的了。其他咏明妃的诗作，往往乏善可陈。

到了宋代，王安石的《明妃曲》问世，立意翻新、语句遒劲，一时风行。欧阳修这一首“胡人以鞍马为家”，和王安石的原作“明妃初出汉宫时”，都是同一题材中的佼佼者。

欧公此诗以文句起，别出心裁，自增矫健之气。上品古风尤其是七古，一定要具备充足的元气，给人一种虎虎生风的阅读体验。为此，把古体诗写成一篇有韵之文，是古人常见的做法。我们熟悉的唐人七古，如韩愈的《山石》：“僧言古壁佛画好，以火来照所见稀。”李商隐的《韩碑》：“帝曰汝度功第一，汝从事愈宜为辞。”都是如此。

从“胡人以鞍马为家，射猎为俗”到“马上自作思归曲”，叙述了胡地的恶劣环境，鸟兽奔逐、风沙无情的大漠，活动着居无定所的匈奴人，这些夷蛮迎来了玉颜倾国的王昭君。但是王昭君出嫁匈奴，虽然系出自愿，却是苦于得不到汉皇的垂赏，而对于中原故土，她有着无限的依恋。“马上自作思归曲”，可见这一弱质纤纤的女子进入苦寒异邦时的凄凉心境。

人情总有相通之处，王昭君这一首在苦远旅途上即兴而作的思归曲，连胡人听了都替她唏嘘，心生同情。然而，汉皇可曾感觉到这份凄情呢？

王昭君的丈夫死后，依照当地传统，她嫁给了丈夫与其大妻生的儿子。从伦理的角度上说，她是被迫乱伦了。史料对王昭君出塞后的生活记载不多，后人无从了解到她彼时的心境。但从当时的思想判断，她被迫做出这种乱伦行为，一番痛苦无论如何都是免不了的。

“玉颜流落死天涯，琵琶却传来汉家。”她的思归曲传到中原，却成了宫女们争相咏唱的新曲，用以取悦王公大人。世间的男儿，也不悯怜王昭君的凄切身世，而以听一曲昭君思归为乐，世间女子遂蜂然学操此曲。

这个世界最诡异的事情来了：王昭君的痛苦之声，居然成了愉悦故国的靡靡之音。

“不识黄云出塞路，岂知此声能断肠。”这正是王昭君的悲哀，也是整个国族的悲哀。然而谁人能遏制这种悲情的再生呢？宋代的地缘政治环境比汉代的还要恶劣，欧阳修激愤于当局外事之不振，不希望看见大宋受制于夷狄，屡屡提出强边御敌、巩固国防的主张。比如对于西夏，他的态度很坚决，反对通和，力主积极防御，提出了许多有建设性的措施。然而他终究没有看见自己所希冀的局面出现，或者说，所幸的是他去世得早，没有看见北宋的沦落。文明社会固有的脆弱一面，在宋代展露无遗。在欧阳修之后，司马光、王安石、苏轼都未能把宋室从水火中救出。

此诗的讥讽，不只是针对汉代人，更是宋室，或者说是宋室中的主和派。主和派得逞，这里面有最高统治阶层的原因，正因为他们骨子里有偏安思想，才让主和派的意见得以见重于当时。尽管从功用的角度来看，主和派提出的意见也并非全是坏的，因为他们的策略在非常时刻能为大宋带来喘息的机会，但其害处，在于固实了社会各阶层的偏安思想，为祸是更长远的。

当然，贪图安逸的思想，并非统治阶层所独有。因为自汉代以来，上至统治阶层，下至平民百姓，都有一个不断文弱的过程。柳诒徵先生在《中国文化史》一书里认为，在南唐时期形成风俗的妇女缠足，导致妇女身体孱弱，“所生子女，必不强壮”，这无疑影响了族群的基因，后人诟病此风，并非无理取闹。不过，后人把缠足之罪扣到儒家身上，则属不考史实的胡搅蛮缠，因为宋代大儒程颐的家乡，就是不缠足的异数之一。

柳诒徵先生还认为，高坐家具的盛行，使人“居处行动，皆求安适”。先秦时期，古人一般席地而坐，他们的坐姿与跪姿相差不远。即使当时有高的坐具，但并不通行。这种在今天看来不很舒适的坐姿，从侧面说明了古人的防患意识之强。是以先秦时期尽管各国纷争，应对起周边的夷狄来却游刃有余。嗣后人们的坐具逐渐增高，有了绳床、椅子、杌子，到了晋代出现了肩舆。人越坐越高，在舒服的同时，也渐变文弱了。在唐代，通常是年老或者生病的大臣才乘肩舆。然而在宋室南渡之后，官员都流行乘肩舆，就连乘车马的都很少了。如此士风，如何能抵御强敌？

这种由深远而复杂的历史原因造成的窘况，要靠一二贤人之力扭转颓局，其困难可想而知。但欧阳修并没有屈服。知其不可而为之，士君子所共通的一个可贵之处，也在于此。

人有多高，作品才能有多高

春阴垂野草青青。时有幽花一树明。
晚泊孤舟古祠下，满川风雨看潮生。

——苏舜钦《淮中晚泊犊头》

诗中的犊头，是今天江苏淮阴的犊头镇。苏舜钦三十四岁时，乘舟经过此地，写下了这首七绝。

“春阴垂野草青青”，在一个阴云密布的春天，作者乘舟前行，黑云低抚岸上平野，触目皆是青青的草色，幽暗的天地，偶尔会有一树明亮的花映入眼帘——风雨欲来之际，作者竟然还有心思欣赏四周景色。

舟楫继续前行，古祠矗立眼前，天色将晚，是时候歇脚了。江流之中，只有苏舜钦的一艘小舟，它默默地停靠在古祠下。未来得及入祠，风雨已来。苏舜钦并没有躲避，他静静地伫立在风雨中，看那潮起潮落。

据说黄庭坚很喜欢这首诗，时不时把它写出来欣赏，并且自己在写诗时，也向这首作品致敬：

满川风雨独凭栏。绾结湘娥十二鬟。

可惜不当湖水面，银山堆里看青山。

——黄庭坚《雨中登岳阳楼望君山二首》（其二）

黄庭坚对苏舜钦此作的喜爱，当然有其理由，因为这首小诗是天籁，把它放在唐人集子里，与张继的《枫桥夜泊》并排，丝毫不显得逊色。

此诗从容不迫，流转自如，不加议论，毋庸语词方面的强调，却曲尽了古人的两种人生态度："回也不改其乐"（《论语·雍也》）、"虽千万人吾往矣"（《孟子·公孙丑上》）。

乌云密布之时，苏舜钦没有急匆匆地找地方躲避，而是用心去观察、欣赏沿途景物。此刻的他，就跟颜回一样，面对人生旅途中的顺逆境，也从容淡定，并不搅动内心之平静。

内心之平静，只因存有一份执着，为他自己认可的道。然而仅有意念的执着，而无身体的躬行，也未足为贵。此诗最可贵之处，就在第三句的"孤"字，此字是全诗之眼，没有了它，此作就会暗无光泽，相信黄庭坚也不会对之反复把玩。

只一个字，就为全诗带来一种傲兀的品格。

这里的孤舟，所指的不仅仅是一艘船，它还表露了一种孤往的人生境况——你或许有许多同道，但在更多的时候，你必须一个人前行。这庶几于孟子所谓的"虽千万人吾往矣"，阐述的不只是勇气，还有意念、境界。

荆轲刺秦，莽夫行为而已，无妨虎狼之秦吞灭六国，而易水悲歌竟为千古传颂，全是一股孤往气概使然。太史公司马迁为君上不容，身受宫刑，“左右亲近不为一言”，痛苦莫名的他，并未颓唐，终有《史记》，也全是一股孤往之气在支撑着他。柳宗元“孤舟蓑笠翁，独钓寒江雪”，之所以百世流响，即因一“孤”境而贵。

传统文化注重群体的和谐，却更热切歌颂个体的尊贵。群己分明，这是一种更本质意义上的自由。古代士人固然欣喜于“吾道不孤”，然而他们心里无惧孤独，也从不畏惧多数，对于孤身行道之人，他们在心底里报以最响亮的掌声。

北宋出过两家苏姓名人，一是苏洵、苏轼、苏辙父子，二是苏易简、苏耆、苏舜钦祖孙三代。贵为参知政事苏易简之孙，苏舜钦通过荫补获得低级官职，但最终还是凭借自己的实力在科场上脱颖而出。

然而，仕途上的苏舜钦并未一帆风顺，因支持范仲淹、富弼的新法，他遭到反对派的忌恨，最后以“监守自盗”的罪名，被削职为民。

在下面这首词中，他吐露了蹭蹬生活下的心境。

潇洒太湖岸，淡伫洞庭山。鱼龙隐处烟雾，深锁渺弥间。方念陶朱张翰，忽有扁舟急桨，撇浪载鲈还。落日暴风雨，归路绕汀湾。　丈夫志，当景盛，耻疏闲。壮年何事憔悴，华发改朱颜。拟借寒潭垂钓，又恐沙鸥猜我（一作“又恐相猜鸥鸟”），不肯傍青纶。刺棹穿芦荻，无语看波澜。

——苏舜钦《水调歌头·沧浪亭》

壮志犹在，无奈年华已去。末句的“无语看波澜”，令人想起了陈三立的“凭栏一片风云气，来作神州袖手人”。这都是历尽波劫后的沧桑之语，有点失落颓靡，但心情并不完全沉寂。他们对现实，尽管似乎无力再去冲击，然而一颗向往自由的心，始终未曾变过：

浩荡清淮天共流。长风万里送归舟。
应愁晚泊喧卑地，吹入沧溟始自由。

——苏舜钦《和淮上遇便风》

这一首同样也是苏舜钦的名作，末句“吹入沧溟始自由”的知名度，并不比“满川风雨看潮生”低。两诗与《水调歌头》相比，呈现出截然不同的气质。诗苍茫有力，摄人心魄；词缠绵悱恻，令人凄然。

当然，并不需要强行去判断诗与词的优劣。不过无可否认的是，在这几首苏舜钦的作品中，诗在述说一种应然，词在谈论一种已然，两者相较，诗无疑比词高，因为诗里的作者站在一个高处去看自己的人生，而不只是为现实牵制。

文以人贵、以人传，文学作品的终极评价标准，都是人本身。人有多高，作品才能有多高。

东坡的忧愤之音

敢向清时怨不容。直嗟吾道与君东。
坐谈足使淮南惧，归去方知冀北空。
独鹤不须惊夜旦，群乌未可辨雌雄。
庐山自古不到处，得与幽人子细穷。

——苏轼《和刘道原见寄》

几乎所有的苏诗选本乃至宋诗选本，都不收入此诗，在《宋诗钞》这种收录量相当大的书里，也没有此作的身影。与《和子由渑池怀旧》这些作品相比，此作声名不彰，却是苏子诗集中一流的作品。

刘道原即刘恕，以史学擅名，曾到过翁源（在今广东韶关）做县令。宋英宗让司马光自选英才一起编修《资治通鉴》。司马光说："馆阁文学之士诚多，至于专精史学，臣得而知者，唯刘恕耳。"于是刘恕被擢升为著作郎，专力与司马光修《资治通鉴》。

清人全祖望在《通鉴分修诸子考》里说："温公平日服膺道原，其通部义例，多从道原商榷。故分修虽止五代

（一说是刘恕分修三国至南北朝部分），而实系全局副手。”据《宋史》记载，刘恕曾与司马光出游，见路旁有石碑，碑主是五代的一名将领，一行人都不知这名将领的更多信息，只有刘恕能当场道出此人的生平来。司马光回家查验，发现果如刘恕所说，遂对这名后辈愈益畏服。

刘恕的父亲刘涣，是欧阳修的同年，因为性情刚直，不被上官所赏，于是在五十岁时退休，到庐山居住。欧阳修曾写下《庐山高》一诗，赞扬刘涣的高节。跟父亲一样，刘恕的性子也非常直。他和王安石是旧交，但不认同王安石的新法，将自己认为新法不合理的地方详细写下，交给王安石，他甚至当面直言王安石之过，让老友很难堪，“变色如铁”。但刘恕并未因此从情退却，甚至还在人多的场合，公开批评王安石新法，导致两人绝交。其时王安石权震天下，刘恕因此遭到新党排挤，在司马光罢官后，他也以亲人老病的原因告归南康军，“乞监酒税以就养”。

苏轼也和刘恕一样，不认同新法，在刘恕出走后，他写下一首诗《送刘道原归觐南康》，诗中将刘恕与汉代直臣汲黯相比，把王安石比为酷吏张汤。诗中有这样四句：“交朋翩翩去略尽，惟吾与子犹彷徨。世人共弃君独厚，岂敢自爱恐子伤。”可见刘、苏二公相知甚深。

《和刘道原见寄》的写作时间，与《送刘道原归觐南康》相近。首句“敢向清时怨不容”震人心神。次句“直嗟吾道与君东”用了这个典故：东汉时期，郑玄向马融问学，学成后返回山东，马融感喟地说："吾道东矣。"意思是说随着郑玄学成东归，自己的学问思想也向东流布了。首联直书刘、苏二人的窘境。

第二联出句"坐谈足使淮南惧"，沿用《送刘道原归觐南康》的比拟，继续以汲黯之事来说刘恕。汲黯是汉武帝时的名臣，非常耿直，淮南王想谋反，然而心里畏惧汲黯，认为汲黯"好直谏，守节死义，难惑以非"。苏轼在这里将王安石比作淮南王，也很巧妙，隐在"淮南"之后的"王"字，切王安石的姓。"归去方知冀北空"，冀北之地产马，"伯乐一过冀北之野，而马群遂空"（韩愈《送温处士赴河阳军序》）。两句是说，刘道原像汲黯一样耿直，让王安石感到畏惧，而如今随着他的罢官出走，史馆变得没有人才了。

《淮南子·说山训》："鸡知将旦，鹤知夜半。"鹤夜半而鸣，鸡天亮而叫。"独鹤不须惊夜旦"，将刘恕比作鹤，以新派众臣为鸡，在赞美刘恕的同时，也劝慰他心境无须为处境所动，因为"群乌未可辨雌雄"，今日朝廷进用之人，如群乌不可辨别雌雄，小人君子杂处，而先生是"独鹤"，不可能为这些人重用，因此不必与他们共事。

末联承接第六句的意思，说时局如此，我们还是到庐山寻幽访胜罢。值得注意的是，"庐山自古不到处"的格律为"平平仄仄仄仄仄"，第五、六字应平而仄，拗了，末句第五字未换用平声，属于拗而未救。在前六句格律规整的情况下，第七句突然用了这么一个拗句，更增全诗的傲兀。

此诗首句力大，二、三联气势宕展，并未减弱，并且抑扬有致，但结句还是溢出苏轼的温良本色，他有怒意，但其实没有怨怼。罗隐写《黄河》讥刺当局，以“三千年后知谁在，何必劳君报太平”作结，将怨意推到极致，韵致反而少了。苏轼“庐山自古不到处，得与幽人子细穷”的高明之处，就在于以表面的淡逸遮盖内心的刚严，堪可回味。

苏轼这首七律，悍锐凌厉，非同凡响，迥异于他的大部分作品。在新法推行时，苏轼与刘道原有几首酬唱诗作，质量都很高。王文诰认为，“公此时真无可与语者，故与道原三首”。从这些作品里，可以窥见苏轼在当时的寂寥心境。

在那段不得意的时间里，苏轼还写了一首七律《和刘道原咏史》：

仲尼忧世接舆狂。臧谷虽殊竟两亡。
吴客漫陈豪士赋，桓侯初笑越人方。
名高不朽终安用，日饮无何计亦良。
独掩陈编吊兴废，窗前山雨夜浪浪。

“仲尼忧世接舆狂”，用了楚国狂人接舆唱歌以规讽孔子的故事，典出《论语·微子》：

楚狂接舆歌而过孔子曰：“凤兮，凤兮！何德之衰？往者不可谏，来者犹可追。已而，已而！今之从政者殆而！”孔子下，欲与之言。趋而辟之，不得与之言。

次句“臧谷虽殊竟两亡”，典出《庄子·骈拇》，说臧和谷这两个人，在放羊的时候一个读书，一个赌博，都丢失了羊：

臧与谷，二人相与牧羊，而俱亡其羊。问臧奚事，则挟策读书；问谷奚事，则博塞以游。二人者，事业不同，其于亡羊均也。

这两句诗的意思是说孔子忧世、接舆佯狂，人生途辙不同，但都像臧和谷这两个人一样，都“亡羊”了，暗指自己和刘恕虽然济世的路径不同，但在新党的阻碍下，都起不了作用。

“吴客漫陈豪士赋”，用了事典：吴人陆机，因不满权贵齐王矜功自伐，写了《豪士赋》讽刺对方。苏轼在这里把刘恕比作吴客陆机，把其时的当路者比作齐王。

“桓侯初笑越人方”，用了扁鹊见蔡桓公事。先秦名医扁鹊数次见桓侯，都指出桓侯身患疾病，劝其早点治疗，不然将危及生命。桓侯不听，结果病亡。此处说的是当路者对刘恕的规劝置若罔闻。

“名高不朽终安用”，用了叔孙豹的“立德、立功、立言”三不朽说法，此反其意而用之，愤懑地说：所有努力都无补于世，即使名高不朽，又有什么用？

“日饮无何计亦良”，用的是西汉袁盎的故事。袁盎性情刚强，直言进谏，不见容于朝廷，遂出任吴国相。吴王骄横，吴国相并不好当。袁盎的侄子袁种于是劝袁盎多喝酒、少管事。《汉书·袁盎晁错列传》录有袁种对袁盎的这番告诫：

> 吴王骄日久，国多奸，今丝（袁盎的字）欲刻治，彼不上书告君，则利剑刺君矣。南方卑湿，丝能日饮，亡何，说王毋反而已。如此幸得脱。

“独掩陈编吊兴废，窗前山雨夜浪浪”，此处“浪”字为平声，要读为láng，“浪浪”多用于形容流水声、泪流貌。

苏轼这首七律，和他的《和刘道原见寄》一样，是其少年绝唱。两诗都作于“乌台诗案”事发之前。在诗案发生后，他身陷牢狱四个月，一代天才受尽痛苦，《和刘道原见寄》一诗就是被有心人拿来诬陷他诽谤朝政的证据之一。苏轼因此险些丧命。脱险之后，他出贬黄州，诗文风格从奔逸转为老成。

那些以旷淡面貌示人的诗家，往往潜藏着刚强不可犯的气格。《和刘道原见寄》与《和刘道原咏史》这两首诗，是苏轼的忧愤之音，展现了他的刚劲气格。如今论者热谈苏轼如何乐观，却往往忽略了苏轼在面对雄强势力时敢于直撄其锋的勇锐。

从风格上看，苏轼的这两首诗都是纯然宋诗面目的七律：节奏快，典故密，肆力论议，在感情抒发之外，更有思想表达。读者在阅读的时候，难以迅速将自己代入。我们知道，当文学作品一旦令读者自感难以进入其中的时候，这些作品在俗世中的声名就不可能高。幸好，古代中国有着从贤不从众的精神，这种精神催生了卓越之作，也保证了这些作品得到尊敬，是以即便唐诗声名极盛，也难掩宋诗的光彩。

七律佳境

初惊鹤瘦不可识，旋觉云归无处寻。
三过门间老病死，一弹指顷去来今。
存亡惯见浑无泪，乡井难忘尚有心。
欲向钱塘访圆泽，葛洪川畔待秋深。

——苏轼《过永乐文长老已卒》

这是苏轼悼念亡友文长老的一首七律。永乐在今浙江嘉兴，文长老是嘉兴本觉寺的住持，也是苏轼的蜀中老乡，两人交情甚笃。苏轼本是儒者，“奋厉有当世志”，但他与释道两界关系颇为密切，有很多僧人和道士朋友。

七律并非苏轼最擅长的体裁，他更擅长的是古风，尤其是七古。详细论之，苏轼的文章比他的诗好，而他的诗又比词好。今日通行的文学史盛称苏轼的词，似乎认为苏词要好于苏诗，这着实是不懂中国文学的表述。

苏词的名气的确比苏诗大，但这是在大众范围内而言。论对创作者的影响力，苏诗比苏词深远得多。苏诗的影响，一是表现在时间的纵向线上，我们可以看到，一直到晚清民国，都有许多人学苏诗；二是表现在受苏诗影响的，大多是有深厚学养的巨公，例如晚清同光派的领袖人物郑孝胥，其诗作就有苏诗的影子。

不过，比起苏诗和苏词，苏子的文章更加出色。《前赤壁赋》《潮州韩文公庙碑》《留侯论》《刑赏忠厚之至论》这些名篇，已是有口皆碑，他本人也真正做到了“匹夫而为百世师，一言而为天下法”（《潮州韩文公庙碑》）。大抵苏轼本人性格开旷，其所长在娓娓道来，文章尤其是古文这一载体，能令苏子这一性情有最大限度的发挥之地。所以苏子的文章，即使是寻常题材，也写得俊逸不凡。而苏子的一些诗，读来往往像一篇文章。这个现象，对于如此一位天才来说，不知是好事，还是坏事？

《过永乐文长老已卒》这首七律，并不怎么为今人熟知，因为许多有名的宋诗选本，如陈衍的《宋诗精华录》，钱锺书的《宋诗选注》，都没有将它选入。许多人知道苏子七律中的“泥上偶然留指爪，鸿飞那复计东西”，熟谙“人似秋鸿来有信，事如春梦了无痕”，或将“十分潋滟金樽凸，千杖敲铿羯鼓催”倒背如流，却很少人提起“三过门间老病死，一弹指顷去来今”。

这也有力说明了，好的东西并不一定是最广为人知的。

本诗首联“初惊鹤瘦不可识，旋觉云归无处寻”说的是文长老一生一死的变迁。“云归”是“驾鹤西去”的含蓄表达。首联直书其事，两句之间已给人一种沧桑变换的起落跌宕感，可谓出手不凡。颔联“三过门间老病死，一弹指顷去来今”是将上一联的意思阐述深化，使之更加细致。苏轼第一次拜访文长老，长老已经是老态尽现；第二次拜访，已经是卧病不得相见；到了第三次登门的时候，长老已经圆寂。“一弹指顷去来今”，时间的变化，真有如长了魔翼一般，弹指之间，就已经人事暗换。这里面的感慨，相信即便没有经过类似事情的人，也能体会得到。

值得一说的是，“三过”“弹指”等词汇，在苏轼的作品中并非“孤本”，且看他凭吊恩师欧阳修的《西江月》：

> 三过平山堂下，半生弹指声中。十年不见老仙翁。壁上龙蛇飞动。　　欲吊文章太守，仍歌杨柳春风。休言万事转头空。未转头时皆梦。

这首词里的“三过平山堂下，半生弹指声中”，意思其实和“三过门间老病死，一弹指顷去来今”几无异致。因此这里的“三过”，也可以是概说，未可坐实是“三次造访”。大抵一个得意的词或句子，被作者用顺手了，就会不经意地多次出现，钱锺书在《宋诗选注》里就披露了苏诗里有很多面相与“欲把西湖比西子，淡妆浓抹总相宜”相似的“李鬼”。不过，这也是许多诗家的通病，非苏轼一人独有，例如唐代写出“山雨欲来风满楼”的许浑，也是一个不惮于重复自己的诗人。

平心而论，对于成名诗家来说，这种重复自己的现象，并不会妨碍他们的成就。试问哪一本诗集会毫无瑕疵？

俗人是“一俊遮百丑”，何况他们是“百俊遮一丑”？讨论一位诗家，不应总把目光放在他的瑕疵上。

“存亡惯见浑无泪，乡井难忘尚有心。”苏轼在政治上不得意，这对于自小就有济世之心的他来说无疑是巨大的打击。况且他历经世事，已经见惯了人的生死、事物的存亡，对于文长老的遽然离世，实在是无泪可洒，但是乡井之情怎么也忘不了。

这里所寄托的，不仅是他和文长老的同乡情谊，也有苏轼对于故乡蜀地的深沉感情。依据格律，对句的“忘”字在这里用作平声，读wáng，不能读成去声。“尚有心”三字，为下面的典故埋下伏笔。

尾联“欲向钱塘访圆泽，葛洪川畔待秋深”暗用了一个典故，据唐人袁郊《甘泽谣》载，僧人圆观与书生李源友善，曾与李源相约在自己卒后十二年于杭州天竺寺相见。十二年后，李源如约来到寺前，遇到了一个牧童，疑是圆观的再世之身，见李源来，牧童口中作歌：

三生石上旧精魂。赏月吟风不要论。
惭愧情人远相访，此身虽异性常存。

苏轼曾根据《甘泽谣》而写成《僧圆泽传》，但把“圆观”写成了“圆泽”。在这个故事里，牧童见到李源，赞赏李源的守信，复劝说李源没有必要伤感，人各有命，不必执着前缘，两人也没有再行细谈，就此离开，各自天涯。

这个典故用得很巧妙，李源和圆泽两人的身份分别是书生和僧人，对应的就是苏轼和文长老的身份，这就很切实了。今天很多人写诗作文，喜欢用典故以显示才学。但是典故是不能乱用的，要切合所叙述的内容才算得体，否则就成了堆砌——用典本来是希望能够为诗文增色，但堆砌就反而成了诗文的赘肉。

“得体”二字，非常重要，它考验的是作者的学养，这是基本功。得体的作品，表明作者的功底扎实，进而才能论思想。比如当代有些人热衷于写赋，铺张华丽，全文却不见一个押韵的地方，这暴露的是作者不明白“赋”这个体裁的基本要求：押韵。如此“赋”文，纵使写得如何洋洋洒洒，也是没有地基的大厦，是不足取的。

细看苏轼的《过永乐文长老已卒》，不只是典故的运用，还有词汇的遣使，都是非常得体的，如“鹤瘦”“云归”“弹指”“去来今”，都是佛家的词汇，匹配文长老的僧人身份。而在写法上，第一句“初惊鹤瘦不可识”，格律是“平平仄仄仄仄仄”，第五、六字处应该用平声，但用了仄声，这是七律所允许的拗句。而“三过门间老病死”（第五字应平而仄），“欲向钱塘访圆泽”（第五、六字平仄互换，属变格），也是规则允许范围内的拗句。本诗一拗再拗，极尽变格之能事，使全诗有种一以贯之的突破常格之思想。这也是一种“得体”。

传统学问有其门槛，不容许人率意而为。然而这些门槛并不会扼杀创造力，只要你稍经训练，就能掌握其中的规矩。迈过门槛之后，将有一片广阔的草原供你驰骋。譬如在诗这个文学体裁里，七律的要求是最严格的，但其中的规矩并未成为枷锁，譬如晚清诗家的一大成就即为七律，水平不让唐宋名家。

这首《过永乐文长老已卒》，被清人赵克宜赞为“意沉着而语流美”，是“七律佳境”。这是非常精辟的见解。此诗语言畅美，但内意沉着，确是七律精品，而为此诗带来分量的，则是里面的“沉着”之意。苏轼是一位有深忧的士人，或许是因为遭际蹭蹬的缘故，苏诗往往着意于表现出一种洒脱的意态，人们至今仍然乐道他的旷达。然而在苏轼的诗集中，还有像《过永乐文长老已卒》这般沉着的作品，它们更值得寓目，因为那是苏子生命最深处的声音。

在平淡处绚烂

有人夜半持山去，顿觉浮岚暖翠空。
试问安排华屋处，何如零落乱云中。
能回赵璧人安在，已入南柯梦不通。
赖有霜钟难席卷，袖椎来听响玲珑。

——黄庭坚《追和东坡壶中九华》

这是一首动人肺腑的上乘之作。此诗有一个背景：江西湖口有一个叫李正臣的人，喜欢收藏异石，曾经请苏轼为他的异石写诗，苏轼赞这些石头是“壶中九华”。黄庭坚晚年时来到了湖口，与李正臣相见，然而李正臣所收藏的石头已经被人偷走，此时苏轼也已去世。黄庭坚触事感怀，于是追步苏轼原诗的韵，写下了这首诗。

“浮岚”是指山林中飘动着的雾气。此诗首联说李正臣的异石被人偷走，没有了石头的清寒镇住，于是瘴风暖气便飘荡于山林之中。这两句看似在写石头，却是在暗指苏轼的离世。第一句典出《庄子》：“夫藏舟于壑，藏山于泽，谓之固矣。然而夜半有力者负之而走，昧者不知也。”

这也是苏轼作诗时用过的典故，黄庭坚用典可谓贴切。

第二联点化曹植的诗句“生存华屋处，零落归山丘”，似乎在宽慰李正臣：石头既然已经被偷走，就不要再挂怀了，说不定零落乱云中也是它的一个好归宿。这两句依然是在说苏轼。苏轼晚年受到朝廷起用，不过在北归途中去世了，很多人为此惋惜，然而黄庭坚看得更远一些，认为那时的政局异常混乱，即使苏轼重新回归朝廷，也未必能够施展才干，可能还不如远谪外地，那样还能保全一身。

第三联是这首诗最沉痛之处。这两句的字面是说，在这个世界上，那个像赵国的蔺相如一样能够拿回异石的人在哪里呢，世事变迁无可挽回，昔日的美好远去，想要在梦中追寻都不能了。这两句表面是说石头，实际上也是在说苏轼。唐朝宰相苏味道是河北栾城人，栾城古属赵国。苏味道曾被贬到四川眉山做官，他的一个儿子留在了眉山，苏轼就是其后代。因此，眉山是苏轼的出生地，而栾城是他的祖籍，他弟弟苏辙的集子名为“栾城集”，缘由也在于此。黄庭坚这两句其实是在感慨，苏轼不可复生，昔日所有的美好，都成了在梦中难以追寻的幻境。他用“赵璧”指代苏轼，贴切得严丝合缝。

“霜钟”是指湖口的石钟山，苏轼所写的《石钟山记》名播天下。诗的最后两句是说，幸好苏轼所喜欢的石钟山，是别人偷不走的，我们还可以带着槌子来敲击这座山，听一听它清脆的响声。全诗以这样的“旷语”收结，非但没有起到半点宽慰人的作用，却将惆怅的声响无限延

黄庭坚

长了。

黄庭坚与苏轼感情之挚，世所共知。苏轼去世后，黄庭坚写下不少怀念他的诗，这首《追和东坡壶中九华》就是其中佳作，没有炫人之言语，却在平淡处绽放绚烂之色，这是一种高境。不动声色的悲哀，才是最深重的悲哀。如此高超的诗艺，不是随便一位诗家能拥有的，这需要天分，仅凭学力是不能到达的。或许是与苏轼同时代的缘故，黄庭坚在诗方面的天才，长期以来被严重低估了。

得到黄庭坚深情对待的，不仅仅是苏轼。下面这首《有怀半山老人再次韵二首》（其一），是黄庭坚缅怀王安石的作品：

短世风惊雨过，成功梦迷酒酣。
草玄不妨准易，论诗终近周南。

第三句用扬雄写《太玄经》比拟《周易》一事，赞扬王安石的经学。最后一句化用《论语》的“人而不为《周南》《召南》，其犹正墙面而立也与”，赞扬王安石的诗学。写这首诗的时候，北宋的政坛由旧党主持，此时王安石的新法几乎全部遭到废除。黄庭坚认为，尽管王安石的政治理念不能实现，但其学问与文章，一定能够传世。

从这些细微之处可以看出，黄庭坚心中有着自己坚持的道义，那些符合心中道义的人，都会得到他的推崇。在政治理念上，黄庭坚和王安石是对立的，但这丝毫不妨碍他佩服王安石的人格，他会在王安石遭人唾弃的时候，站出来为王安石说公道话。这是何等博大的襟怀！

就诗风而言，黄庭坚的诗是宋格的典型，但“宋格”二字，不足以限制他。他与所有的成名诗人一样，都只不过是使用了最适合自己的表达方式，把内心的真情抒发出来而已。在这一点上，不存在唐宋差异，也没有古今差别。常见学者批评江西诗派作品生硬、不自然，这显然是流俗之见，乃不细读江西诗派作品所致。试问即就这首诗而言，何尝有半点生硬之感？其实在黄庭坚的诗集中，其句子的内在意脉，大部分都是很通顺的。

唐诗和宋诗是古人留给今人的两大瑰宝。谈及宋诗，不可避免要谈到苏、黄，然而今人谈苏、黄，往往将苏诗高置在上，对黄诗的着墨则相形见少。黄诗的好处，实在不让苏诗。苏轼才气大，其诗胜在流动飞扬，但“辞达而已”的后果，往往是一泻无遗，予人回味的空间不免变窄。黄庭坚的诗也追求达意，但在达意这条路上，不迈出到达尽头的那一步，保留了较多克制，是以他的诗顿得住，余味悠长。苏、黄在世时就已齐名，奈何后人或震于东坡才气，或耳食俗论，往往看不到黄庭坚诗的高处。悲夫！

新与旧是两回事吗?

我居北海君南海，寄雁传书谢不能。
桃李春风一杯酒，江湖夜雨十年灯。
持家但有四立壁，治病不蕲三折肱。
想得读书头已白，隔溪猿哭瘴溪藤。

——黄庭坚《寄黄几复》

这是黄庭坚传诵千古的作品，第二联尤其为历代论者叹赏。此诗的一大特点是：有来历。关于这一点，已经有许多人指出，但“有来历”的好处，可能仍然被低估了。

首句“我居北海君南海”，出自《左传》：“君处北海，寡人处南海，唯是风马牛不相及也。”黄庭坚写此诗时在山东德州，黄几复在广东四会，两人是货真价实的北海和南海的距离。次句“寄雁传书谢不能”，王勃《滕王阁序》有言：“雁阵惊寒，声断衡阳之浦。”故老相传，大雁南飞，到衡阳而止，就不再往南了。广东还在衡阳之南，想要寄雁传书，更是不能。

第二联遣词也有着落：

朝阳斋前桃李树，手栽清荫接比邻。
明年此地看花发，愁向东风忆故人。

——戴叔伦《别郑谷》

使我有身后名，不如即时一杯酒。

——《晋书·张翰传》

泉涸，鱼相与处于陆。相呴以湿，相濡以沫，不如相忘于江湖。

——《庄子·大宗师》

桃李，即故旧。一杯酒，含有欢愉的意味。江湖，寓意别离。黄庭坚此句是说，十年江湖零落，并未忘记老友。夜雨有兄弟情的寓意。二黄志业相同，遭际也同，不是兄弟胜似兄弟。

第三联用的是熟典。《史记·司马相如列传》：“家居徒四壁立。”言贫穷。《左传》：“三折肱知为良医。”此谓黄几复已是数更挫折，但仍未获骋。

末联凄怆至极。读书，杜甫《不见》：“匡山读书处，头白好归来。”瘴，点出老友的险恶处境。猿哭，也能从前人的诗中窥得用意：

诗名不易出，名出又何为。
捷到重科早，官终一郡卑。

素风无后嗣，遗迹有生祠。
自罢羊公市，溪猿哭旧时。
——张蠙《哭建州李员外》

至于老杜的名句“殊方日落玄猿哭”，自更不必多说。猿哭，有伤悲怀旧之意。

《寄黄几复》一诗，音节铿然，令人一诵难忘。更为高明的是，即使忽略以上出处，也不妨碍对诗的理解。这是“有来历”运用的化境。

唐人作诗，注重神思，竞发兴来之笔，同时追求字词雅驯，但并不甚讲究字词有来历。除了杜甫这种富有实验精神的诗家，唐代诗家一般避用俗字。相传刘禹锡在重阳节作诗，不敢用“糕”字，因为这是一个俗字。刘禹锡与白居易是中唐名气最大的诗人，白居易赠诗与他，感慨刘的际遇，“诗称国手徒为尔，命压人头不奈何”。李唐国手尚且如此畏用俗字，其他可想。

到了宋代，则不存在对俗字的规避。宋祁就笑刘禹锡：“刘郎不敢题糕字，虚负诗中一世豪。”苏轼直言：“街谈市语，皆可入诗，但要人镕化耳。”黄庭坚也标举“以俗为雅，以故为新”这一主张。

但宋人以俗字入诗，只是点缀，他们的佳作，绝大多数是用词雅驯的。所以对宋人“以俗为雅”的做法，其实大可忽略。

需要重视的，是黄庭坚所说的“以故为新”。

新并不能凭空而生，从旧中生来的新才有生命力。宋人挥笔，词有檃栝，诗有来历——檃栝与有来历相比，更富游戏性。如果说“以故为新”是黄庭坚的纲领，那么他的名言“点铁成金”“夺胎换骨”，则可算是具体可行的方法论了，这首《寄黄几复》是其践行创作宗旨的最佳范例。

有来历，这是宋人明确开示的作诗法门。它并不单纯指用典使事，留心前贤诗文，就知有来历之作，自具变化甚至超出所本的，不胜枚举：

兴阑啼鸟换，坐久落花多。

——王维《从岐王过杨氏别业应教》

细数落花因坐久，缓寻芳草得归迟。

——王安石《北山》

况是青春日将暮，桃花乱落如红雨。

——李贺《将进酒》

心在青云故人处，身行红雨乱花间。

——黄庭坚《道中寄景珍兼简庾元镇》

白发三千丈，缘愁似个长。

——李白《秋浦歌》

关塞三千里，烟花一万重。

——杜甫《伤春》

孤臣霜发三千丈，每岁烟花一万重。

——陈与义《伤春》

昨夜星辰昨夜风，画楼西畔桂堂东。

——李商隐《无题》

似此星辰非昨夜，为谁风露立中宵。

——黄仲则《绮怀》

然而婉娈房闼之内，绸缪家人之务，则几乎密与。

——陆机《吊魏武帝文》

婉娈倚门之笑，绸缪鼓瑟之娱，谅非得已。

——汪中《经旧苑吊马守真文》

我谪黄冈四五年，孤舟出没烟波里。故人不复通问讯，疾病饥寒疑死矣。相逢握手一大笑，白发苍颜略相似。

——苏轼《送沈逵赴广南》

崎岖九死复相见，惊看各扪头颅在。

——陈三立《与纯常相见之明日，遂偕寻莫愁湖，至则楼馆荡没巨浸中，仅存败屋数椽而已，怅然有作》

以上都是很成功的推陈出新，可见讲究来历非但不会自缚手脚，而且往往能够突过前人。像上面所举陈三立的诗例，他并非简单袭用苏诗的语词，而是把几句苏诗的表意浓缩为两句，几乎不露痕迹，即便未读过苏诗，也不妨碍对陈诗的理解，但若知道苏诗，则能对陈诗咂出更厚的味道来。

宋人心气极高，仍强调作诗有来历，自有其深意。“有来历”三字的背后，是熟读前贤典籍，然后对典事、表意、句式，别出心裁地进行运用。诗文讲究来历，并非纯粹向古人顶礼膜拜，而是延续文明的一种方式。失掉熟读古人书这一过程，“为往圣继绝学”只是一句空言。

唐诗重神思，所以放肆；宋诗重来历，是以深远。才气出神思，但才气这种东西，最容易枯竭，因此总是恣肆才气，终不能行远。而“有来历”的做法，则如李德裕所言：“譬诸日月，虽终古常见，而光景常新。”这条路，将有取之不尽的资源，充满生机。

浅人对宋诗重来历这一主张嗤之以鼻，不知正因为宋人绝顶聪明而能以卑愚自处，才有了可以媲美唐贤的宋诗。清诗能与唐宋鼎足而三，晚清同光诸家功莫大焉。而同光诸家兼采唐宋，法度井然，也极重来历。

由此可见，新与旧不是截然分开的两回事，而是紧密一体、具有同等生命力的内容。要出新，必不能无视旧。至于那些自恃才气、自我作古的“天外飞仙派”，他们的作品命运，往往是前仆后继地成为“当时则荣，没则已焉”（《史记·孔子世家》）这句话的坚实注脚而已。

峻洁的人格，深挚的感情

六月西湖早得秋。二年归思与迟留。
一时宾客余枚叟，在处儿童说细侯。
经国向来须老手，有怀何必到壶头。
遥知丹地开黄卷，解记清波没白鸥。

——陈师道《寄侍读苏尚书》

诗题的“侍读苏尚书”指的是苏轼。宋哲宗元祐七年，苏轼任端明殿、翰林侍读两学士，为礼部尚书。其时新党下台，旧党执政，似乎到了苏轼一展拳脚的时候。

不过，作为苏轼晚辈的陈师道，并不这样认为，他写下这首诗，劝苏轼退隐。

“六月西湖早得秋，二年归思与迟留”，在古诗文中，“思”字有sī（做动词用时）和sì（做名词或“悲伤”义用时）两个读音，这里做名词用，要读sì。元祐六年，苏轼任颍州太守，陈师道任颍州教授，颍州也有西湖，两人经常过从，前后有两年的时间，后来苏轼入京，陈师道继续留在颍州，此诗开头两句说的就是这个背景。

“一时宾客余枚叟，在处儿童说细侯”，这两句是向苏轼述说离别后的情况。诗人自比为西汉辞赋家枚乘，把苏轼比作东汉的郭伋。枚乘做过弘农都尉一官，后来辞职，成了梁孝王的文学宾客。陈师道曾被苏轼举荐，出任徐州州学教授，其后违反规定，离岗去外地见苏轼，遭人弹劾而丢了工作。此诗用了枚乘这个典故，或因他也有过“去官”一事。细侯是郭伋的字。据《后汉书》载，郭伋为官颇有德政，所到之处，儿童争相迎拜。

“经国向来须老手，有怀何必到壶头”是说：治理国家确实需要老成之人，但即使是报效国家，也不必像汉代将军马援那样牺牲自己。马援率军攻打武陵夷的时候，在壶头（位于今之湖南沅陵）这个地方染上暑疫而身亡。一代名将以这种方式死去，令人惋惜。陈师道在提醒苏轼，朝中可能有风险，要注意生命安全。

“遥知丹地开黄卷，解记清波没白鸥。”丹地即朝廷，黄卷是指记录官吏功过，考核能否称职的专门文书。上句是作者想象苏轼在朝廷的工作状态，下句则化用了苏轼的诗句“明年兼与士龙去，万顷沧波没两鸥”。士龙是晋人陆云的字，陆云与其兄陆机俱有文名，合称“二陆”，苏轼在这里用陆云来指代其弟苏辙。鸥鸟翱翔，是一种闲适忘机的状态。“解记清波没白鸥”，是希望苏轼记得往日的心志，尽早隐逸。

当然，苏轼并没有听从陈师道的建议——或许，在高位退隐，并不是一件容易的事。两年后，北宋政局再度发生剧烈动荡，苏轼被贬到了岭南。

从字面上看，陈师道的诗不太好读，这首七律就是如此：用典多，意思曲折，读者不易领略其妙。不仅如此，他的有些作品甚至在音节上还很拗口。然而这并不妨碍他成为宋代顶尖的诗家。

金国诗人周昂告诉其外甥王若虚："文章工于外而拙于内者，可以惊四筵而不可以适独坐，可以取口称而不可以得首肯。"又说："文章以意为主，以言语为役。主强而役弱，则无令不从。今人往往骄其所役，至跋扈难制，甚者反役其主，虽极辞语之工，而岂文之正哉！"

这番议论极其精彩。周昂的宗旨，是主张文学作品一定要有深刻独到之思，若是言之无物，即便文辞再惊艳，也不足为贵。

陈师道就是这个宗旨的绝佳体现者。诗不苟作、辞不苟出，是他的一大特点。他的诗，往往只宜用来"适独坐"，而不宜用来"惊四筵"。当一个人独坐天地之间、绝去所有外求之心的时候，就是诵读陈师道诗的最好状态。

苏轼远谪惠州后，陈师道得知有朋友要去看望苏轼，于是写下《送吴先生谒惠州苏副使》一诗为这位朋友送行：

闻名欣识面，异好有同功。
我亦惭吾子，人谁恕此公。
百年双白鬓，万里一秋风。
为说任安在，依然一秃翁。

“我亦惭吾子，人谁恕此公”的意思是：很惭愧，我不能去岭南看望东坡先生；在这个世界上，又有谁能宽恕或怜悯那位远谪岭南的人呢？

“为说任安在，依然一秃翁”，这个结语非常感人。西汉时期，大将军卫青对任安有知遇之恩，后来卫青失势，霍去病得宠，卫青的门客于是纷纷投奔霍去病，大都得到了官爵。至于任安，则坚持不去。“秃翁”是指那些没有官位的人。陈师道托朋友捎话给苏轼：我还是像任安那样，没有变。苏轼曾经提携过陈师道，当时的党争非常激烈，陈师道此语的弦外之音是：我是不会背叛道义去谋求官职的。

据《宋史》记载，章惇很赏识陈师道，希望将他举荐到朝廷，曾经为此托请秦观传话，让陈师道来拜访自己。对于章惇的招揽，陈师道拒绝了。值得注意的是，把苏轼贬到岭南的人，正是章惇，其时是章惇得势的时候，他再度招延陈师道，这一次，陈师道依然拒绝了他。

如此峻洁的人格、深挚的感情，令人动容。

举重若轻见功力

邓州谁亦解丹青。画我羸骖晚出城。
残年政尔供愁了，末路那堪送客行。
寒日满川分众色，暮林无叶寄秋声。
垂鞭归去重回首，意落西南计未成。

——陈与义《送客出城西》

陈与义是南北宋之交的大国手，其诗在宋代的影响就已经很大。葛胜仲《陈去非诗集序》说他的诗："搢绅士庶争传诵，而旗亭传舍，摘句题写殆遍，号称新体。"《四库提要》说："当靖康以后，北宋诗人如苏轼、黄庭坚、陈师道等皆凋零已尽，惟与义为文章宿老，岿然独存，其诗风格遒上，时见劖削刻露之致，当代罕能过之。"陈与义的诗完全当得起这些评价。

今日一些流行的文学史，谈宋代文学往往大篇幅讲宋词，宋诗占的位置远远不能与宋词相比。这已经不符合当时情实。遗憾的是，当下谈宋诗者又多注目于苏轼、黄庭坚，对陈与义则往往从略。今人对陈与义的印象，或许大多只记得他的《临江仙》——“古今多少事，渔唱起三更”为人熟知，这固然是好词，但完全不能遮掩陈与义的诗名，况且他只留下了十八首词，与诗的数量远不相称。

陈与义写这首《送客出城西》的时候，大宋国势倾危，其时他客寓邓州，忧患之感缠绕心中。从平仄上看，此诗第二联失粘了，不符合常规的格律，属于拗律。诗题里的客是谁，作者没有明说。此诗在写法上的好处，在第一联就已经体现出来：邓州有谁是擅长画画的，请画出我这副疲惫不堪地在晚上出城的模样吧。

以文为诗，可以令诗没有劳苦之态，就像武侠小说中的高手，修为到了一定高度，飞花摘叶即可伤人。宋诗之妙，此为一端。这不是容易的事，因为诗句必须要有诗味，文句入诗也不能例外，不然直接写文章好了，何必用韵作诗？诗句要有诗味，这好像是一句废话，但大诗人也有欠缺诗味的时候。譬如李商隐的“历览前贤国与家，成由勤俭破由奢”，这种句子就味同嚼蜡，没有余韵可言，从本质上看，这是史论，不是诗句。同样是李商隐的手笔，也是相似的题材，“地下若逢陈后主，岂宜重问后庭花”这两句写的是隋炀帝，予人广阔的想象空间，就比“历览前贤国与家”有味道得多。

像“邓州谁亦解丹青，画我羸骖晚出城”这种表述，初看觉得寻常，细察才知道非常奇崛，它用在一首律诗的首联，是平地起高山，主导着以下句子的走势。唐人的七律，首联多是套话甚至是废笔。宋人不然，他们往往首联就以奇兵制胜，譬如苏轼的七律《有美堂暴雨》，开头就是“游人脚底一声雷，满座顽云拨不开”，一下子就击中了暴雨这个题目的要害，令人过目不忘。宋人的这种变化，拓宽了诗路，非常了不起，假如他们还是循着唐人那个路子写诗，做得再好，也终不免为唐人的奴仆而已。

《送客出城西》第二联的“残年供愁”“末路送客”，用语重大了些，但也只有这种字眼，才能匹配当时的局势了。这两句是对第一联的细化。“寒日满川分众色，暮林无叶寄秋声”渲染出一片天地萧索的景象，这是佳句。史载陈与义本人擅长丹青，看这两句，或可想象他的画工如何了。“垂鞭归去重回首，意落西南计未成”，以无奈的心情收结全篇。

纪昀点评这首诗时，欣赏的是“寒日满川分众色，暮林无叶寄秋声”这两句。其实与之相比，“邓州谁亦解丹青，画我羸骖晚出城”更值得寻味，这是一位宋诗大家不经意间展露其深厚功力之处。

陈与义兼得杜意与杜调

涨水东流满眼黄。泊舟高舍更情伤。
一川木叶明秋序，两岸人家共夕阳。
乱后江山元历历，世间歧路极茫茫。
遥指长沙非谪去，古今出处两凄凉。

——陈与义《舟次高舍书事》

靖康之变后，陈与义一路往南逃亡。在这段艰辛的避难历程中，他写下了大量杰作，这首《舟次高舍书事》就是其中一篇。

此诗首联平平，不像《登岳阳楼》（洞庭之东江水西）那般故意首句出律，未显纵横恣肆，但在一板一眼之间，劲力张放，是大手笔。末联用贾谊来切己，二人不同的际遇，同样的凄凉。

陈衍标举诗以“骨力坚苍”为要，然而陈与义的《舟次高舍书事》《登岳阳楼》诸作，都没有被陈衍收入《宋诗精华录》中。在《宋诗精华录》里，陈衍更多地展现了“兴趣高妙”这一审美趣味，而非“骨力坚苍”。陈衍的这

陈与义

个矛盾，令我殊为不解，然而这又恰好解释了为何他鲜有诗作传世这个事实。

说到陈与义，不得不说他所师法的杜甫。杜诗有“杜调”和“杜意”两端。杜调是“雄”，字面开阔健举。杜意是“沉”，沉缓有力地送发情感，绝不轻佻。

胡应麟认为，杜调“雄丽冠裳”。如欧阳修的“万马不嘶听号令，诸蕃无事乐耕耘”、陈与义的“登临吴蜀横分地，徙倚湖山欲暮时”这些诗句，是宋人得杜调者。杜意则是“瘦劲沉深”，如陈师道的“九日清樽欺白发，十年为客负黄花”、陈与义的“四壁一身长客梦，百忧双鬓更春风”，这些诗句是宋人得杜意者。

在宏阔的天地里，一己悲欢其实何足道哉。但若能在私人的悲欢里，带出世运兴衰、人间悲欣，这种一己悲欢就有了极高的价值。这正是老杜的伟大之处。杜诗往往悲切难抑，但与“郊寒岛瘦”不同，杜诗能予人超拔之力，自振于痛苦之上，这是杜调对杜意帮扶的结果，根源在于老杜能悲吾悲以及人之悲，喜吾喜以及人之喜。

人贵横而不流，诗文亦如是。就人情而论，心中悲欣需要发出，但人若被悲欣裹挟，终非上道。在情感的湍流中，情怀或识见，是令人得以横而不流的基石。个人身世写得再精彩，若无情怀或识见，终是小文章。从汪中的《经旧苑吊马守真文》和司马迁的《报任少卿书》里，可窥文章的小大，汪中不及司马迁之处，就在于他被悲欣裹挟。

六朝文章绚烂非常，体现在写尽了一己悲欢。诗至老杜，变局出现。他通畅地接上屈原的精神血脉，将悲悯灌入诗里，更以高峻的人生境界提振了诗格，加固了诗在中国文学的最高殿堂地位。在这一点上，李白无法与老杜并肩。

宋代学杜的诗人，段数最高的当属陈师道和陈与义两家——黄庭坚尽管非常推尊杜甫，但从作品风格看，他的师法对象似乎是王安石多一些。从技法上看，陈师道注重杜意，像“邱原无起日，江汉有东流”“事多违谢傅，天遽夺杨公”这些句子，不深究则不知其悲，这是宋诗耀眼的价值。陈与义则注重兼具杜意和杜调，如“一时花带泪，万里客凭栏”“白头吊古风霜里，老木沧波无限悲”，音节浏亮，也更直击人心。

胡应麟强调，得杜意则成宋格，得杜调则不失唐风。在取重杜意这一点上，陈师道是典范。得杜意难，得杜调亦不易。明代的人学杜，重杜调而失杜意，然而他们知“雄”而不知“沉”，往往流于堆砌大词。钱锺书评点陈与义的名联“万里来游还望远，三年多难更凭危”时，就不无讥讽地说，如果由明朝人来写，一定是以“百年”对“万里”。

到得今天，我们知道有“宋诗”，但极少有人提“明诗”，这是一个警醒，同时也说明了杜调与杜意兼备有多难，然而陈与义做到了。

历代优秀的诗人无数，宋亡以后，中国不乏文明陵夷之祸，但像《登岳阳楼》《舟次高舍书事》这种笔力的作品并不多。因此，不是金兵灭宋催生了沉雄的陈与义诗，而是恰好有这么一个独一无二的人，恰逢这么一个时代，写下如此夺目的作品。

朱子深具诗性

去岁潇湘重九时。满城风雨客思归。
故山此日还佳节，黄菊清樽更晚晖。
短发无多休落帽，长风不断且吹衣。
相看下视人寰小，只合从今老翠微。

——朱熹《九日登天湖，以“菊花须插满头归”分韵赋诗得“归”字》

朱子是孔孟之后最重要的儒宗。谈起朱子，自不免谈到理学，那声名远播的“存天理、灭人欲”六个字，成了后人攻击朱子的一个把柄，一些人乐于把朱子的地位拉低，而不去探究这六个字是什么含义。此外，关于“朱子迫害严蕊”的故事，早已被考证出是泼在朱子身上的脏水，却一点也不妨碍很多人据此攻朱。历史总是让人慨叹。

方回认为，朱子这首诗作于宋孝宗乾道四年，此前一年，朱子到访长沙，是以起句说到“潇湘”，这时他三十八岁，被任命为枢密院编修官，待阙于家，尚未到职。诗题中的“九日”是指重阳节。至于“天湖”在何处，则有多种说法，其中一说是在朱子的出生地福建尤溪县。分韵赋诗是古代文人的游戏，即一群人相聚时，大家随意拈出前人的一句诗，每人分领其中一个字，然后根据这个字所在的韵部作诗。在这里，朱子领到的是“归”字，此字属上平五微韵，所以他这首诗押了微韵。

“短发无多休落帽”用了孟嘉落帽的故事。据《晋书·孟嘉传》载，孟嘉为桓温参军，九月九日与桓温同游龙山，风吹落了孟嘉的帽，而孟嘉并未察觉。于是桓温命孙盛作文嘲孟嘉，孟嘉撰文答之，其文甚好。此后，“落帽”成了文人雅集的代称。朱子在这里反用其意，谓自己雅兴萧索。“长风不断且吹衣”点化了陶渊明《归去来兮辞》的“舟遥遥以轻飏，风飘飘而吹衣”，扣住了第二句的“客思归”三字。

“只合从今老翠微”，翠微即青山，朱子此处自笑在政治上没有作为。“经济夙所尚，隐沦非素期”，朱子的心志在用世，也颇有政绩。不过，他在仕途上甚为蹭蹬，还因为政治上的因素，其学说一度被官方定性为“伪学”。也许是仕途对他的损耗太大了，因此他屡次辞官，曾写下“不为明时堪眷恋，久知歧路不如归”这样的诗句。从朱子的这个变化，或可想象当时政坛之复杂。

理学家往往不近辞章。宋人袁文的《瓮牖闲评》记载了程颐和秦观的一段对话：

程伊川一日见秦少游，问："'天若有情，天也为人烦恼'是公之词否？"少游意伊川称赏之，拱手逊谢。伊川云："上穹尊严，安得易而侮之？"少游惭而退。

在这段对话里，程颐的迂执与可爱，有点让人哭笑不得。不过，理学家对诗的态度又很有意思，他们一方面认为文学害道，另一方面却又忍不住写诗。然而文学才能是一种天生的能力，理学家往往缺乏。比如程颐的兄长程颢，思想比程颐通达，诗却不足观，看看他写的《和邵尧夫打乖吟二首》（其一）：

打乖非是要安身。道大方能混世尘。
陋巷一生颜氏乐，清风千古伯夷贫。
客求墨妙多携卷，天为诗豪剩借春。
尽把笑谈亲俗子，德容犹足慰乡人。

上面这首诗句句合律，对仗工稳，然而没意思极了。在程颢的诗集里，多见此类作品，譬如下面的《秋日偶成二首》：

寥寥天气已高秋。更倚凌虚百尺楼。
世上利名群蠛蠓，古来兴废几浮沤。
退安陋巷颜回乐，不见长安李白愁。
两事到头须有得，我心处处自优游。

闲来无事不从容。睡觉东窗日已红。
万物静观皆自得，四时佳兴与人同。
道通天地有形外，思入风云变态中。
富贵不淫贫贱乐，男儿到此是豪雄。

这两首诗，同样也是没有一句可传的。严格来说，程颢这三篇作品不是诗，而是押韵的语录。

诗主性情。历史上第一流的诗，无不涌动着充沛的感情，具有感人的特质。古今称得上大诗人的，如屈原、陶渊明、杜甫，其诗都感人至深。陶渊明是感情激荡心中，而以平淡的字面出之。朱子说：“陶渊明诗，人皆说是平淡，据某看，他自豪放，但豪放得来不觉耳。”是为深知陶者。

理学家于文学外行，却喜欢卑视文学。这种风气激荡之下，士子性情无法舒张，宋代诗运为之一变。南宋理学大盛，诗却远逊于北宋，文章也同样如此。反观唐代则不然，安史之乱导致国势转衰，中晚唐诗却大放异彩，毫不逊色于所谓的盛唐诗。南宋诗家刘克庄说：“近世贵理学而贱诗赋，间有篇咏，率是语录讲义之押韵者耳。”叶适更是认为“洛学起而文字坏”。语虽过激，却不是毫无道理之言。

不过，叶适与刘克庄对理学家的批评，在朱子身上并不适用。在辞章方面，朱子是理学家中的异数。他的这首《九日登天湖》，辞浅旨远，瘦劲似陈后山，完全没有头巾气，尽是诗人本色。朱子的父亲朱松、老师刘子翚都有诗名，或许是因为这个渊源，朱子在少年时就究心于诗文，

“余年二十许时，便喜读南丰先生之文而窃效之”。爱屋及乌，他也喜欢曾巩弟子陈师道的作品，“后山煞有好文字”。此外，他尽管在学问以及政治理念上都不认同三苏，论文却不废苏氏，“苏氏文辞伟丽，近世无匹”。

现存的朱子文集中，录有一千一百多首诗，数量几乎是李商隐诗的两倍，总体质量也很高。只要细读一下朱子的诗集，就知道他所说的“仆不能诗”，只是谦语而已。

朱子的各体诗中，当以五古为冠。如《自上封登祝融峰绝顶次敬夫韵》，辞气壮浪，转笔自然老到，非邃于诗者不能为：

衡岳千仞起，祝融一峰高。群山畏突兀，奔走如曹逃。我来雪月中，历览快所遭。扪天滑青壁，俯壑崩银涛。所恨无十犗，一掣了六鳌。谠归青莲宫，坐对白玉毫。重阁一徙倚，霜风利如刀。平生山水心，真作货食饕。明朝更清澈，再往岂惮劳。中宵抚世故，剧如千蝟毛。嬉游亦何益，岁月今滔滔。起望东北云，茫然首空搔。

如《大雪马上次敬夫韵》，深情厚谊，沁人心脾：

仙人乔岳顶，散发吹参差。唤我二三友，集此西南垂。列筵命洛公，侑坐迎江妃。导之千羽旄，投以万璧玑。缤纷一何丽，晻霭难具知。众真亦来翔，恍觉丛霄低。茫茫云雾合，一一琼瑶姿。回首谢世人，千载空相思。吾衰怯雄观，未敢探此奇。短衣一匹马，幸甚得所随。天寒饮我酒，酒罢赓君诗。人生易南北，复此知何时。

如《拟古八首》（选二），情思缠绵，动摇人心：

上山采薇蕨，侧径多幽兰。采之不盈握，欲寄道里艰。沉忧念故人，长夜何漫漫。芳馨坐销歇，徘徊以悲叹。

——其三

佳月朗秋夜，蟋蟀鸣空堂。大火西北流，河汉未渠央。野草不复滋，白露结为霜。梁燕起高飞，云雁亦南翔。念我同心子，音形阻一方。不念执手欢，隔我如参商。寓龙不为泽，画饼难充肠。金石徒自坚，虚名真可伤。

——其四

相比古体，朱子的近体稍弱，不如古体警策，如《感事再用回向壁间旧韵二首》，句式重复，但好处在沉挚：

江北传烽火，胡儿大入边。
已闻隳列障，不但扰屯田。
借箸思人杰，摧锋属少年。
偷安惭暇食，万灶起愁烟。

廊庙忧虞里，风尘惨淡边。
早知烦汗马，悔不是留田。
迷国嗟谁子，和戎误往年。
腐儒空感慨，无策静狼烟。

七绝是“最诗人”的体裁，假借学问不得。朱子七绝，亦自有风神高远处，如《寄诸同寮》：

把酒江头烟雨时。遥知江树已芳菲。
应怜倦客荒茅里，落尽梅花未得归。

其他佳制，难以缕列。今人熟知的朱子诗句“问渠那得清如许，为有源头活水来”“旧学商量加邃密，新知培养转深沉”，本质上还是押韵的语录。至于“等闲识得东风面，万紫千红总是春”，也只是口水话而已，说明不了朱子的水平。总体来说，朱子的诗虽然未足与屈、陶、杜等大家同列，但已足为名家。胡应麟认为，朱子的古体诗为南宋第一。南宋诗运转衰，只是相比极盛的北宋而言，自身仍是作手泉涌的朝代，胡应麟这个评价不谓不高。朱子是理学的集大成者，同时深具诗性，可见其气象之大。

小雅文丛·七百年的风流儒雅——唐宋诗会意

·剧谈篇

至情至性孟浩然

仲尼既已没，余亦浮于海。昏见斗柄回，方知岁星改。虚舟任所适，垂钓非有待。为问乘槎人，沧洲复何在。

——孟浩然《岁暮海上作》

孟浩然是一个在古代读书人中非常具有代表性的人物：一心希望仕进，然而始终难偿所愿，最终以布衣终老。我们看中国的历史，会发现许多有所表现的人物都有过一官半职，或是曾经在科场上获得过功名。然而从情理上看，这些人都只能是少数，历史上更多的人，其命运与孟浩然相同。

从孟浩然的诗作看，他毫无疑问是希望在政治上有一番作为的。在唐代，尽管中了进士并不意味着马上可以做官，但进士这个荣誉，却有着非同寻常的分量。白居易二十七岁时中了进士，在同一批中举的人里年纪最小。当时流行的做法是，新科进士要到大慈恩寺里的大雁塔题名，白居易这样记录此事：“慈恩塔下题名处，十七人中最少年。”骄傲之意，溢于言外。

白居易可以说得上是幸运儿了，孟浩然显然缺了这些运气。他有志用世，却一直得不到命运的垂青。在他的诗集里，像“黄金然桂尽，壮志逐年衰”“不才明主弃，多病故人疏”“欲济无舟楫，端居耻圣明”这些句子，就是失意生涯里低落心情之表现。

这首《岁暮海上作》，可能写于孟浩然前往东海边拜访朋友张子容的时候。“仲尼既已没，余亦浮于海”，取用孔子所说的“道不行，乘桴浮于海”这句话，说自己的“道”无法施展，也像孔子一样浮于海。“昏见斗柄回，方知岁星改”，斗柄即北斗的第五至第七星，观其方向变更，可以推测节候的变化。作者浮海看斗柄，惊知一年又过去了。

“虚舟任所适，垂钓非有待”，此处“虚舟”是指轻捷之舟，这两句说自己驾舟随心前行，有时停下来垂钓，垂钓只为自己惬意，并非像姜太公那般是为了等待周文王。此处写的是委心任运的态度。“为问乘槎人，沧洲复何在”，乘槎即登天，末句沧洲是泛指隐者居住的水边之地。最后两句是说：我随心行走世上，若是遇到那些准备进用的人，就问他们沧洲这个地方还存在吗？

这首诗处处透出归隐的态度，略显刻意，当然不一定是作者的真实心情。《新唐书》记录了这样一个故事：孟浩然来京城之后，与张九龄、王维等人交好，王维私底下邀请孟浩然到宫禁内的翰林院做客，不料唐玄宗突然来访，孟浩然惊慌之下，匿藏到床下。王维不敢隐瞒，如实告诉玄宗。玄宗说："我一早就听过他的名字了，何须藏起来？"于是孟浩然出来拜见玄宗。玄宗请他读自己的诗，当听到"不才明主弃，多病故人疏"这两句时，玄宗不高兴了："你并没有求仕，我也没有弃你，你为何污蔑我？"于是将孟浩然"放还"，不予取用。

此故事流播甚广，但应该是小说家言，真实程度不高。因为对于王维来说，私下带平民进入宫禁重地是违法的事，他要与孟浩然相聚，有很多合适的地方可以去，没有必要干犯法律。另外，王维当时的官职是拾遗，级别不高，却能让玄宗到访，理有不通。

不过，在这个可疑的故事里，却隐藏着一个事实，那就是孟浩然性情率真，不会谄媚他人。当他面对能够决定自己命运的唐玄宗时，还会念出"不才明主弃"这种不讨人喜欢的诗句，如此举动，与他平时那些至情至性的表现是一致的：晚年时，孟浩然背部生疮，在即将痊愈的时候，恰逢老友王昌龄来访，他不顾有病在身，纵情与友宴饮，导致毒疮复发而去世。

司马迁在《史记·佞幸列传》里感慨地说："谚曰：'力田不如逢年，善仕不如遇合。'固无虚言。非独女以色媚，而士宦亦有之。"的确，在仕宦这条路上，有太多的人斫丧了自己的天性。像孟浩然这般至情至性之人，没能进入仕途，未尝不是一件幸事。

王维气格柔弱

万户伤心生野烟。百官何日再朝天。
秋槐叶落空宫里，凝碧池头奏管弦。

——王维《凝碧诗》

这首诗的原题目很长："菩提寺禁，裴迪来相看，说逆贼等凝碧池上作音乐，供奉人等举声便一时泪下，私成口号诵示裴迪。"由于此诗的内容与凝碧池有关，所以后人也简称它为《凝碧诗》。

此诗的背景是这样的：安史之乱中，叛军攻陷长安、洛阳两京，唐玄宗出逃，王维扈从不及，被叛军俘获，他服药取痢，伪装得了哑病，试图避免与叛军合作。但这并没有起作用。安禄山素闻王维大名，派人把他送到洛阳，拘禁在菩提寺中，强迫他出任给事中一职。这成了王维一生的污点。

诗题里的"供奉人"，是指那些侍奉天子的词客艺人，譬如文士、乐工等。在安史之乱中，不少供奉人的命运与王维相同，也被叛军俘获。当时王维在拘禁中，好友裴迪来访，说起叛军在凝碧池上设宴，强迫李唐的乐工奏乐。有一位名叫雷海青的乐工，将乐器投掷在地上，西向痛哭。叛军见状，马上将他肢解，以此威慑那些心向李唐之人。王维知道此事后，心中悲愤，向裴迪口占了这首诗。

安史之乱平息之后，唐朝对那些曾经出任伪职的人逐一论罪。王维也在待罪之列，因为写了这首诗，打动了唐肃宗，同时弟弟王缙也请求削去刑部侍郎一职为兄长赎罪。在多重因素的作用之下，王维得到了唐肃宗的赦免。

王维信佛，世所周知。章太炎的《国学概论》有这么一个说法，“直接研究佛法，容易流入猖狂。古来专讲佛而不讲儒学的，多不足取，如王维降安禄山，张商英和蔡京辈往来，都是可耻的”。这里所说的“猖狂”，不是今日通行意义里“狂妄”的意思，而是取《庄子》“猖狂，不知所往”之意，即“不知道往哪里去”。章太炎这是在批评王维在重大人生节点上不知何去何从，以致失身事贼。

章太炎这番话是符合身份之语，因为章氏本人精研佛理，品格也非常峻洁，经得起这句话的反诘。对于王维来说，这也不算是苛刻之论。唐代宗时，王缙成了宰相，代宗喜爱文学，常向王缙索取王维的诗：“卿之伯氏，天宝中诗名冠代，朕尝于诸王座闻其乐章。今有多少文集，卿可进来。”从这个侧面可以看到王维当时的诗名有多高。

一个深受一国文化礼敬的人，也意味着承担了一国文化对他的责望。中国文化素重气节，然而王维却在大变来临之时，气节有亏，虽然自己事后也引以为耻，但终不能逃过后人的批评。后人若是赞赏他的这一选择，则只能意味着王维一人成功了，中国文化失败了。

不过，对于作为具体生命的王维来说，他的这一表现又不宜被深责。毕竟人生之难，最在一死。当白刃加于眼前的时候，要求人就死殉节，是不近人情的。从古至今，不知多少虚伪与惨剧，就在这些严苛的要求中发生。

从人生痕迹看来，王维绝非无行之人，他受过贤相张九龄的提拔，当张九龄因李林甫的谗害而被贬到荆州之后，他写下了《寄荆州张丞相》一诗：

所思竟何在，怅望深荆门。
举世无相识，终身思旧恩。
方将与农圃，艺植老丘园。
目尽南飞鸟，何由寄一言。

这首诗情致深长，暖人心脾，可见王维心性之淳良。他投降安禄山，也并非心甘情愿，而是生死所迫，为人生最不得已之举。

中国文化的一个可贵之处在于既重气节，也行恕道。重气节是立下做人的大本，行恕道则避免了咄咄逼人。后人评价王维，很少以死相责，也并没有因为他投降安禄山一事而抹杀了他的诗歌成就，这是对他行恕道的表现。

关于王维的诗作，胡应麟的评价最为得当："众体皆工，而不免为名家。"不予王维大家之目。清人张谦宜点评《凝碧诗》说："此谓怨而不怒。"这看上去是赞美，实际上恰恰是王维的弱点：能怨而不能怒。古来衡定文学成就，从来就不是简单地就文字功夫而论的，还要看人的力量。王维的生命气格偏柔弱，这能助他免去祸灾，却不能振动人心，宜乎他的作品在当世享有盛誉，在历史上却只能退居二流，不能与屈原、陶渊明、杜甫这些大家争长。

乱世人物的英伟气象

> 七雄雄雌犹未分。攻城杀将何纷纷。秦兵益围邯郸急，魏王不救平原君。公子为嬴停驷马。执辔愈恭意愈下。亥为屠肆鼓刀人，嬴乃夷门抱关者。非但慷慨献奇谋。意气兼将身命酬。向风刎颈送公子，七十老翁何所求。
>
> ——王维《夷门歌》

常见的文学史谈起王维，一般将之与孟浩然并举，贴上“山水田园诗人”标签。其实，王维诗集里有相当数量的豪健之作。当代著名学者龚鹏程先生在《中国诗歌史论》一书中说：“王维作品里，山水田园诗仅占四分之一，其述豪侠、咏边塞、陈闺怨者，无论质与量，均不逊于山水田园。比诸岑参、高适，亦无愧色。豪健佚荡，岂旷淡清逸云云所能局限？”

这首《夷门歌》，就是王维的豪健之作，所咏的是侯嬴与信陵君一事。战国时期，秦兵攻赵，赵公子平原君向魏国求救。魏王发兵救赵，受到秦国威胁，于是命令军队止步，持两端而观望，这实际上是坐视赵国灭亡。在这个危急关头，魏公子信陵君采纳门客侯嬴的计谋，奔赴魏兵大营，杀死不同意救赵的将军晋鄙，夺取兵权，继而退却秦兵。

侯嬴是魏国都城大梁夷门（东门）的看门者，信陵君早前听闻他的名声，就去结识他，并赠送了厚重的财物。侯嬴不接受，理由是："臣修身洁行数十年，终不以监门困故而受公子财。"其后，侯嬴带信陵君去认识自己的朋友朱亥，其间故意与朱亥长时间立谈，偷看在一旁执辔等待的信陵君，只见他气色温和，态度恭谨，没有半点不耐烦的意态。侯嬴向信陵君介绍，朱亥虽然是一个屠夫，但"此子贤者，世莫能知，故隐屠间耳"。信陵君于是数次拜访朱亥，而朱亥并不回访致谢，信陵君颇以为怪。

当其时，信陵君名重天下，是各国权贵与游士争相结交的对象。侯嬴与朱亥却在与信陵君的交往中独标一格，看似很无礼，但其实他们看重的是大礼相报，后来发生的事情是：侯嬴为信陵君献出救赵奇计后，估计信陵君已经到达军营，北向自杀；而朱亥则与信陵君一起出发，为他夺取兵权立下大功。

侯嬴与朱亥的行迹，与春秋战国之交的豫让相近。豫让是晋国人，曾经在晋国六卿之中的范氏、中行氏门下做过事，不受重用，于是改而投奔智伯，颇受赏识。不久后，智伯被赵、魏、韩三家合力灭掉，其中赵襄子最恨智伯，便将智伯的头拿来盛酒。豫让于是发愿刺杀赵襄子，为智伯报仇。

第一次刺杀，豫让非但没有成功，反而被赵襄子擒获。赵襄子认为，这是一个义士，不能杀，将他放了。其后，豫让吞炭漆身以改变容貌与声音，再度行刺赵襄子，又被赵襄子擒获。赵襄子责备豫让：你不是曾经为范氏和中行氏做过事吗，他们被智伯灭了，你不替他们报仇，为何反而替智伯报仇？

豫让告诉赵襄子："臣事范、中行氏，范、中行氏众人遇我，我故众人报之。至于智伯，国士遇我，我故国士报之。"赵襄子闻言，流泪叹息，但明确表示这次不会再放过他了。豫让请求赵襄子脱下衣服让他击刺几下，以图有面目到地下见智伯。赵襄子同意了。豫让拔剑刺了几下赵衣，然后伏剑自杀。赵国志士听闻此事，无不为之流涕。

和豫让一样，侯嬴、朱亥亦以国士之礼回报信陵君，这种风气盛行于战国。《礼记》说："礼也者，报也。"受人礼遇，当思回报，这就是所谓的礼尚往来。关于侯嬴自杀的原因，后世论说纷纷，其实《史记》已经点出。信陵君出发救赵的时候，侯嬴说："臣宜从，老不能。请数公子行日，以至晋鄙军之日，北向自刭，以送公子。"信陵君此行可谓吉凶难料，作为深受公子礼遇的人，侯嬴认为自己应该与公子共赴艰危，然而自己老了，做不了事情，于是自杀以为报。"臣宜从，老不能"，这个"宜"字很重要。《中庸》："义者，宜也。"一个人临事每自问"应该做什么"，这是尚义；如果总是问"做什么最有好处”，那是趋利。对于侯嬴来说，七十老翁何所求，求的不过是“礼义”二字而已。

朱子评价战国文章说，乱世之文有英伟气。这“英伟”二字，也可用来形容战国人物。侯嬴、朱亥、豫让等人的行为，后人不必尽然效仿，但在他们身上，无疑具有一种迥异于流俗的英伟气象，而支撑起这种气象的，则是守礼重义的精神。人说战国礼崩乐坏，其实那时崩坏的是制度，人心尚知礼义，如果一个时代以利为上，耻笑礼义，那才是彻底的礼崩乐坏。

五言长城刘长卿

昔贤怀一饭，兹事已千秋。
古墓樵人识，前朝楚水流。
渚蘋行客荐，山木杜鹃愁。
春草茫茫绿，王孙旧此游。

——刘长卿《经漂母墓》

唐朝诗人刘长卿，其名跟汉代文人司马相如的字相同，这里的“长”字读zhǎng，不读cháng，是“六卿之长”的意思。温庭筠七律《秋日旅舍寄义山李侍御》：“子虚何处堪消渴，试向文园问长卿。”苏辙七律《次韵刘贡父从驾》：“一经空记弟传兄，旧德终惭比长卿。”按照七律的格律，这些地方的“长”字，都只能是仄声，如果读cháng，那是平声，就不符合格律了。

值得一说的是，司马相如的“相”字，不少人日常使用时，读成去声xiàng，但在古诗词中，这个字做平声用，读xiāng。例如李商隐的七绝《寄令狐郎中》：“休问梁园旧宾客，茂陵秋雨病相如。”根据格律，这里的“相”字只能是平声，如果读xiàng就出律了。此外，蔺相如的“相”，在古诗词里也读成平声。

与杜甫一样，刘长卿也经历了唐朝那场重大的变故——安史之乱，在他的诗作里，也呈现了这场动乱的情况，例如那首著名的《穆陵关北逢人归渔阳》：

逢君穆陵路，匹马向桑干。
楚国苍山古，幽州白日寒。
城池百战后，耆旧几家残。
处处蓬蒿遍，归人掩泪看。

当时安史之乱刚刚平息，刘长卿在湖北麻城穆陵关遇见返回北方的人，遂告诉对方北方的惨况，其中“楚国苍山古，幽州白日寒”这两句尤其触动人心。

这首五律《经漂母墓》，咏的是漂母与韩信的故事。韩信年少时贫贱，一度艰难到没有饭吃。一位在河边漂洗丝絮的老妪见他如此境况，就请他吃饭，如此数十日。韩信很高兴，向老妪许诺，以后一定会大力酬谢。老妪听了之后，非但不高兴，反而很生气：“大丈夫不能自食！吾哀王孙而进食，岂望报乎！”当然，韩信功成名遂后，仍然找到了漂母，赏赐千金以报答一饭之恩，这是后话。

对于这首诗，方回点评说：“意深不露。第四句盖谓楚亡、汉亡，今唯有流水耳。一漂母之墓，樵人犹能识之，亦以其有一饭之德于时耳。”说得很到位。“古墓樵人识，前朝楚水流”，后人记住了漂母，至今樵人尚且知道漂母墓，然而最终置功臣韩信于死地的汉室，却随流水消逝，不复存在了。这两句彰显了漂母的一饭之德，也点出了堂堂汉室不如一位漂母惜才。

“渚蘋行客荐”，“渚蘋”即水边的蘋草，“荐”即祭献，这句是说行人向漂母墓献上蘋草以作祭奠。“山木杜鹃愁”，杜鹃声音凄凉，此句似是哀悯韩信的身世，又似是感慨世间缺少像漂母那样的识人慧眼。明人周珽说：“在母，轻一饭之恩，而志不责报，千载诚难其人。在信，怀一饭之德，而不忘立墓，千秋永诵其事。两贤得文房(刘长卿的字）之诗，自当快心地下。”此论得之。

末联“春草茫茫绿，王孙旧此游”，王孙指韩信，两句是说，诗人经过此地，怀想韩信曾经也到过这里。全诗平和敛束，却蕴含着不尽的远意。方回评价刘长卿的诗说：“细淡而不显焕，当缓缓味之，不可造次一观而已。”方回自身也能诗，这番话可谓探得诗人深曲，刘长卿的诗，确实不可以粗略读过。

刘长卿性情刚直，曾在仕途上两次遭人诬陷，甚至因此而罢官入狱。他的官位不但不显赫，更是一度被贬到今天的广东电白县，可谓一生多事，是以在他的诗里，总有一股萧飒的气息。然而可贵的是，即便国家多难、一己不得志，刘长卿的诗却并不枯涩。像他的传世名作《逢雪宿芙蓉山主人》：

日暮苍山远，天寒白屋贫。
柴门闻犬吠，风雪夜归人。

此诗可谓情韵深长，极耐寻味。

世传刘长卿自号“五言长城”，其自信如此。然而这并不是妄语，他的五言诗当得起这个名号。可以想见的是，当世道艰难的时候，一定会有更多的人去读他的诗。

孤直孟郊

南山塞天地，日月石上生。高峰夜留景，深谷昼未明。山中人自正，路险心亦平。长风驱松柏，声拂万壑清。到此悔读书，朝朝近浮名。

——孟郊《游终南山》

孟郊的诗，调子都比较“紧张”，即苦寒的味道较重。苏轼《读孟郊诗》说：“人生如朝露，日夜火销膏。何苦将两耳，听此寒虫号。”又在《祭柳子玉文》里说：“元轻白俗，郊寒岛瘦。”这些评述都很有名，尤其是后一个评价，在今日似乎成了元稹、白居易、孟郊、贾岛的定评。

事情总会有例外，譬如这首《游终南山》，就不是苦寒之作。唐德宗贞元七年，孟郊到长安参加科举考试，此诗可能作于这个时期。在“高峰夜留景”一句后，作者自注曰：“太白峰西，黄昏后见余日。”平地上已经天黑，但山上还能看见落日残照，这句极写山峰之高。

“到此悔读书，朝朝近浮名。”结语是全诗最有味的感慨，所谓“读书”“浮名”，说的应该是参加科举获取功名一事，然而终南山的胜景，让孟郊一洗尘心。此作令人读得心情舒缓，毫无紧张之感。不过，最后两句应该只是孟郊的兴到之言，因为他还是要“浮名”的。那次科考，他落第了，几年之后才考中进士，其时他已经接近五十岁了。中举后，孟郊显得很高兴，写下“春风得意马蹄疾，一日看尽长安花”这般快意之句，然而麻烦来了，他因此被人讥为“气度窘促”。

对于种种评语，如果孟郊地下有知，或许会感叹一声“做人真的很难”了吧。在失意之时，他写诗发一些苦音，为此遭到后人嫌弃，“读之每令人不欢”（《唐才子传》）；好不容易中举了，在诗里发泄了一下压抑之情，又被人讥笑没有气度。这不对，那也不是，孟郊可谓动辄得咎，这种尴尬，在历代诗家里颇为罕见。

不过，我们可以确定的是，即便孟郊知道了这些声音，他也是不会去理会的。要不然，他就不会留名至今了。实际上，围绕在孟郊身上的，除了讥笑，更有赞美。比如当时的文章巨公韩愈，就非常推崇孟郊的诗，他在《醉留东野》一诗里说：“昔年因读李白杜甫诗，长恨二人不相从。吾与东野生并世，如何复蹑二子踪……我愿身为云，东野变为龙。”

韩愈这些论述，并非只是为了揄扬孟郊，骨子里还是因为他们都是不肯降心从俗之人。在元稹、白居易那种流滑诗风耸动天下的大势里，韩愈和孟郊写一些不那么好读的诗，是有志之士对自己所处时代的一种补偏救弊。

《旧唐书》说孟郊性情“孤僻寡合”，这个评语倒不是苛责。孟郊的《择友》诗说：“今人表似人，兽心安可测。虽笑未必和，虽哭未必戚。面结口头交，肚里生荆棘。”这诗写得十分冰凉，字里行间充满了诗人的警惕与恐惧，未免是过情之语，但可见其性情之孤僻。

在孟郊的诗集中，有不少痛斥造谣中伤者的题材。可以想见，在他的生命历程中，应该有过很多遭人毁谤的经历。世事不新鲜，这种经历自然不是他独有的，相比起来，王安石在这方面的教训比孟郊惨痛得多了：一手提拔了吕惠卿，后来遭到吕惠卿的不断陷害，吕惠卿可是直欲将王安石置之死地而后快。然而在王安石的诗文中，很少出现像孟郊这般愤激的表述，而是寓悲壮于平淡之中。可见经历尽管对人的影响很大，但性情或许才是决定表现方式的元素。

话说回来，我们又不能说孟郊发这种愤激之音是错的。当一个人遭遇了不公，若是还不允许人家有愤怒之言，这是典型的乡愿行径，世间虚伪之情大概莫过于此了。《诗经》也说：“取彼谮人，投畀豺虎。”意思是把那些谗害别人的人，投给豺虎作为食物。在这里，诗人的愤怒无以复加，可见憎恶之情一样也可以入诗。

简言之，孟郊诗里的苦音也好，怒语也罢，都有一个共通的可贵之处，那就是展现了诗人之真。他在唐朝诗人里的意义，是矗立了一股不假装饰的孤直气格。宋人的诗，在这一处得益良多。

柳宗元重情

城上高楼接大荒。海天愁思正茫茫。
惊风乱飐芙蓉水，密雨斜侵薜荔墙。
岭树重遮千里目，江流曲似九回肠。
共来百越文身地，犹自音书滞一乡。
——柳宗元《登柳州城楼寄漳汀封连四州》

这是柳宗元被贬到广西柳州后的作品。在早年的人生历程中，柳宗元可谓一帆风顺。他出身士族，二十岁出头就进士及第，后来得到王叔文的赏识，一路擢升，与他同在进用之列的还有刘禹锡。唐顺宗即位后，王叔文用事，这本来是柳宗元有所作为的时候，但顺宗健康情况不佳，登基八个月就禅位给太子（即唐宪宗）。唐宪宗与王叔文不相容，即位就着手打击王叔文，王叔文最后被赐死，从此处可以窥见这场政治斗争的激烈程度。

王叔文在短短几个月的秉政时期里，是否在政治上有所建树，历代学者说法不一。不过，柳宗元的人格大节无可指摘，是世所公认的事实。但身在政治旋涡之中，任何人都难以幸免，他很快就受到牵连，被贬为邵州刺史，在赴任的路上，被加贬为永州司马。

这还不是最糟糕的。在永州待了十年之后，柳宗元奉诏回京，然而很快就被贬为柳州刺史，最终在柳州任上去世，世称“柳柳州”。这首七律题目中的“漳汀封连”，是指他的四个朋友：漳州刺史韩泰、汀州刺史韩晔、封州刺史陈谏、连州刺史刘禹锡。漳州和汀州在今之福建，封州与连州在今之广东，在唐代都属于偏远之地。这几位朋友都是柳宗元早年在王叔文手下的同僚，随着唐宪宗上台，他们的命运也随着王叔文一齐浮沉。

此诗首联登楼言愁，宏阔警动。中间两联写登楼所望之景。“飐”是风吹浪动的意思，“薜荔”是香草（“薜”读音同“币”）。“岭树重遮千里目”，写出与友人相望不相见之情。“九回肠”化用了司马迁《报任少卿书》的“肠一日而九回”，“江流曲似九回肠”是说眼前所见的江流，就像作者的愁肠一样曲折。最后两句说大家一起被贬到蛮荒之地，不但难以相见，更是音讯难通，思念之情浓郁而不张露。

前人评点此诗，认为“惊风乱飐芙蓉水，密雨斜侵薜荔墙”的惊风、密雨，是比喻朝中那些向皇帝进谗言的小人，芙蓉与薜荔则是比喻自己与朋友这些君子。这种说法，符合屈原“美人香草”的寓意，可备一说，但不可坐实，因为倘若坐实，就不免穿凿附会。大抵解读古人的诗，求之过深与轻易读过，其弊是相同的。诗的妙处，正在那些不能说透的地方，一旦坐实，则兴味全消。试问这两句若是只写眼前所见的景象，并无寓意，又有何不可呢？

苏轼赞赏柳宗元的诗“外枯而中膏，似淡而实美”，这个评价大体符合柳宗元诗集的实情，但不适用于这一首七律身上，因为这首诗的外在并不枯槁。当然了，此诗的好处，不在于它的字面漂亮，而在于其内在的感情充沛。章太炎先生说：“自唐以来，论文皆以气为主。气之盛衰，不可强为。大抵见理清、感情重，自然气盛。”这真是一针见血之论，同样适用于诗，不专限于文。“见理清”有待于学，“感情重”则要求作者须是重情之人，强学不得。章先生认为，古人感情重于后人，《颜氏家训》说：“别易会难，古人所重。江南饯送，下泣言离。”章氏此说可谓精辟，因为必先有重情之人，然后才有感人肺腑的作品。古人离别垂泪的情景，或许为今人所笑，然而这恰恰是古人胜过今人的地方，古代诗家的高下，也往往在感情轻重这一处见出分晓。

柳宗元在赴任柳州之前，曾经发生了这样一件事。当时朝廷对刘禹锡的处理，是将之贬为播州刺史，播州在今之贵州，在唐朝时比柳州更为僻远难行。柳宗元知道了这个消息，就上书朝廷，请求将自己与刘禹锡的贬地对调，理由是刘禹锡的母亲年纪很大了，如果与刘一起到西南，身体会受不了，而如果她不与刘一起走，以她的高龄，则无异于让这对母子天人永隔。在裴度的帮助下，朝廷最终将刘禹锡改任连州刺史，而柳宗元到柳州不变。

如此重情之人，写出如此好诗，也就不足为奇了。

刚者李德裕

独上高楼望帝京。鸟飞犹是半年程。
青山似欲留人住，百匝千遭绕郡城。
——李德裕《登崖州城作》

李德裕是中晚唐时期的一个关键人物。在那场惨烈的“牛李党争”里，“牛党”的核心人物是牛僧孺、李宗闵等人，而所谓“李党”的领袖则是李德裕。李德裕出身于世家大族，祖父做过御史大夫，父亲李吉甫当过宰相，按照当时的规定，李德裕通过门荫入仕，并不需要参加科举考试。

“牛李党争”起源于李吉甫。当时牛僧孺、李宗闵在策论里抨击时政，遭到宰相李吉甫的打压，双方产生了嫌隙。这场恩怨波及李德裕，逐渐蔓延成一场腥风血雨的政治斗争，两派倾轧四十年，以致唐文宗一度感慨：“去河北贼易，去朝中朋党难。”

在唐文宗时期，李德裕任西川节度使，吐蕃的维州守将悉怛谋携城来降。在确认对方无诈之后，李德裕向朝廷上报此事，主张应该受降，拿下维州这个要害地方。他还建议，唐朝应该乘势向吐蕃发动进攻，以绝这个巨大的边患。

朝臣都很认同这个建议，然而门下侍郎牛僧孺不同意，理由是：吐蕃国境辽阔，丢失一个维州，不足以影响其国势，大唐若是受降，吐蕃兵马恐将“不三日抵咸阳桥”；另外，唐朝与吐蕃订立了盟约不久，如今受降启衅，无疑是失信。

唐文宗接受了牛僧孺的意见，令李德裕遣返悉怛谋等人。这些降唐的人回吐蕃后，立即遭到了残酷的杀戮。对于此事，李德裕一直耿耿于怀。历史证实他的判断是对的，当时吐蕃并不具备迅速威胁关中的能力，牛僧孺是在危言耸听。至于“失信”之担忧，李德裕事后也指出：在维州守将来降前一年，吐蕃军队仍然攻打大唐，已是不守盟约在先。

唐文宗死后，武宗即位，拜李德裕为相。在李德裕的治下，唐朝有了中兴的迹象。然而好景不长，唐武宗只做了六年皇帝就死了，继位的是唐宣宗。或许是李德裕没有拥戴宣宗上位的缘故，又或许是功高震主，唐宣宗登基后的第一件事就是罢免李德裕的相职。

这时候，白居易的堂弟白敏中成了举世鄙薄的小人。白居易亲近牛僧孺，遭到李德裕的厌恶，但李德裕并未连带把白敏中也看成“牛党”，仍然提拔了他。然而在李德裕失势后，白敏中非但不施援手，反而落井下石，将李德裕贬到了海南崖州。

李德裕写过《小人论》一文，文中说："世所谓小人者，便辟巧佞，翻覆难信，此小人常态，不足惧也。以怨报德，此其甚者也。背本忘义，抑又次之。"这些论述，应该是指白敏中这种过河拆桥之徒。

这首《登崖州城作》，写于李德裕的崖州司户任上，第一句是述说对京城的向望，第二句写崖州距离京城之远。从最后两句可以知道，李德裕觉得自己回不了中原了。果不其然，在崖州待了不满一年，他就去世了。在唐朝的贬官之中，李德裕可能是命运最凄惨之人：名望最高，贬地最恶。

关于"牛李党争"，历来众说纷纭。沈曾植和陈寅恪先生认为是科举与门第之争，这个说法影响甚大。有学者不认同，比如岑仲勉先生就认为李德裕"无党"，而黄永年先生则认为，在唐代的政治斗争里，各个集团以一个皇帝或皇子为核心，"参加的成员多数是皇帝或皇子的旧人，是以人事关系结集而并非以士族、庶族来区分"。这些也是观察这场党争时需要注意的内容。

还需要注意的是人的气质。李德裕受人诟病的原因，在于他性格孤峭，行事果决，即使得罪人也在所不惜。在这一点上，王安石与他非常相似——于是我们看到，在司马光的《资治通鉴》里，就对李德裕没有什么好话。此外，李德裕无情报复政敌的做法，也颇为人訾议。《旧唐书》说他："所可议者，不能释憾解仇、以德报怨、泯是非于度外、齐彼我于环中。"这个评语令人啼笑皆非，因为它无视了“牛党”对李德裕的各种凶狠打击。

值得一说的是，李德裕尽管出身望族、厌恶作风轻薄的进士，但他对平民子弟的奖掖是不遗余力的。他被贬崖州后，当时的社会反应是：“八百孤寒齐下泪，一时南望李崖州。”然而“牛李党争”还是以“牛党”的胜利结束了，不过此时的大唐也步入了黄昏。这是否可以说明，如果一个组织容纳不了那些有能力的刚烈之士，那么它距离崩塌也不远了？

小杜的沉慨

江涵秋影雁初飞。与客携壶上翠微。
尘世难逢开口笑，菊花须插满头归。
但将酩酊酬佳节，不用登临恨落晖。
古往今来只如此，牛山何必独沾衣。

——杜牧《九日齐山登高》

这是杜牧最广为人知的七律，也恐怕是他被人误解最多的七律。

齐山在今天的安徽省池州市，诗是杜牧出任池州刺史时所作。全诗语句很明畅，但意蕴很沉郁。首联写秋季景象，诗人与朋友携酒登高。第二联和第三联都是在发感慨，诗人仿佛在说："在这个并不如意的世界里，碰上重阳这样的佳节，应当开心一醉，把忧愁以及时间消逝所带来的伤感，都抛诸脑后。来，干杯！"

最后一联用了齐景公牛山堕泪的典故。据《韩诗外传》记载，齐景公有一次和随从一起出游牛山，看着美丽的齐国大地，忽然想到人终究是有一死的，于是悲伤流泪。“牛山泪”也因此成了一个典故，被历代诗家用来感慨生死。“古往今来只如此，牛山何必独沾衣”，杜牧这是在说，人生就是如此，大家都有一个共同的终点，那就是死亡，并且人在通往这个终点的过程中，更多的状态是不如意的，因此何必浪费时间去悲叹呢，不如及时行乐吧。

当代一些学者赏析杜牧这首诗时，喜欢批评杜牧思想颓废，有消极倾向。然而在古人对此诗的评议里，却罕有这种看法。这有点令人费解。古代中国是由儒家主导的社会，一如《周易》所说：“天行健，君子以自强不息。”刚健、进取，是儒家精神的骨干。如果从这一首诗就能断定杜牧思想颓唐的话，为何在儒风昌盛的古代，人们不去批评他这一点，反而在儒风低落的当代，人们对他有此论议？

事情虽然费解，原因却很简单，那就是比起古人来，今人的诗性低落了。诗作为一种文学体裁，有其独特的表述方式。《诗经》里有这样一个片段：“子有车马，弗驰弗驱。宛其死矣，他人是愉。”从字面意思看，这几句话是在写一个吝啬的人，此人有车有马——这在当时可是奢侈品——却不舍得用，于是诗人说：你这么吝啬下去的话，将来等你死了，别人就要来享用你的这些好东西了。

这话说得很重，然而古人解读《诗经》时，并不会认为作者心肠恶毒，并未认为作者在诅咒别人。古人明白，诗人这是在通过一种能够撞击人心的话语，提醒人们不要吝啬。这就是诗的独特表述。相似的例子还有很多，比如韩愈说：“一年明月今宵多，人生由命非由他（tuō），有酒不饮奈明何。”又如苏轼说：“名高不朽终安用，日饮无何计亦良。”读到这些，能说韩愈和苏轼厌世吗？事实上，他们可是锐意进取之人。杜牧这首诗也一样，里面所谓的“消极”情绪，是诗人的兴到之言，论者若是抓来大做文章，所得的结论往往大谬不然。

真实的杜牧，行为固然风流不羁，但遮盖不了一颗炽热用世的心。他喜欢钻研兵法，关注天下大势，注解《孙武兵法》一书，在《自撰墓志铭》里谈到自己的成就，他没有说及诗，却着重提起这本书：“上穷天时，下极人事，无以加也，后当有知之者。”他曾向李德裕献上平戎的计策，李德裕阅后赞赏不已。我们可以从这些事情里窥见杜牧的心志，也可发现他并不是一个志大才疏的文人。

然而对于真正的诗人来说，无论其用世的情况如何，他们总能感受到生命的局限性。杜牧在这首诗里所发的感慨，比韩愈的诗句“人生由命非由他”来得更深沉，因为他不仅仅是在排遣一己的失意情绪。当然，这背后的内容，已非一两篇文章能尽，也不必多谈，因为那片难以言说的广阔天地，就是诗的可贵之处。

一个有诗性的人，其言行应能兴发他人的心情。诗性是流淌在古人血液里的元素，今人则似乎不然了，他们非但难以写好诗，有些专业研究者还有本事使得一首很好的古人作品，在他们的讲述里显得味道全无，这实在是一件堪可浩叹的事。

罗才子衰世激响

莫把阿胶向此倾。此中天意固难明。
解通银汉应须曲，才出昆仑便不清。
高祖誓功衣带小，仙人占斗客槎轻。
三千年后知谁在，何必劳君报太平。

——罗隐《黄河》

人们论及晚唐诗人罗隐，一般会说两件事，一是他在科举考试中屡试不第，二是他诗才高而相貌奇丑。据说当时曾有某位名流的女儿，读了罗隐的诗，很是倾慕，想嫁给他，然而见了罗隐的尊容之后，马上就打消了念头，还自此连罗隐的诗也不再读了。

这真是一个令人沮丧的故事。另外，罗隐的狂傲在当时也是出了名的。《五代史补》说罗隐因为狂傲而被公卿大臣厌恶，遂屡屡不中举。关于罗隐落第次数，有的说是十次，有的说是六次，版本不一，但次数都很多。

尽管当不了官，但罗隐还是很有名气的。有一次他去见魏博节度使罗绍威，快到对方的地盘时，先写信给罗绍威，称对方为“侄”。罗绍威的手下非常生气，跟罗绍威说：“罗隐一介布衣，竟敢称大王为侄！”不料罗绍威不以为忤，向手下说：“罗隐名动天下，那么多王公大臣他都瞧不上，如今竟然肯来我这里，还视我为侄，这是我的荣幸啊！你们不用多说了。”然后到城郊迎接罗隐，见面就拜。罗隐也不客气，坦然受之。分别时，罗绍威还赠给这位“叔父”百万钱。

对于罗隐的诗句，我们绝不陌生，比如“今朝有酒今朝醉，明日愁来明日愁”；再如“芳草有情皆碍马，好云无处不遮楼”——从诗艺的角度看，这副名联不免有合掌的嫌疑，不过瑕不掩瑜，这两句道出了世间某种普遍的无奈，是以传诵至今。

当然，人们说起罗隐的名作，往往会提到《赠妓云英》：

钟陵醉别十余春。重见云英掌上身。
我未成名君未嫁，可能俱是不如人。

这是罗隐赠给妓女云英的诗，背景是他十多年后与云英重逢，云英依然混迹风尘，却见面就笑罗隐怎么还是布衣。诗里提到“掌上身”，说明云英的姿色保持得很好，可即便如此，仍然没有嫁出去，而罗隐自己也没有在科举上获得功名，可能大家都是不如人吧。诗虽小，感慨却不小。“可能”二字是反语，更是一声叹息，罗隐其实并不认为自己不如人，至于为何没有功名，这首《黄河》可视为他的解答。

“莫把阿胶向此倾，此中天意固难明。”阿胶有澄清浊水的功能，罗隐却说不要把阿胶倒进黄河里了，这是徒劳的。为何徒劳？“解通银汉应须曲，才出昆仑便不清”，意思是说，黄河能直通天上，是因为它“曲”；河水在源头处，就已经浑浊不堪——黄河并非出自昆仑，此处的昆仑代指黄河源头。这两句表面是说黄河，其实暗指当时朝政不清，平民想要地位上升，需要使用不正当的手段。

“高祖誓功衣带小”，用了汉高祖的故事。汉高祖平定天下后跟功臣们发誓：要等到黄河像衣带那般小，你们的爵位才失去——黄河不可能像衣带那么小，刘邦的意思是你们的爵位永远不会失去。此处暗指既得利益集团牢牢把控社会资源。“仙人占斗客槎轻”，仙人喻指当权者，占斗即把持北斗星这一显要位置。这句是说，那些攀附权贵之人（客槎）纷纷得以飞黄腾达。

“三千年后知谁在，何必劳君报太平。”传说黄河五百年一清，“河清”比喻政治清明的太平盛世。罗隐干脆说，三千年后都不必劳动黄河来报太平了，因为河水不可能会清。

这首诗句句在写黄河，但句句如刀，刺向当时的政治环境，写法巧妙，的是好诗。罗隐科举失意，未必全是政治的原因——敢于傲视权贵的人，大概在任何时代都很难得志吧，然而这恰恰体现了士人的可贵。诗不是史，罗隐此作不能等同于晚唐的政治现实，然而狂者痛笔，尤其是衰乱之世的这种激响，最可警人，在任何一个时代里，都极具倾听的价值。

一个清澈的人

清明时节出郊原。寂寂山城柳映门。
水隔淡烟修竹寺，路经疏雨落花村。
天寒酒薄难成醉，地迥楼高易断魂。
回首故山千里外，别离心绪向谁言。

——杨徽之《寒食寄郑起侍郎》

北宋有四大类书，分别是《太平广记》《太平御览》《册府元龟》《文苑英华》，其中《文苑英华》的编者之一就是杨徽之，他负责的是诗歌部分，而他本人的诗也写得很出色。

杨徽之是福建人，他的家族世代尚武，但他父亲杨澄却尚文，成为家乡浦城县的县令。杨徽之非常好学，甚有天赋。同乡的江文蔚擅长写赋，江为擅长写诗，杨徽之就去师事二人，很快就与这两位师父齐名。

赵匡胤通过兵变取代后周，建立宋朝，是为宋太祖。薛居正曾经向太祖举荐过杨徽之，认为杨是宰相之才。然而杨徽之在后周时曾经讥诮过赵匡胤，因此他非但没有被擢用，还被贬到了外地。这首七律，就是杨徽之寄给同是被贬在外的友人郑起之作。

寒食在清明节的前一天或前两天，由于这一天禁烟火，人们只吃冷食，所以叫作寒食。历史上关于寒食的诗不少，著名的有唐人韩翃的《寒食》诗：

春城无处不飞花。寒食东风御柳斜。
日暮汉宫传蜡烛，轻烟散入五侯家。

韩氏此作是在讽刺当时的王公权贵，意思大概与“只许州官放火，不许百姓点灯”相似。杨徽之的这一首诗则抒写郁怀，所述说的内容与韩翃的不一样，但手法是一致的，都很含蓄，体现了温柔敦厚的诗教之旨。

在寒食节里把杨柳的枝条插在轿顶或者门楣上，这是宋代的风俗，所以此诗的第二句“寂寂山城柳映门”就是当时风会的写照，并不是指家家门前都种有柳树。刘咸炘先生曾经说过：读史要注意两点，一是知道纪事本末，即弄清楚历史事件的来龙去脉；二是要观察风气民情的变迁。两者相比，后者难于前者。其实读诗又何尝不需要注意到这两点呢？

“水隔淡烟修竹寺，路经疏雨落花村。”在雨雾当中，远处种有长长竹子的寺院，隐约可见，而人又恰好路经落花满地的荒僻村落。身处荒野之人的寂寥心绪，于斯可见。

“天寒酒薄难成醉，地迥楼高易断魂。”清明节期间，天气湿冷，质量低劣的水酒，并不能让人谋得一醉；而遥望大地，苍茫无际，远方高楼，可见不可即，萧索为我独享，个中滋味，最是使人断魂。这里的“楼”，是一种寄托，与苏轼《水调歌头·明月几时有》里的“又恐琼楼玉宇，高处不胜寒”一样，诉说的都是“不知天上宫阙，今夕是何年”的怅惘感。

士大夫得君行道，留在京城、身处权力中心，能最大限度地发挥影响力，以便在政治上建功立业。是以“山高皇帝远”所带来的好处，对于有志于用世的士大夫们来说，没有多少吸引力。困顿出诗人，于是我们不难看到，许多传颂千古的诗篇，就产生在诗人的谪宦时期，白居易的《琵琶行》（浔阳江头夜送客），刘禹锡的《酬乐天扬州初逢席上见赠》（巴山楚水凄凉地）等，都是心情低落之作。

如果要从鸡蛋里挑骨头，杨徽之此作亦有瑕疵。末联“回首故山千里外，别离心绪向谁言”写得并不好，“故山”的“山”字，与第二句“山城”的“山”相同。一般情况下，七律应当避免同字同义，以免意境变狭，除非是着意为之，以营造一种重章迭唱的效果，例如李商隐的《无题》（昨夜星辰昨夜风）。刘禹锡《西塞山怀古》的首联“王濬楼船下益州，金陵王气黯然收”，重了“王”字，但这里是同字不同义，所以不妨碍意境的开宕。

杨徽之此诗好就好在浑成，不造作，无论是遣词造句还是情绪表达都非常干净，不拖沓。而杨徽之其人也与这首诗一样，是清澈如水的人物。据《宋史》本传的记载，杨徽之“纯厚清介，守规矩，尚名教，尤疾非道以干进者”，对那些不义而得高位的人，他都厉声斥责，毫不留情。古代士大夫这种清介阳刚之风，在旧籍中开卷即见。

杨徽之对宋太祖也敢表示不满，正是这种至死不渝地遵循“原则理性”的精神，让他吃了亏，被贬外地的他又因为不合时宜的进谏而再被贬。幸好赵光义惜才，保住了他，才不致早殁。当赵光义成为宋太宗后，杨徽之得以返回中央。他认为因文章写得好而登身仕途的人已经太多，因此向太宗建议多起用通经致用的人。

这里有值得一说的地方。杨徽之并非是在反对写诗作文，而是反对政府专以辞章取士。治国平天下，所需要的并非只是通辞章的人才。汉代用经术治国，培育了刚劲的士风，为百世称赏。唐人以诗赋取士，出现的一个局面是许多受到擢用之人，品格低下，难为典型。杨徽之这个建议，有其深远用意。

现实中的杨徽之，日子并不好过。返回朝中之后，宋太宗想重用他，但周围的人极力诬诋，他再度受到排挤。在外地的杨徽之，还因为大胆建言而获罪。终其一生，并未实现自己的政治抱负。

柳开亦儒亦侠

鸣骹直上一千尺，天静无风声更干。

碧眼胡儿三百骑，尽提金勒向云看。

——柳开《塞上》

这一首塞外即景的七绝，是柳开的名作。“骹”同“髇”，即会发出响声的箭，也就是古人常说的“嚆矢”；金勒是金属制作的马笼头。全诗的大意是：一支响箭冲天而起，直上云霄，此时天高地阔，万里无风，一片寂静，响箭的声音更显尖厉；在浩漠的原野上，数百名碧眼胡人小伙子正在骑马奔驰，听到响箭的声音，齐齐勒住马头，举目望向那无垠的天空……

这首七绝的亮点在第二句“天静无风声更干”，干是干爽的干，形容声音尖厉响亮。在唐诗中屡有这样的用法，唐彦谦《咏葡萄》“天风飕飕叶栩栩，蝴蝶声干作晴雨”，李商隐《楚泽》“夕阳归路后，霜野物声干”，孟郊《戏赠无本》“长安秋声干，木叶相号悲”，都是如此。

用一个触感的字来表示听觉，这种“越俎代庖”的行为，是古典诗歌中常见的一种技巧。诗与文不同的一个地方，就在于文章往往是辞达而已，而诗却须力避平庸，每一个字都要斟酌，最好都要出彩。因此，诗句有一些乍看让人觉得“不通”、实际上符合情理的地方，能为作品增加诗味，那是不能用日常的语言逻辑去规量的。

唐代李益的《从军北征》，与柳开此作有点接近：

天山雪后海风寒。横笛偏吹行路难。
碛里征人三十万，一时回首月中看。

此外李益还有一首更广为人知的七绝《夜上受降城闻笛》：

回乐峰前沙似雪，受降城外月如霜。
不知何处吹芦管，一夜征人尽望乡。

以上两首七绝，用的技巧都一样，都使用了“摄影机”，拍下一个瞬间的特写，将复杂的情感用壮观的画面来呈现，在艺术上展现出强劲无俦的感染力。柳开可谓是活学善用，《塞上》取法李益，但技巧更加成熟：李益的两首作品，都用了起兴，如“天山雪后海风寒”和“回乐峰前沙似雪”，都是铺垫；而《塞上》从头至尾都跳动着最强的音符，首句“鸣骹直上一千尺”开门见山，劈面而来，四句不需任何前奏，就展现出了一种逼人的英武气概。

因为《塞上》有更进一步的创意，是以成为宋代边塞诗中的压卷之作。边塞诗是古典诗歌宝藏里的一大珍品，但在中唐之后基本上成了绝唱，很少有人写，更罕有人写得好。《塞上》可说是为边塞诗续上业已失声的绝响。

柳开是大名（今属河北）人，与柳宗元同属一个世家大族，著有《河东先生集》。他是宋代古文运动的先驱，原名肩愈，字绍元，意思是要比肩韩愈、追绍柳宗元，可见其心志之高。

柳开又是一个有侠气的儒者。在他十三岁的时候，有盗贼夜间入屋盗窃，他的家人都惶恐不安，柳开却提着剑与盗贼搏斗起来。最后盗贼打不过他，跳墙逃走，被赶上来的柳开砍断了两根脚趾。柳开的性情如此暴烈，以致有野史说他喜欢吃穷凶极恶的犯人的肝，这种传闻的可信度极低，因为士大夫甚重清议，如果柳开吃人肝，他不可能得到当时社会的称许。

宋代以儒治国，文教复兴，当时士大夫的自觉精神也萌生，担起天下大任。柳开在众多士人当中，是一个比较少见的异类，因为他没有一般人常有的纤弱。他在《代王昭君谢汉帝疏》中，就规劝君王不要对和亲抱有幻想，盖和亲只是权宜之计，要保有天下，还得上下励精图治，增强国力。宋代的士人并非都有担当精神，在北宋遭受强敌入侵时，一些士人纷纷主张迁都，一旦和约签订，“又诱导皇帝来做封禅巡守的勾当”（钱穆《国史大纲》）。在这种环境之中，刚强张扬的柳开不免显得落寞。

柳开携笔从戎，他并非只是纸上谈兵的书生。宋太宗雍熙三年，宋军大举北征辽国，柳开随军押运粮食，到达河北涿州时，宋军大将米信遭遇辽国骑兵，双方交战僵持不下，辽兵突然向米信求降。柳开闻讯，马上告诉米信："兵法云：'无约而请和，谋也。'彼将有谋，急攻之必胜。"（《宋史·柳开传》）柳开认为辽军无故而请和，是有阴谋的表现，建议米信马上全力出击。米信不听。结果两天之后，辽军就向宋军发起猛烈的攻势。事后宋人获悉，辽军之所以求和，是因为弓箭已经用尽，于是用缓兵之计拖住宋军，同时急向幽州取箭。

古典小说中的男主人公，大多文弱、敏感，其实那些人物更多的是文人，而非士人。古代的士人，只要恪守孔门之教的，或不全然文武兼备，但身上都带有一股英侠之气，绝非弱不禁风的孱弱书生。孔子本身就是勇武之人。章太炎先生有这样一个观点：当初子路陵暴孔子，其后成了孔子的弟子，像子路这种性格的人，如果不是在那场冲突中被孔子打败，是不会心甘情愿成为孔门弟子的；此外，在孔门弟子之中，勇武有力之人不止子路一个，相传澹台灭明就力能斩蛟。这虽是传说，但澹台灭明是一个勇猛之人，应是真实的。

章先生这个看法，是符合古时情实的。汉代去古未远，汉人身上就带有一种血性。例如圯上老人要求张良到桥下为他提鞋时，张良就展现出了一股阳刚的气质："良愕然，欲殴之。"（《史记·留侯世家》）最后张良念及对方年老，强忍怒气。也正因了士人这种古朴刚强的气格，汉代才得以对夷狄取得胜利。在东汉末期，即便天下大乱，中原的礼乐文明亦未遭到北方骑兵的破坏，亦跟汉时人物的“坚硬”质地密切相关。

种种细微具体的历史向人们昭示，知识分子固然要崇文重礼，但气格不应该是卑弱的，否则就沦为孱弱书生，注定会亲手奏响一曲文明陵夷的哀歌。柳开终其一生也不见重用，而后来能文善武的辛弃疾，也是一生郁郁不得志。刚强尚文的士人不当位，将会出现许多历史悲情。

小诗不小

亭亭画舸系寒潭。直到行人酒半酣。
不管烟波与风雨，载将离恨过江南。

——郑文宝《柳枝词》

与徐铉一样，郑文宝也是以南唐旧臣的身份入宋的。郑最初师事徐铉，善篆书，工鼓琴，修文学艺，且懂军事，并非两脚书橱。从现存的史料来看，郑文宝当时的诗名不低，宋初名流对他的诗作颇多赞誉，如欧阳修《六一诗话》说他的“水暖凫鹥行哺子，溪深桃李卧开花”时人莫及，司马光《温公续诗话》称他的“杜曲花香浓似酒，灞陵春色老于人”为“诚难得之句”。

不过，郑文宝流传后世的诗文并不多。《全宋诗》录得郑作十六首，里面很多还是不成篇的断句；此外，《全宋文》录郑作八篇。然而郑文宝就像唐代的王之涣一样，尽管作品少，但质量都很高。作品贵精而不贵多，这是古今不易的真理。王之涣的“白日依山尽”“黄河远上白云间”，郑文宝的“载将离恨过江南”“灞陵春色老于人”，至今不绝吟于人口，这已是多少庸常诗家所不能企及的功业。

关于这首《柳枝词》的作者是谁，历来是有争议的。据《苕溪渔隐丛话》记载，当时有人在客舍的墙壁上见到这首诗，诗下没有署名，有人认为是张耒的手笔，也有人认为是孙冕，但更多的人认为是郑文宝所作，因为郑文宝的诗风婉丽，有晚唐遗响，此作庶几近之。这首七绝的影响很大，屡见后世文人袭用其意，例如周邦彦把这首诗扩充成了一首《尉迟杯》（无情画舸，都不管、烟波隔前浦。等行人、醉拥重衾，载将离恨归去），李清照的《武陵春》（只恐双溪舴艋舟，载不动、许多愁），都是在向这首《柳枝词》致敬。

一首短短的七绝在创作上造成这种影响，可谓“小诗不小”。

类似这种作者存在争议的情况，其实很常见。古人跟今人不同，今人文章还没有写好，就往往先署上自己的大名，版权意识重，这固然没有错；而古人认为学术是天下公器，因此他们对自己作品最大的期待，就是为后人传颂，所以出现了很多伪托前贤之名而成的作品。汉朝以后，人们的版权意识加强，伪托的情况有所减少。随之而来的就是关于作者、版本等问题的考据了，例如那首著名的《清明》（清明时节雨纷纷），就有考据家认为不是杜牧的手笔，因为在小杜最早的作品集里找不到这首七绝。

考据是做学问这条路上必不可少的一环，但在有些时候，由于受各种条件的限制，再绵密的考据也不一定能求得真相。比如陈与义的这首《登岳阳楼二首》（其二）：

天入平湖晴不风。夕帆和雁正浮空。
楼头客子杪秋后，日落君山元气中。
北望可堪回白首，南游聊得看丹枫。
翰林物色分留少，诗到巴陵还未工。

关于这首诗的第五句，四库荟要《简斋集》的版本是“北看可堪回白首”，而瞿氏铁琴铜剑楼藏宋本《增广笺注简斋诗集》的版本则是“北望可堪回白首”。两个版本未详所是，在找不到坚实证据以定是非的情况下，只能存异。但如果用“北看”，则不难发现一个问题，那就是在这一联里，有两个“看”字，同字同义。这是一首律诗，古人是相当避忌出现这种情况的，因此宜选用“北望可堪回白首”这个版本。在很多情况下，考据家需要懂创作方能有类似的取舍。

“亭亭画舸系寒潭”里面的“寒”字与“系”字，包含了时令与柳枝，切题。全诗是在说：寒冷的天气里，一叶轻舟系在潭水柳岸，岸上人在饮酒道别，并未酣畅淋漓，就要乘舟出发；那一叶摇曳远去的轻舟，载着人们的离愁，消失在江南的烟波风雨中……

田园风光今在否?

马穿山径菊初黄。信马悠悠野兴长。
万壑有声含晚籁，数峰无语立斜阳。
棠梨叶落胭脂色，荞麦花开白雪香。
何事吟余忽惆怅，村桥原树似吾乡。

——王禹偁《村行》

王禹偁是山东巨野人，农家孩子出身，性格耿介。当时徐铉被尼姑道安诬告，后来得到平反，但宋太宗诏令不得治罪道安。王禹偁时任大理评事，决意为徐铉雪冤，上书“请论道安罪”，触怒了太宗，被贬为商州（今陕西商洛）团练副使。后来他屡次被贬，一生漂泊，晚年还被贬黄州（今湖北黄冈），是以世称王黄州，卒时年仅四十八岁。

这首《村行》，是他谪居商州期间的作品。诗人公务之余，独自骑马郊游。商州地僻，颇有村野风味。秋高气爽，菊花初黄，诗人信马由缰，于荦确山路上徐徐而行，听那山间万籁齐作，遥望数座山峰寂静地矗立在斜阳里。棠梨的落叶呈现出胭脂般的颜色，荞麦也开花了，在晚风中传来阵阵清香。天已晚，人未归，诗人吟诗遣怀，忽生惆怅，因为村间之桥、原野之树，眼前种种所见之景物，无一不引起诗人的秋思。

第二联“万壑有声含晚籁，数峰无语立斜阳”是传诵甚广的佳句。山峰本来不会言语，这里强调了“无语”，看似是废话，细看却不然，因为暗指它本来是“有语”的。山峰为何会“有语”，其中一定有隐情，这就激起了读者的想象。这是一个曲笔，为作品添味。杜甫的“长安卿相多少年，富贵应须致身早”，也运用了曲笔，暗指那些年纪轻轻就身居高位的人，不是通过正当的渠道登进的。诗要给人想象的空间，高明的诗人，都会使用这种曲笔。

王禹偁写了很多诗，去描绘谪宦生活的欢乐。这种襟怀很难得。我们见多了谪宦诗作的苦楚与绝望，那固然有不少佳作，但有时亦不免有失安详和雅。王禹偁终其一生都在践行着“屈于身，不屈于道”的思想，他执着而正直，人格高尚。在京做官的时候，他曾经多次批评过冯伉。没想到后来步冯伉的后尘而左迁商州，鬼使神差地成了冯伉的同僚。他到商州后做的第一件事，便是给冯伉写信，说明之前对冯的批评或议论，都是以公论公，与私无关。冯伉也早已听闻王禹偁的正直，因此当人们普遍认为冯伉会向王禹偁报复的时候，两人握手言好，并有诗文酬唱。

这种磊落的交往，也只有在君子之间才可能出现。当今人异口同声地说“宁做真小人，不做伪君子”时，也把“君子”这一个词稀释了。现在的风气，是只要人想起

“君子”二字，都下意识地在前头加上一个“伪”字。这种不加掩饰地不追求美好的情状，实在令人感喟。

这首七律所描绘的村野风光，在今天的华夏大地上或许越来越少了吧。从二十世纪初开始，中国的农村就经历着天翻地覆的变化。从某种程度上看，今日的农村不是变好了，而是变坏了。在这个现代化历程中，农村从恬静到躁动，从质朴到狡狯，从重礼到粗野……钢筋水泥的大厦是多了，人心却平添了无边的萧索与荒芜。近年来，那些丑诋农村的言论，频频在社会上引起巨大争论，这种争论的背后，其实就是农村的困境。

在古代，出身贫寒的农家子弟，努力读书，参加科举，考中了就能登上仕途，个人乃至家族的生活就能得到改善，即使仕途不顺，也可外出为官，影响一方礼教，遍撒文明的种子，王禹偁就是如此；而那些不能中举的读书人，也能退回一地讲学著述，成为当地人尊崇的儒者。就个人的前途而言，古代读书人立足农村，进可攻、退可守，这样就使得无论是庙堂还是江湖，都活跃着文明的主体——士人。正是这个阶层，缔造了古代中国的灿烂文明。

进入二十世纪，外患的加重使清政府废除了科举，嗣后士人阶层消失。宁静了数千年的农村，一步步走向崩溃甚至沦陷。中国走向现代化的代价是惨痛的，它催生了繁荣的大都市，但也瓦解了农村。

到了今天，再无“人迹板桥霜”“野渡无人舟自横”的景致，再无“衣冠简朴古风存”“野老苍颜一笑温”的风貌，再无“煮芹烧笋饷春耕”“蓬头稚子学垂纶”的朴质。田园牧歌一去不返，那些触动人心的情景，我们只能在古典诗文里寻求。

士大夫被贬之后，大多能在地方做到雁过留声。韩愈被贬潮州八个月，至今仍影响着潮州的文教。柳宗元之于柳州，王禹偁之于商州，苏轼之于惠州，莫不如是。这是一个民族的幸运，因为他们的祖先曾经如此崇文重教。

国家不幸诗家幸，诗家不幸地方幸，这就是历史的吊诡之处。

名相寇准“无术”

岸阔樯稀波渺茫。独凭危槛思何长。
萧萧远树疏林外，一半秋山带夕阳。
——寇准《书河上亭壁》（其三）

寇准的《书河上亭壁》是一组诗，共有四首七绝，原诗题目很长：“予顷从穰下移莅河阳，洎出中书，复领分陕。惟兹二镇，俯接洛都，皆山河襟带之地也。每凭高极望，思以诗句状其物景，久而方成四绝句，书于河上亭壁。”

这里的“分陕”是一个典故。西周建立后不久，为稳定天下，以陕为界，据《左传》记载：“自陕而东者，周公主之；自陕而西者，召公主之。”此处“陕”是古地名，在今河南省三门峡市陕县。周公主政陕以东，是为了防备殷商遗民的叛乱；召公主政陕以西，专力发展那一带地方的生产。

澶渊之盟后，寇准被王钦若排挤，出知陕州（即今陕县），正好是周、召二公“分陕”之地。这组诗状写河阳、陕州一带的景色，每一首诗写一个季节，这里所录的“岸阔樯稀波渺茫”是写秋景。其余春、夏、冬如下：

堤草惹烟连野绿，岸花经雨压枝红。
年来多病辜春醉，惆怅河桥酒旆风。

蝉鸣日正树阴浓。避暑行吟独杖筇。
却爱野云无定处，水边容易耸奇峰。

暮天寥落冻云垂。一望危亭欲下迟。
临水数村谁画得，浅山寒雪未销时。

可以看出，这四首诗当中，以秋诗为最佳。它胜在两点，一是境界开阔，二是兴味独长。全诗的大意是：极目望去，大河开阔，行船稀少，波涛接天；我独倚岸亭栏杆，望着滔滔江水，思绪陷入无尽的苍茫中；正当我怅惘之际，一阵风拂过远处树林，天地肃杀，落叶呜呜；转头望去，透过那片稀疏的树林，只见得那一片无语的苍山，拖曳着夕阳，缓缓地往下沉……

诗要有境界。这首诗的高处，就在于它有苍茫之境，令人思接千载。境界代表着诗人的胸襟，不能假作。有人作诗喜欢用一些意象宏大的词语，如江山、天地、古今之类，以为如此就能凸显出境界。但是这些宏大词语里，没有灌注属于自己的思想情感，是以诗作看似漂亮实际上却满纸虚声，读来也是味同嚼蜡。这种作法，又容易堕为一种恶趣，最终戕害诗才。

仅就诗而言，境界可大可小，若分优劣，则实在是难事，也大可不必。像“路经滟滪双蓬鬓，天入沧浪一钓舟”与“沙头宿鹭联拳静，船尾跳鱼拨剌鸣”，境界一大一小，但两者俱佳，因为它们都有诗味。

诗句须有味，方见境界。譬如同样是杜甫的七律，同样是首句，但“花近高楼伤客心”就要比“风急天高猿啸哀”来得有味道，因为后者是破笔直道，而前者则有一个周折，使人不禁暗问：为何花近高楼，就伤客心？这些表意曲折的句子，更能引起人把玩。

寇准此作，不言惆怅二字，惆怅自在其中。其时寇准的身份是谪官，那种生活并不好过，单就物质方面来说，往往是清苦的。苏轼被贬到黄州后，在《寒食》诗里写道：“空庖煮寒菜，破灶烧湿苇。”相信这不是虚语。当然，物质上的清苦尚能笑对，但精神上的苦闷才真难以排遣。

寇准力主宋真宗亲征抗辽，订立澶渊之盟，换来宋辽两国的百年太平。辽军兵临城下而心胆俱裂的王钦若，待得辽军远去，就频繁地在皇帝面前打寇准的小报告。久而久之，寇准失宠，从宰相被贬为地方官，心情的失落，实在是难以名状。这种郁情，如果挥毫直白，难以写好。千古以来，这事或许数李白做得最出色。但李白能以气胜，如《将进酒》《梦游天姥吟留别》等作品，情感喷涌得一泻无遗。在这种状态之下，精细的技巧反而需要退居一旁了。

但很多人并不具有李白那样的性情，如果强学，字里行间的那种力不从心，其实是能够让人读得出来的。黄仲则就是这样一个例子。他是一个天才，被称为“清代的李白”，写诗转益多师，其中的一个重要师法对象就是李白。他的《太白墓》一诗说：“人生百年要行乐，一日千杯苦不足。笑看樵牧语斜阳，死当埋我兹山麓。”这样的句子，就不是很自然，意思也显空疏。从严格的尺度来看，这是赘笔。实际上，黄仲则自有其感人肺腑的作品，那是其性情与际遇紧密结合之呈现，如《感旧》诗：

唤起窗前尚宿酲。啼鹃催去又声声。
丹青旧誓相如札，禅榻经时杜牧情。
别后相思空一水，重来回首已三生。
云阶月地依然在，细逐空香百遍行。

又如《金陵杂感》：

平淮初涨水如油。钟阜嵯峨倚上游。
花月即今犹似梦，江山从古不宜秋。
乌啼旧内头全白，客到新亭泪已流。
那更平生感华屋，一时长恸过西州。

上面两首七律，挚诚动人，呈现出一个游刃有余的黄仲则，这才应该是他的代表作。这种手笔，比起《太白墓》

来无疑自然多了。

两度罢相，令寇准的政治生命损耗殆尽。他的问题，在于性情太急躁刚强，对于自己认定为对的事情，就不依不饶地做到底，而不肯采用迂回曲折的方法来解决。

他是如此说服宋太宗的——“尝奏事殿中，语不合，帝怒起，准辄引帝衣，令帝复坐，事决乃退。”（《宋史·寇准传》）他当上宰相后，进退人才也没有一定的原则，多凭一己的好恶来任用官员，亦引起同僚的不满。

丁谓是寇准的下属，有一次寇准用餐时，有食物沾上了他的胡须，丁谓马上赶上去仔细地将寇准的胡须理干净。此即谓“拂须”，亦即今人常说的“溜须拍马”。寇准当面揭破，不留情面：“参政，国之大臣，乃为长官拂须耶？”丁谓闻言，十分羞愧，同时也对寇准衔恨在心。后来丁谓对寇准报复甚厉，将其贬至南方穷荒之地——今天的广东雷州。寇准到雷州后不久，丁谓在权斗中失败，被贬至海南崖州，赴任路上经过雷州，寇准派人向他送了一只蒸羊。丁谓希望与寇准见面，遭到寇准拒绝。这种人生轨迹，当真是谁也料不到的。

寇准的朋友张咏，就曾经警告过寇准要“有术”，即劝他讲究一些行事的方法。有一次，寇准问张咏有何赐教，张咏告诉他：《汉书·霍光传》不可不读。张咏走后，寇准马上拿出《汉书》，找到了《霍光传》，当读到“不学无术”这四个字时，才恍然大悟，原来张咏是在批评自己“不学无术”。不过严格说来，寇准应该是“有学无术”，因为他熟读《春秋》三传，有扎实的学问底子。

然而，即使是明白了张咏的旁敲侧击，寇准也未能变得圆融柔和一些。由此可见，改变一己尚且不易，何况是改变江山。与寇准相异的例子，是南宋大儒吕祖谦。吕祖谦在年轻的时候，性情非常卞急，某日突然于《论语》里的这一句有所领悟："躬自厚而薄责于人。"自此之后，他的性情宽缓了许多，并且终生不变。对于吕祖谦这一点改变，朱子很赞赏，认为他是能够变化气质者。

变化气质，其实是一件大难事。也正因为难，历代贤者才那么着力强调。

钱惟演的可贵之处

瘦玉萧萧伊水头。风宜清夜露宜秋。
更教仙骥旁边立，尽是人间第一流。

——钱惟演《对竹思鹤》

竹和鹤，一个被赋予君子品格，一个被目为高士的托身，是常被古代诗人用来寄情托志的两种事物。关于这两种事物的诗词文章，可谓多如牛毛，然而写得好的并不多。钱惟演的这首《对竹思鹤》，是其中的可足道者。

“瘦玉”便是竹，“仙骥”指鹤。诗人在清凉起风的秋夜，若有所思地伫立在水边，岸边是一片瘦劲的竹林；风吹过，竹子发出萧萧鸣响；如果此刻有鹤傲立于旁，那么此情此景，便是人间难得的第一流境界了。“萧萧”二字点出凉意，首句神似李商隐的“风过回塘万竹悲”。第二句的“宜”字，带出诗人心中的刹那心情。而“仙骥旁边立”便是诗人的假设了，末句的“人间第一流”则既是作者的愿望，也似乎是作者的自许。

陈衍认为：“诗最患浅俗。何谓浅？人人能道语是也；何谓俗？人人所喜语是也。”浅俗的诗，本质上是平庸的。事实上，不管是作诗还是做学问，“平庸”都是一大罪。古人咏竹咏鹤的作品，很多都流于浅俗，有时即使是大诗人也未能免此。且看苏轼的这首《于潜僧绿筠轩》：

> 可使食无肉。不可居无竹。无肉令人瘦，无竹令人俗。人瘦尚可肥。士俗不可医。旁人笑此言，似高还似痴。若对此君仍大嚼。世间那有扬州鹤。

这首作品很有名，后人谈到竹时很喜欢引用它。但是它仍然犯了浅俗的弊病，因为此作的每一句，都是“人人能道语、人人所喜语”，近似打油。平板的说理、浅显的语言，使得此诗容易上口，至于它究竟有多少兴寄、有何高明之处，则不在人们的思考范围之内了。人们津津乐道于苏子此作，殊不知这不是苏子的好诗。钱惟演这首《对竹思鹤》的名气或许不如苏轼此诗，但水平无疑更胜一筹。

在《石遗室诗话》里，陈衍标举诗有“四要三弊”。所谓“四要”，是指诗应该要骨力坚苍、兴趣高妙、才思横溢、句法超逸。所谓“三弊”，是指骨力坚苍者易窘、才思横溢者易滥、句法超逸者易轻与纤，而只有济之以兴趣高妙，才能无此三弊。

把“骨力坚苍”排在首位，足见石遗老人对中国文化洞察之深刻，非一般论者所及。骨力坚苍，就要求作品要有沉重的思致。“君子不重则不威”，“重”是解读中国文化的重要钥匙之一。悲剧情怀为古人所赏，殉道者精神未必人人皆有，但是一旦出现这种人物——如伯夷不食周粟，司马迁忍辱著书——则必为万世宗仰。

在审美上，中国人把“重”字摆在显要位置。古人论诗，往往以激越苍凉为贵，因此“沉郁顿挫”的杜诗，成了后世学诗者必不可绕过的集子。从历史事实看，在众多灿若星河的诗家中，对后世士人影响最大的，非杜甫莫属。

与李商隐齐名的温庭筠，在绮丽秾艳方面，做得丝毫不比李商隐差，然而他也一样有重大的手笔，例如这首《过陈琳墓》：

曾于青史见遗文。今日飘蓬过此坟。
词客有灵应识我，霸才无主始怜君。
石麟埋没藏春草，铜雀荒凉对暮云。
莫怪临风倍惆怅，欲将书剑学从军。

不过总体说来，温庭筠终究还是词人的底色，因为在他的集子当中，像《过陈琳墓》这样的作品，实在是太少了些。李商隐则不同，在他的诗集中，像《韩碑》《哭刘蕡》这种深具骨力的作品，数量可真不少，我们只需要留意一下他的诗集就能发现。

金人元好问，其诗是骨力坚苍的一个典范，他可谓是金国的老杜。事实上，元好问的诗在技巧上并不算十分高明，观其集子里的七律，面目相似者不少，跌宕变化不足。论技术的细腻，他不如黄庭坚。但诗并不纯粹是技术动作的总和，它更讲求精神的承载。所以元好问在中国诗歌史上的意义，也非常重要，丝毫不逊于江西诗派的“三宗”（黄庭坚、陈师道、陈与义）。

“兴趣高妙”是作品营造的意境，而“才思横溢”和“句法超逸”，则更多是外在的技巧。钱惟演的《对竹思鹤》，没有做到骨力坚苍，但是其余的三“要”都符合了。诗中把竹和鹤放在一起，竹是实，鹤是虚，虚实相应，尽显机妙。全诗都能见到玉谿生的影子，但又没有玉谿生那种浓得化不开的诗思，而能淡然自若。所以陈衍在《宋诗精华录》中评点此诗说：“有身份，自是第一流人语。”

当然，现实中的钱惟演，为人并没有做到“人间第一流”。无论是官修的《宋史》还是私家的笔记，都记录了钱惟演的种种劣迹。不过我们应该看到，作为吴越降臣的钱惟演，一生并未得到宋室的重用，他所做的事情，也只是攀附宋室外戚、依傍丁谓这样的权臣而已。除了参与驱逐寇准，也实在没有做出更多恶事来。钱惟演死后，掌管宗庙礼仪的太常提议为他赠谥“文墨”。《谥法》：“贪而败官曰墨。”钱家反对这个谥号，因为钱惟演并没有贪污渎职的行为，且晚年惶惶自新。经此提议，官方后来对他改谥为“思”，取“追悔前过”义，再后又改谥为“文僖”。从这些事件中，可见钱惟演尽管人格有污点，但并非十恶不赦之人。

论人总是困难的事。若是专看钱惟演的劣迹，就容易忽略了他奖掖后进之功。钱惟演幕下的欧阳修、梅尧臣等人，后来成了宋代的文化巨公，欧、梅又对曾巩、王安石、苏氏父子等一大批后进，大加揄扬之力，缔造了宋代文化的繁荣。这些都是在看待钱惟演这个人物时需要注意到的方面。

说到钱惟演，还有另一个不能不说的事，那就是《西昆酬唱集》。这本集子收录了钱惟演、杨亿、刘筠等人的诗作，全是近体诗，皆宗法李商隐。《西昆酬唱集》在当时的影响很大，但后世对之颇有诋訾，认为里面的作品纤丽浮艳，败坏世风。然而一本文学作品集，不应承担这种重责。诚然，《西昆酬唱集》对北宋的文风产生过不良的影响，但钱惟演等人并没有倡议人们宗法西昆体，也没有诋毁其他的文体，他们这个集子也只是各自交情的一种见证而已，不宜对它的作用有过重的估计。

另一方面，《西昆酬唱集》正如《四库全书》的编者所说："取材博赡，练词精整，非学有根柢，亦不能镕铸变化，自名一家，固亦未可轻诋。"该集子里的作品，尽管并不厚重，然而字句精工稳切，学诗者如能对之细细研磨，则能在诗法上有所精进，并可积累大量的典故，增进学问。近世学人王仲荦先生，其治学之路就发轫于笺注《西昆酬唱集》，他在笺注的过程中博览群书，为日后的著述奠定了厚实的基础。

梦中作诗，如有神助

夜凉吹笛千山月，路暗迷人百种花。
棋罢不知人换世，酒阑无奈客思家。

——欧阳修《梦中作》

欧阳修曾经被贬至颍州，此诗是他在谪宦生涯里的又一杰作。作此诗的时候，他大概四十二岁，正处于政治生命中的黄金时期，诗中却呈现出一种昏凉的味道，虽然诗题是“梦中作”，但这何尝又不是他的生活写照？

诗境是静谧的，但又有着不一样的迷思。梦中的欧阳修，置身于一个凄清的环境中，承受着昏暗与寂静，只听得不知来自何方的笛声悠悠传来，千山万壑上方的月亮，都是同一表情，冰冷而拒人于千里之外；前方道路千回百转，路旁环境幽暗而百花齐开，似笑非笑地看着诗人；在那一瞬间，他发现自己像极了晋代的王质，到深山里看人下棋，一盘棋下罢，发现人间已经是沧海桑田，斧柯也已烂掉。

不知梦是人生，抑或是人生如梦？欧阳修迷惑、饮酒，酒罢醉去，试图醒来再看新的一番人间变更，但怎奈那不绝如缕的思家愁绪，伴随着酒劲阵阵袭来。他想睡去，梦中的情景却让他非常清醒。

在古人的诗里，羌笛、笛，都含有一丝幽怨的意味。比如王之涣《凉州词》："羌笛何须怨杨柳，春风不度玉门关。"李白《春夜洛城闻笛》："谁家玉笛暗飞声。散入春风满洛城。此夜曲中闻折柳，何人不起故园情。"又如陈与义《临江仙》："杏花疏影里，吹笛到天明。"这些作品，抒发的都是一种惆怅幽恨的情绪。欧阳修的"夜凉吹笛千山月"，或许是一壶浓得化不开的愁绪？

陈衍说这首诗是"如有神助"，此为的论。这首小诗，四句都用了对仗——我们很熟悉的杜甫的七绝，风格就往往是这样的。欧公的诗，没有大气磅礴之格，但胜在有幽微之思。他是一个感情细腻的士子，幼年失怙，由母亲一手带大。出身于如此贫寒家庭的人，能够在士林拥有如此崇高的地位，是异常罕见的，而宋代就恰恰能够提供这种宽敞的通道，供底层的优秀人才上升。

在这一点上，汉、唐这两个被后人亟赞的盛世，似乎都不如宋代。

汉代的风气是"遗子黄金满籝，不如一经"（《汉书·韦贤传》），朝廷在经学方面劝以利禄，然而当时的技术不发达，书籍是稀缺资源，平民弟子读书很不易，上进之路难以说得上宽敞。东汉末叶至魏晋南北朝，世家大族的地位牢不可破。即使到了风气发生变动的唐朝，出现过韩愈这么一位平民出身的士林领袖，然而还过着一种并不十分有尊严的生活：谀墓润笔，为富贵人家写文章以赚取丰厚的报酬。

到了宋代，面目为之大变，世家大族逐渐消失，平民中的优秀分子上升通道变得宽敞起来。他们通过科举上位，最终主导了这个社会。欧阳修就是其中的一个受益者。

受益归受益，宋代的士人却不认为这是朝廷的恩典，他们不会在享受利禄之后，就对君王匍匐不起。他们力陈时弊，阐明自己的施政理念，为不同政见而争吵，为此还在熙宁年间形成了各自有着成熟政见的新旧两党。然而天不佑宋，新旧两党都没能彻底地实现自己的政治理想，反而是两派的反复倾轧，耗尽了无数人的精力。

宋朝，这个成功消除了宦官、外戚、后妃、藩镇之患的朝代，由于士君子之间的尖锐矛盾——这个局面，或许是皇室的有意引导所致——导致士君子内部消耗太大，小人乘机而进，最后是章惇、蔡京等人掌握权柄，祸害天下。

一生忧世的欧阳修，是“棋罢不知人换世”，对于未来，他还有着自己的憧憬，他希望能看到这个国度新的气象。人换世了，究竟是好的，还是坏的？他没有交代清楚。这里留下的想象空间，是欧阳修的迷惑，也是人们对于自己所处时代的迷惑。

人终归要回到大地。醒来后的欧阳修，或者迅速就写下了此诗；又或者，他是在完全清醒的时候写下这二十八个字的。但这已不重要。现实中的欧阳修，有着人们所能看到的春风得意的一面，但也有无边的无奈。从事业的角度来看，颍州的岁月，他算是浪费了。

颍州人至今仍以欧阳修为豪，这是欧阳修在荒废岁月里创造的价值。欧阳修也对这一块土地充满了感情。他一生八到颍州，在晚年致仕时，还上书皇帝请求定居颍州养老，并于这个地方逝世。

不是深情之人，不会有此举动。毕竟颍州在当时是一个落后的地方，连一个像样的郎中都没有。在一次与友人的书简中，欧阳修曾吐露过颍州的苦况："自秋以来，老母卧病……郡既僻小，绝无医药，逮冬至之后，方得渐安。"这显然不是一个适宜退休官员待的地方。

那个时候，地方官有足够的余裕去治理一乡。谪官到来，蛰居待时，即使不为一乡谋福祉，也要考虑不使自己在去职后留下坏名声。对于古人来说，好的名声就是政绩。因为清议不会放过任何一个声誉有瑕疵的官员。

正是由于人们对令誉的追求，滋润了古代中国的德治，养育了风雅文教。这是一项无与伦比的伟绩。今人抨击、嘲笑古人的德治，这是偏执之见。柳诒徵先生早就说过，从来就没有一个光凭道德就能治国的社会。

古人重视德治，然而何曾说过不需要法治？实际的情况是，在秦朝时期，中国的法制就已经很成熟了，然而秦朝还不是因为不得人心而导致天下大乱？古人重视德治，并非主张放弃法治，而是因为他们明白，如若人心坏掉，再绵密的法律也是枉然。

有时过于绵密的法制，甚至会危害社会的安全。《左传》所说的“国将亡，必多制”一语，在汉代险些应验。汉武帝时期，国家重税治国，人民苦不堪言。朝廷为了打击那些隐匿财产的富人，更是发明了“告缗”这一条法律，意即让人告发那些隐匿财产的人，没收隐匿者全部财产后，由政府与告发者平均瓜分。此外，“腹诽”这一荒诞的罪名，也产生于汉武帝时期。武帝后期，西汉社会矛盾丛生，幸得昭、宣二帝的调整，才免于亡国大难。

宋神宗熙宁时期，法制邃密，那些敢对新法议论的人，不是被治罪就是被放逐。之后不久的史实是，大宋一步步走向崩溃。很多时候，社会的乱象，不是靠绵密的法律就能根治得了的。当人不再畏惧清议，当风雅被击沉，法律有时只是飘舞在暴风中的一张白纸。

曾巩能不能诗?

至音淡薄谁曾赏，古意飘零自可怜。
不似秦筝能合意，满堂倾耳十三弦。
——曾巩《赠弹琴者》

曾巩，字子固，北宋大儒，世称南丰先生。《宋史》这样说他："为文章，上下驰骋，愈出而愈工，本原六经，斟酌于司马迁、韩愈，一时工作文词者，鲜能过也。"是的，曾巩的文章在宋代名气非常大，大到什么程度？从下面这个故事可以看出来。

苏洵在其父苏序去世后，一直想请人写一篇墓志铭，但事情未能做成，苏洵自己也去世了。苏轼和苏辙在处理苏洵的遗物时，想起了父亲这一心愿。但苏洵生时并未明言请谁来写，苏轼于是凭己意断定：父亲想请的执笔者，应该是曾巩。

宋神宗熙宁元年，苏轼给曾巩写信，希望他为自己祖父写篇墓志铭，并附上关于苏序的一些材料。这封信写得极其诚挚，开笔就说："轼叩头泣血言。"信末这样写道：

“伏惟哀怜而幸诺之！岂惟罪逆遗孤之幸，抑先君有知，实宠绥之！轼不任哀祈恳切之至！”

曾巩没有推托，写下《赠职方员外郎苏君墓志铭》，是文典重清简，没有任何废词。在当时，三苏的文名已经播传天下。苏洵去世后，苏轼兄弟便请曾巩写了篇《苏明允哀辞》，此文述说三苏的影响：“三人之文章盛传于世，得而读之者皆为之惊，或叹不可及，或慕而效之，自京师至于海隅障徼，学士大夫莫不人知其名，家有其书。”

由于亲恩重大，难以言说，是以古人在至亲去世之后，往往不会亲自写墓志铭这类文章，而是请他人执笔。在操办这些重要事情的时候，苏轼兄弟请求帮忙的人是曾巩，从这个选择就可以窥见曾巩文章在当时的分量。

也许是文名太大了，所以宋人对曾巩的诗也有期盼。然而曾巩的诗，似乎未能满足宋人的期待，所以引发了这一段公案：曾巩到底能不能诗？从宋代以来，这个话题就为人争论不休。譬如近人陈衍，他就对“曾巩不能诗”这个说法不以为然：“古人诗文合一，其理相通，断无真能诗而不能文、真能文而不能诗。自周公、孔子，以至李、杜、韩、柳、欧、苏，孰是工于此而不工于彼者？其他之偏胜而不能兼工，必其未用力于此者也。”（《石遗室诗话》卷二十六）

钱锺书先生在《宋诗选注》里认为，曾巩的诗在唐宋八大家中，“远比苏洵、苏辙父子的诗好，七言绝句更有王安石的风致”。此说也与陈衍接近。

其实这些说法，比起去读曾巩诗作这件事来，一点都不重要。曾巩这首《赠弹琴者》，述说了一位弹琴者的遭遇。在某种程度上，此诗亦是诗人自述。众所周知，古琴声音低沉，不如古筝能够迅速吸引人。不过，在古人的思想中，古琴的地位高于古筝。这是因为，听似淡薄的琴音，内中实有至味。曾巩其诗与人，风味亦同于古琴。

曾巩立身严谨，为官治事亦非常严格，在生活中却显得非常温润。他与人交，知无不言，即使是招惹怨怼也不后悔；对于别人的长处，则必定大力揄扬之。据其弟曾肇说，曾巩事人尽礼，即使有人不怀善意地前来拜访，他也以恭敬之态相待，最终使客人心悦诚服而去。

王安石初时声名不彰，曾巩赏识其才，就不遗余力地把他引荐给巨公欧阳修。王安石得志之后，由于理念的不同，曾巩“遂与之异”。有一次，宋神宗问曾巩：“你觉得王安石是个什么样的人？”曾巩说：“他在文学、行义方面都不逊色于扬雄，但因为‘吝’，所以比不上扬雄。”神宗说：“王安石轻视富贵啊，他怎么吝了？”曾巩回答：“我指的是他勇于有为，吝于改过。”神宗深以为然。

曾肇说曾巩：“未尝著书，其所论述，皆因事而发。”欧阳修主政时，有次大臣讨论典礼，异议纷纷，未有定说。曾巩见此局面，遂撰文一解众惑，也为欧阳修解了困。然而在当时，即便是亲戚也不知道那篇文章是曾巩所作。直到十多年后，欧阳修退休在家，曾巩才告诉他此事。欧阳修惊呼：“此吾昔者愿见而不可得者也！”

曾巩其人如此，其诗写得如何，已经不重要了。

天地色凄凉

缺月昏昏漏未央。一灯明灭照秋床。
病身最觉风露早，归梦不知山水长。
坐感岁时歌慷慨，起看天地色凄凉。
鸣蝉更乱行人耳，正抱疏桐叶半黄。

——王安石《葛溪驿》

关于王安石，前人业已评述许多。不论是放在宋代还是今天，他都是颇具争议性的一位人物。但人们对他的争议，更多地集中在其政事上，而对于其诗文成就——尤其是诗作的水平，则没有太大的争议。

王安石的诗，以绝句见长。其诗集的整体水平，属宋人中的翘楚。其出众之作自不必多说，即使是看似平淡无奇之作，读者只要细细寻绎，就不难发现非常耐嚼，他留下来的诗，大多是经过苦心经营后才出炉的。这种极其严肃的创作态度，锻造了王安石诗集极高的水准。

人的一生，的确也写不得那么多的好诗。唐宋以来，诗家作品的数量暴增，但里面许多内容往往只能供后世文献家以诗证史用，传世之作未必增加多少。这也难怪，由于古人酬应甚多，又或是诗兴浓厚，不可能做到每一首作品都是精品。李白、苏轼诗集就有不少“注水”的成分。由此更知王安石诗集的可贵。

葛溪在今江西弋阳。所谓驿，指的是古代公家设立的车马站或者休息处所。王安石写这首诗的时候是而立之年，然而细观此诗不难看出，尚在盛年的他，就已生发一种日暮途远之感。“病身最觉风露早，归梦不知山水长”，不似一个血气正旺之人所言，这两句所展现出来的萧瑟凄凉之气，足以让人惊心。晚唐颇多这种面目的诗句，如人们常征引的马戴诗句——“落叶他乡树，寒灯独夜人”，即是此境。

王安石此诗的前四句，相比前贤作品并没有多少异出之处。如果第三联仍是前四句意思之顺延，那么此作也只不过是一首诞生于宋代的晚唐诗，显非王安石所愿。因此，第三联是关键。事实上王安石也处理得很好，他下了“慷慨”一词，在凄清之中注入一股活力，一下子救活了整首诗。

此诗的好处，在其音节。虽略嫌意志消沉，然而字词响亮，极易上口。尽管此诗有蹙迫之意，现实中的王安石在仕途上却极有耐心，在宋英宗一朝，他屡屡以母丧及健康为由推掉京职，一直等到神宗这位最有锐意进取之志的君主上位，改革意愿愈发强烈时，他才快步走到神宗眼前。

王安石

邓广铭在《宋史十讲》里称，神宗的改革意愿，其实在遇到王安石前就已非常强烈，他登基不久，就让臣下描绘各种改革蓝图。此前北宋已有范仲淹的新政，但以失败告终。到了神宗时期，宋朝的内忧外患愈加严重。正是这种大环境，催生了王安石这位千古名相，其功罪也为后人聚讼不休。

这首《葛溪驿》，正是王安石中年心事的一个缩影。一个孤独的人，闪烁在这五十六个字内。然而，他悍然不以天下是非为羁绊，这种慑人的人格力量，也是宋代士风催熟的一个正常成果。政治并非是王安石生命的全部，此诗已隐约透露出他那种不为尘世所累的超脱愿望——归梦不知山水长。他的抱负和李商隐一样，都有“永忆江湖归白发，欲回天地入扁舟”般的心情，希望自己功成名就后飘然远去。古士多有此志，他们对仕途有一种复杂的感情，因为他们本质上往往是诗人，向往无拘无束的生活。

王安石罢相后，抱病隐居南京，曾经的政敌兼晚辈苏轼前来探望，盘桓一个月后才离去，两人都留下了不少诗作，其中苏轼的一首作品是这样的：

骑驴渺渺入荒陂。想见先生未病时。
劝我试求三亩宅，从公已觉十年迟。

——《次韵荆公四绝》（其三）

但三亩宅的闲适生活，终究没能让苏轼享有，他一生颠簸各地，晚年还远赴南荒海南，经历之奇，冠绝宋代。

一入仕途履冰霜。休说人生路漫长，其实能得真自由的日子并不多。

变法令王安石伤痕累累，这还是次要的，更大的问题是变法令北宋的乱象变本加厉，靖康之变发生时，王安石早已亡故，当然没能预料到这些。若他地下有知，得悉这一切，不知将做何等感慨？

拗相公的深情

少年离别意非轻。老去相逢亦怆情。
草草杯盘共笑语，昏昏灯火话平生。
自怜湖海三年隔，又作尘沙万里行。
欲问后期何日是，寄书应见雁南征。

——王安石《示长安君》

王安石的大妹王文淑，封长安县君。据说她“工诗善书，强记博闻”，又“不自高显”。

写此诗时的王安石已四十岁，即将出使辽国，年届不惑，为个人与国家而奔波，风尘仆仆。而长安君也随其丈夫张奎远宦，兄妹俩聚少离多，是以诗中语句颇见伤感。“少年离别意非轻”，这里是追述，因为王氏兄妹其时都已不算少年——古人对青春的界定，比今人更加严苛，是以多感伤青春之作。李贺有“我当二十不得意，一心愁谢如枯兰”这样的诗句，在弱冠之年就深悲不遇，令人感慨。

古时的人都早熟，成名也相对早。王弼去世时不过二十四岁，王勃写《滕王阁序》时，传闻其不过十余岁，这或许有点夸张，但王勃最终也不过在尘世逗留了二十五年。如果古代读书人年近而立仍默默无闻，他们大都会表现出一种紧张感，这种紧张感发诸诗文，不免牢骚或伤感。

古今异辙，今人过知天命之年，仍可被冠以“青年”这一称号，或于古人“沉舟侧畔千帆过，病树前头万木春”的悲戚，在体悟上不免隔了一层。

少年情绪饱满，离别往往引发悲伤；而到了久历风波的中老年，相逢却不能带来欢欣。生命中这种令人窒息的伤感，被王安石轻描淡写地植入这十四个字里。

龚自珍说“我论文章恕中晚，略工感慨是名家”，龚氏所处之世，人人侈言盛唐诗，他却主张不能偏废中晚唐诗，强调“感慨”这一作诗制文的诀窍——此前赵翼也说“国家不幸诗家幸，赋到沧桑句便工”，二者语异意同。不过，龚氏本人说“欲为平易近人诗，下笔情深不自持”，而像王安石的《示长安君》《过外弟饮》，却是“下笔情深也自持”。更高一筹的诗，应臻此等境界。再如李商隐《荆门西下》所云“人生岂得轻离别，天意何曾忌崄巇”，将离别、崄巇之苦，沉静出之，别具思致。礼主节，乐主和，古人诗文也不与经传精神分途。

颔联“草草杯盘共笑语，昏昏灯火话平生”，足见兄妹二人生活清简及感情之深。“昏昏灯火”四字，显出两人的详谈，不只是普通兄妹的拉家常，隐喻的是两人对对方生命的深刻理解。颈联“自怜湖海三年隔，又作尘沙万里行”，出句“湖海”带出地理距离上的远隔，对句“尘沙”则是作者忧心即将到来的远行。溯其源就不难发现，此联之意，正自老杜的“海内风尘诸弟隔，天涯涕泪一身遥”两句化来。

有意思的是，苏辙后来出使辽国，苏轼赠诗《送子由使契丹》说：“沙漠回看清禁月，湖山应梦武林春。”也用了“沙”“湖”二字。这两个字呈现辽宋两国的地理特征，一湖一沙之间，寄寓了前途茫茫的瓠落之思，以及诗人对国运兴衰的牵挂。

尾联说后会无期，只能寄雁传书以叙亲情。雁南征时已是秋季，也就是说，当你收到我的书信时，时光又无情地向前推移了。这两句把首联的“怆情”往深推进一层，与杜甫《赠卫八处士》末联“明日隔山岳，世事两茫茫”异曲同工。

总体看来，《示长安君》一诗平易近人，无深僻典故，无百转千回之变化，但字句流转之间，又予人无限余响。

王安石的经学思想，多有惊骇怪异处，他的新经义颁行后，无法在学理或情感上服众。至于其他散论，也每有惊人句，有时亦令人难以根据情理寻绎，比如他讥诮司马迁的《史记》把作为布衣的孔子列入世家是自乱体例。这个观点，就被清人王鸣盛批评为不懂“贵贵尚爵”之义。王鸣盛的说法是对的，把孔子列入世家非但不是《史记》的弊病，反而体现出司马迁卓绝千古的眼光。

《礼记·大学》说：“与其有聚敛之臣，宁有盗臣。”按照王安石“因天下之力以生天下之财，取天下之财以供天下之费”的治国思想，他是一位不折不扣的聚敛之臣。他当权后，使宋室“强中央、弱地方”的痼疾加深，其青苗、保甲诸法，令国家府库充实，但民生愈加凋敝；更有甚者，所进用的多为刻急严苛、寡情少恩之徒，这深度恶化了北宋吏治。

不过需要注意的是，熙宁新法的施行，不独是王安石一人推动的结果。朱熹认为：“新法之行，诸公实共谋之。”比如张载以及程颢，最初都参与了推行新法。宋朝是士大夫与皇帝“共治天下”的局面，双方“共定国是”是有宋一代不成文的“宪法”。因此，把新法施行全然归因于王安石一人，不属的论。

王安石的人格无可訾议，但北宋之崩溃又与其变法息息相关。月旦人物，固不能专事诋毁，但紧缩评判尺度，将有功于警戒后世。王安石遗祸国家，这点在后世史家中已有公论。近世求新求变之风盛行，对王安石的评价翻转过来了，大家都赞扬他勇于改革旧政，一时之间，他似乎成了一位良相。

如此宽容无度的做法，实在要不得。评价人物，贵能有一种严格、公正的眼光。在这方面，汉人的做法，足可仪刑百世。我们知道，汉代文治武功之盛，历代鲜能与之相比，但汉朝皇帝死后，却不是每人都能拥有庙号（带有“祖”“宗”的称呼）的，庙号只用来授予功业盛大的皇帝，西汉的皇帝中，只有四个人在东汉时仍然保留庙号：刘邦的庙号是太祖，谥号为高皇帝，《史记》称刘邦为

“高祖”，后世遂沿用这一称呼；汉文帝刘恒，庙号是汉太宗；汉武帝刘彻，庙号是汉世宗；汉宣帝刘询，庙号是汉中宗。

汉景帝虽接续文帝的事业而成文景之治，但他引发吴楚七国之乱，激杀功臣周亚夫，因此死后就只有谥号而无庙号。这都可以让人看见汉人的不苟。然而南北朝以后，基本上每个皇帝都有庙号，于是无人不称祖，无人不称宗。尺度放宽，赠誉廉价，一如今天满大街的“国学大师”，名实相乱，只是徒添笑料罢了。

抛开政治业绩来看王安石的文学，则是另一番景象。王安石的诗，完全不为其政事所妨。在仕途上的数度起落，让他对世间百态更具洞察力。晚年他反思过往的人生，其诗益精，少年的狷介之性仍在，但那股悍然不为天下所动之气已内收不露。“我亦暮年专一壑，每逢车马便惊猜”是这位孤栖老人落寞惶恐的生动写照，令人恻然。

两个傲兀不羁的人

蓬蒿今日想纷披。冢上秋风又一吹。
妙质不为平世得，微言唯有故人知。
庐山南堕当书案，湓水东来入酒卮。
陈迹可怜随手尽，欲欢无复似当时。

——王安石《思王逢原三首》（其二）

王逢原就是王令，“逢原”是他的字。这是一位天才的诗人，他笔下为大家熟悉的诗句，有“清风无力屠得热，落日着翅飞上山”，这两句略显粗鲁，但也颇符合他的性情，也与其诗的风格一以贯之。这个少年早时以《南山之田》一诗往谒王安石，王安石大赏之，此后便逢人说项，王令的名字，就因为王安石的揄扬而渐渐传扬开去。

但名流的赏识不一定能给当时的人带来实际的利益——这在今天来看似乎是有点不可思议的事情。这种事情在古代却有很多，例如清代的汪中，他的学问很好，骈文写得尤其精彩，得到了当时名流如杭世骏等人的赏识，但生活仍很潦倒，在其名作《经旧苑吊马守真文》的序中，有着“单家孤子，寸田尺宅，无以治生”的辛酸咏叹。王令的情况也是一样，他喜欢读书，以学问为志业，但不肯仕进，终其一生都很穷困。

王安石引王令为知己，还将自己的妻妹嫁给他。但天妒英才，王令二十八岁时就离开人世。王安石因此写了一些诗缅怀他，其中最让我印象深刻的是这两句：“行藏已许终身共，生死那知半路分。”可谓痛彻心扉，也足见两人相知之深。

这一首《思王逢原三首》（其二），亦是王安石悼念王令的名作。《礼记·檀弓》说：“朋友之墓，有宿草，而不哭焉。”此诗句首的“蓬蒿”二字，典出于此。次句“冢上秋风又一吹”，劈头就给人一种萧索寂寞的感觉。

第二联带出一种骄傲之感，也把寂寞推深一层。《庄子》中有匠石运斤成风的典故，讲的是郢人和匠石那种相知于心的境界。这里相当于把自己与王令比作匠石和郢人的关系，而如今郢人不在了，自己纵有出神入化之本领，也无处使了。

王令是一个傲兀不羁之人。据说他曾在门口大书一诗：“纷纷闾巷士，看我复何为。来即令我烦，去即我不思。”单凭这二十个字，就足以得罪不少人。但这种孤清自高的气质，又是古代士人的可贵之处。

这种傲兀的性格，王安石不但有，还比王令有过之而无不及。在《次韵和甫咏雪》中，王安石如是说：

奔走风云四面来。坐看山垄玉崔嵬。
平治险秽非无德，润泽焦枯是有才。
势合便疑包地尽，功成终欲放春回。
寒乡不念丰年瑞，只忆青天万里开。

值得一说的是，在古诗文里，“治”字有两个读音，一读zhì，一读chí。根据格律，此诗第三句的“治”字只能是平声，读chí。

近人夏敬观认为：“诗意以喻新法之行，众议但求其近害，而不知其有远功。”（《王安石诗选注》）在最后一联里，王安石把新法比作雪，讥讽那些新法的反对者，就像寒乡之人那样，一心只想念着晴天，而不知大雪是丰年之兆。这是他“天变不足畏，祖宗不足法，人言不足恤”的另一注脚，也是王氏一生悍然无惧的最佳照影。只是这种风格，在多大的程度上属于冒险前进，则给世人留下了广阔的思考空间。

从处事风格上看，王安石接近于暴君。暴君跟人格无关，吊诡的是，很多暴君式人物，人格都非常高尚。王安石的人格极其高洁，甚至显得有点“不近人情”，比如他吃饭永远不管口味，只是吃自己面前的菜；即便官居要职，家里也没有漂亮的婢女。当时有一篇名为《辨奸论》的文章，指桑骂槐地攻击王安石为大奸之人，其中有一句是：“凡事之不近人情者，鲜不为大奸慝。”此文据传为苏洵所作，历代学者为此争论不休，实情如何或难有定论，但王安石遭到来自四面八方的攻击，则是当时不争的事实。

王安石早年声名鹊起，有赖于欧阳修的称誉，欧公可谓王氏的贵人。欧阳修晚年请求致仕告退，有大臣请留，王安石却说："（欧阳）修附丽韩琦，以琦为社稷臣。如此人，在一郡则坏一郡，在朝廷则坏朝廷，留之安用？"这种决绝无情，令人毛骨悚然。不过，在欧阳修死后，王安石写了一篇祭文，倒是给了其恰如其分的评价。

众所周知，王安石身后是声尘寂寥的。张舜民为他作的挽诗这样写道：

去来夫子本无情。奇字新经志不成。
今日江湖从学者，人人讳道是门生。
——张舜民《哀王荆公》（其三）

在位时权倾朝野，倒台后被世人排击，王安石的凄凉无以复加。

"庐山南堕当书案，湓水东来入酒卮"说的是王令生前，两人一起聚会时的情景。末联"陈迹可怜随手尽，欲欢无复似当时"是全诗最深沉的感慨。昔人已去，再无知己可与言。回看陈迹，却是"欲欢无复似当时"了。

王安石的诗有一大特点，就是擅长把那种深沉的情感，以貌似淡然的字句出之，例如"不知乌石冈边路，至老相寻得几回"（《过外弟饮》）就是如此。这是作诗的一大境界。中国传统的诗歌，讲究一个“藏”字，那种将情感暴露无遗的作品，虽能一时荡开人的眼帘，但并不能够持久地为人欣赏。这也是王令和王安石诗集的差距所在。与王安石余音袅袅的诗作相比，王令那些粗豪有余而蕴藉不足的作品，自然是相形见绌了。

其实无论是唐诗还是宋诗，抑或是后来的清诗，都不会舍弃对余味的追求。以直白浅露为贵，是新文化运动以后才有的事了。

天才少年的传世之作

人生到处知何似，应似飞鸿踏雪泥。
泥上偶然留指爪，鸿飞那复计东西。
老僧已死成新塔，坏壁无由见旧题。
往日崎岖还记否，路长人困蹇驴嘶。

——苏轼《和子由渑池怀旧》

这大概是苏轼最广为人知的七律了。名气大，不只是这首诗的特点，关键还在于，苏轼写这首诗的时候，年仅二十五岁。如此小的年纪，与诗里所展现出来的人生态度不甚相符。

年纪小小就成一定的气象，在古人中并不罕见。王安石的弟弟王安国在十三岁时写出《滕王阁感怀》（滕王平昔好追游），明末的陈恭尹在二十三岁时写出《崖门谒三忠祠》（山木萧萧风又吹），都是传世的篇章；清代诗人黄仲则，八岁就会写诗，去世时年仅三十五岁——今天的人，在三十五岁时能写出几首没有格律毛病的诗词，就已经很不错了。

苏轼

《和子由渑池怀旧》是苏轼次韵苏辙的诗作，苏辙的原诗是《怀渑池寄子瞻兄》：

相携话别郑原上，共道长途怕雪泥。
归骑还寻大梁陌，行人已度古崤西。
曾为县吏民知否，旧宿僧房壁共题。
遥想独游佳味少，无方骓马但鸣嘶。

苏辙因为是苏轼的弟弟，在谈到《和子由渑池怀旧》时，他的作品还有人提出来。但是今天，读苏轼《水龙吟·次韵章质夫杨花词》的人，却没有几个会想起章质夫的原词《水龙吟》了。和诗的声名盖过原作，这是苏轼经常做的事。

宋仁宗嘉祐元年，苏氏父子三人进京参加科举考试，路经渑池，寻访了当地的僧人，并在僧房里一齐题诗。宋嘉祐二年，苏轼和苏辙一齐考中了进士，一举成名天下知。而在此之前，苏辙被任命为渑池主簿（负责掌管文书，是各级长官的亲吏），但因为中了进士，就要被任命为官，而不是吏，所以事实上他并未到任渑池。

中举四年之后，苏轼出任凤翔府（在今陕西）签判，苏辙将他送到郑州，然后返回京城，想起渑池，于是写下了《怀渑池寄子瞻兄》寄给苏轼，苏轼乃以《和子由渑池怀旧》答之。

苏辙的原诗充满了感慨乃至伤感，“遥想独游佳味少”是这首诗的关键点：兄弟分离，各自奋斗一方，但多年的情谊仍然牵动我心，烟波前路，我独自一人行走，回忆往事，顿感无边的怅惘。

苏轼的和诗更多的是开解和勉励，首句就是议论，发表自己的观点。这首诗是在说：“人的一生到过很多地方，这像什么呢？就应该像飞鸿踏在雪泥上，泥上只是偶然留下了飞鸿的爪印，但是飞鸿继续往他处走，不会再计较在旧地方留下什么痕迹，而这个痕迹，也是很快就消失的。你看当年我们一起拜访的那位老僧人，现在已经去世，而我们曾在墙壁上题的字也找不到了。老僧和墙壁上的字，如今都跟雪泥鸿爪一样烟消云散。我们不应该留恋过去，要怀念的也应该是往日的艰难曲折：还记得吗，那一年我们的马死了，只能骑驴子到渑池，路途长远人困顿，驴子走得很慢，还不停地嘶叫。”

和诗多少带点说教味，苏辙看着未必会舒服，因为他只不过是感慨一下，但不失为一首好诗，这是有理趣所致。很多人都会有苏辙那样的感慨，而苏轼给出了一个很精警的答案。试观苏轼一生的行止，他一直在努力躬行这种去留无心的哲学。多年之后，他被贬黄州，写了一首《定风波》，也可与这首七律互相发明：

叙：三月七日，沙湖道中遇雨。雨具先去，同行皆狼狈，余独不觉，已而遂晴，故作此词莫听穿林打叶声。何妨吟啸且徐行。竹杖芒鞋轻胜马。谁怕。一蓑烟雨任平生。　　料峭春风吹酒醒。微冷。山头斜照却相迎。回首向来萧瑟处。归去。也无风雨也无晴。

值得一说的是，苏轼的祖父名苏序，为了避祖父的名讳，苏轼诗文里的“序”字，一般用“叙”或“引”字来代替。

细读这首《定风波》，就能感知到苏轼的人生境界，其开阔之处，常人难到。苏轼被后人称为“坡仙”，原因也在此。许多人学苏诗，往往是去学着展现出这种思想境界，这其实很危险，因为学诗首先学的是技法，而思想和感情是自家事，旁借不得。不少评论者以苏轼的和诗去讥诮苏辙，其实苏轼和诗固然值得我们赞赏，然而苏辙的原诗未始不是生命色彩的自然发放，一样值得我们寓目。试看王勃的“故人故情怀故宴，相望相思不相见”，刘禹锡的“人世几回伤往事，山形依旧枕寒流”，这些缅旧伤昔的作品，也一样是佳制，因为都很感人肺腑。

一段令人感喟的友情

七千里外二毛人。十八滩头一叶身。
山忆喜欢劳远梦，地名惶恐泣孤臣。
长风送客添帆腹，积雨浮舟减石鳞。
便合与官充水手，此生何止略知津。

——苏轼《八月七日初入赣过惶恐滩》

这是苏轼赴岭南就任途中的作品。

惶恐滩在今江西省万安县，是赣江的十八个险滩之一。“二毛”是指花白头发，“二毛人”即老人，这里用来指代诗人自己。根据苏轼自注，“喜欢”是指蜀道上的“错喜欢铺”，位置在大散关上。第二联读来令人倍觉悲怆：诗人在穷愁困倦的状态里，想起了自己少年时代出蜀时的情景，那时诗人尚未经历许多忧患，对比现在的处境，除了缅怀过去之外，自然还有许多唏嘘。

在第三联里，劲风吹帆，使船远行，是以说“添帆腹”；水在石上流过所形成的水波，就好像鱼鳞一样，是以说“石鳞”。这两句的遣词用语，非常生动。最后一联的意思是说：回顾我的一生，所经过的险地很多，又何止这么一个惶恐滩。这是宽慰自己的话，但是我们可以想象得到，此时此地的诗人，是很难笑起来的。

将苏轼贬到岭南的，是当时的权臣章惇。

根据《挥麈余话》的记载，章惇的父亲章俞，为人没有什么操守，其岳母杨氏年少而寡，章俞与杨氏私通，生下了一个儿子，起名章惇。章惇长大之后，考中了进士，但因为名次在自己的侄子之下，他不能接受这个结果，遂弃而再考，再度中举。

苏轼和章惇是好友，早年章惇对苏轼极为推重，曾致书苏轼劝诫他慎言。有一次，两人一起出游，走到一根独木桥前，桥下面是万丈深渊。章惇提议一起走过去，然后在壁上题字。苏轼感到恐惧，不敢过去。章惇笑着快步走过，在石壁上写下"苏轼、章惇来游"的字样，然后从容走回来。苏轼说：老兄以后可以杀人。章惇问何出此言。苏轼笑说：你连自己的命都不顾，更何况是别人的。

苏、章的关系，后来随着政见的不同，慢慢变得疏远了。在当时的政治主张中，苏轼属于旧党，章惇则属于新党。由于苏轼屡次陈言新法的过失，被新党视为眼中钉，拼命从其诗文中寻找"罪证"，一意将他置于死地。

当时新党中的李定、王珪、舒亶等人，利用苏轼的诗句"根到九泉无曲处，世间唯有蛰龙知"，认为苏轼自比"蛰龙"，诬陷他有不臣之心。苏轼因此下狱，其间非常绝望，写下了"百年未满先偿债，十口无归更累人。是处青山可埋骨，他年夜雨独伤神”的悲愤诗句。

就在苏轼性命攸关之时，新党阵营里的章惇站了出来，他在神宗面前与同僚据理力争，说诸葛亮号“卧龙”，但谁能说诸葛亮有不臣之心？以此力证苏轼的清白。退朝后，章惇当面痛斥宰相王珪：“你是想让苏轼全家都灭口吗？”

对于这番诘难，王珪无言以对，只能说自己是从舒亶那里听来的。章惇厉声道：“舒亶的口水你也吃吗？”一连串的逼问，令王珪哑口无言。在多人的营救下，再加上神宗本来就没有杀害苏轼之心，最终苏轼保住了性命。

尽管苏轼的性命得以保全，但这位弱冠之年就名满天下的士子，往后的人生路越走越坎坷。在新党得势之日，他不受重用；而旧党当权之时，主政者尽废新党的政策，他认为新法也有合理的地方，不宜全部弃去，因此又不受旧党待见。宣仁太皇太后去世之后，旧党失去了最重要的支持者。宋哲宗亲政，章惇受到重用，对旧党展开疯狂的报复，苏轼尽管不为旧党倚重，但也被列入了章惇的大力打击名单之中。

人说宋代的文明程度如何发达，然而即便是在这样一个朝代里，苏轼依然走得跌跌撞撞，难展才能。他的命运可谓耐人寻味。

苏轼被贬至岭南时，写下了“日啖荔枝三百颗，不辞长作岭南人”“为报诗人春睡足，道人轻打五更钟”等诗句，看上去日子过得还可以。不过这种状态没有延续多久，章惇很快再度将苏轼贬谪，这次是让老朋友前往比惠州更荒凉的地方——海南儋州。以当时海南环境的险恶程度，这个决定无疑是要置苏轼于死地。

有意思的是，章惇的儿子章援居然是苏轼的门生，当初章援正是因为得到苏轼的赏识而获得功名。后来苏轼受诏北返中原，即将获得重任。这个时候，章惇失势了，章援去拜访老师苏轼。还没有见面的时候，章援很惶恐，不知道老师是否会念及与父亲的新仇旧恨，于是先写了一封信过去探一下口风。

苏轼很快回信告诉章援，自己与章惇相交数十年，虽然主张不同，但都是君子之争，叫他不要顾虑流俗人所言。但这个时候，苏轼也已到了风烛残年，病逝在北归路上，曲折的一生就此画上了休止符。

从大的方面看，苏轼和章惇的交往，实质上是北宋新旧党争的缩影。柳诒徵先生在《中国文化史》一书中说："新旧两党各有政见，皆主于救国，而行其道特以方法不同……其党派分立之始，则固纯洁为国，初无私憾及利禄之见羼杂其间。此则士大夫与士大夫分党派以争政权，实吾国历史上仅有之事也。"柳先生的这番议论，说出了北宋新旧党争的一大特点，这应该是那场党争的性质。那些年的士君子，无论属于新党还是旧党，细看其为人，身上总有一种凛然的气质，让人不能轻慢。然而君子之争并不比小人之争好看多少，这场拉锯导致北宋元气大伤，让后人读史时徒生嗟悼之情。

从小的方面看，章惇尽管在后世颇获恶名，但并非奸人，他与吕惠卿那种奸邪之徒还是有本质区别的，观其在“乌台诗案”中营救苏轼这一举动即知。吕惠卿受到王安石的提拔，其后处心积虑陷害王安石，这种没有底线的事，并不见于章惇身上。《宋史》把章惇列入《奸臣传》，持论未免严苛。他疯狂打击苏轼，与他那促狭而刚愎自用的心性密切相关，因为苏轼貌似通达，实际上是一个非常坚持心中原则的人，这两种心性互相碰撞，受伤的往往是坚守原则之人。

另外，我们在同情苏轼遭遇的时候，也不要忘记了，在元祐时期，苏轼、苏辙兄弟对章惇的评价或弹劾，也是非常严厉的。总的来说，苏轼和章惇这段交往，是中国文化史上非常值得探究的内容，因为里面包含了这些重要的元素：人情之微、人心之险，以及人性之光。

古人诗句犯师兄

庙堂无策可平戎。坐使甘泉照夕烽。
初怪上都闻战马，岂知穷海看飞龙。
孤臣霜发三千丈，每岁烟花一万重。
稍喜长沙向延阁，疲兵敢犯犬羊锋。

——陈与义《伤春》

北宋灭亡之后，陈与义写下了这首七律《伤春》，第三联“孤臣霜发三千丈，每岁烟花一万重”，上句化用了李白的“白发三千丈，缘愁似个长”，下句化用了杜甫的“关塞三千里，烟花一万重”。这两句诗，绝大部分来自李、杜的成句，然而非但没有抄袭之嫌，反而比李、杜的原句都要好。尤其是“每岁烟花一万重”，经历过忧患的人都知道：心情沉重的时候碰上佳节，人不会变得开心，而是忧患感会更重。陈与义这两句可谓沉郁至极，即便李、杜在前，也不能掩夺其光彩。

当然，欲知陈与义《伤春》诗沉痛之处，还需要合看第一句与最后一句。第一句说国家主政者无能，面对敌国的侵凌而不能救国；最后一句是说，向子諲能率领疲兵抵抗金人，是值得慰怀的一件事——以疲兵去应对强悍的入侵者，这悲壮的一幕，与其说令诗人觉得心下宽慰，不如说是诗人在辛辣地批评那些位高权重而救国乏术之人。

“孤臣霜发三千丈，每岁烟花一万重”，这两个余韵绵长的诗句，涉及一个化用前人作品的问题。

北宋名僧惠崇，曾经写过两个自认得意的句子：“河分冈势断，春入烧痕青。”然而这两个句子，前一句是唐人司空曙的手笔，下一句则是刘长卿的诗。于是时人就嘲讽惠崇说：

河分冈势司空曙，春入烧痕刘长卿。
不是师兄偷古句，古人诗句犯师兄。

这个雅谑说明，取用前人的作品时要谨慎，不能拿来就用，否则容易落下笑柄。

我们知道宋人写诗颇重来历，因此在实际的写作中，诗人需要去平衡“来历”与“己意”的关系，这是相当有讲究的一件事。

谈到化用，我第一个想到的是秦观《满庭芳》里的名句：“斜阳外，寒鸦万点，流水绕孤村。”这几句的“前身”是隋炀帝杨广的作品：“寒鸦飞数点，流水绕孤村。斜阳欲落处，一望黯消魂。”秦观此举，直接取用前人的幅度很大，但不妨碍他这篇作品为后世传颂。

黄仲则曾写下诗句“似此星辰非昨夜，为谁风露立中宵”，这两句堪为不朽，上一句是从李商隐的“昨夜星辰昨夜风，画楼西畔桂堂东”中化出。根据李商隐的诗，“昨夜星辰”暗指美好的恋情。黄仲则这里是说，天上星辰已不是昨夜的了，然而夜深人静之时，诗人仍然孤独站立在风露之中，究竟所为何人？这两句可谓道尽了相思之苦，有过暗恋或失恋经历的人，大抵读了都会心有戚戚焉。这种化用，在表达上比前贤转入一层，诗意感人至深，是以自身也成为佳句，以至于后人谈起黄仲则，会经常提及这两句诗。

同样是取用前人作品，惠崇见讥，而秦观、陈与义等人见赏，可见问题的关键不在能否化用，而在如何点化。化用以能见出作者自家的心情为贵。惠崇那两个句子，一来没有变化前人，二来未见自家心情，变得与集句甚至是抄袭没有什么差别，这是他被嘲讽的原因。

化用前人作品，是写诗作文时的一个重要手法。面对前人留下的宝库，如果一味强调独抒性灵，将前人作品弃置不理，这是自我作古的妄人做法，其作品必然难有深蕴，不会为后世重视，这已经是被历史证明过的了。

对于古人来说，化用前人作品只是一种常规做法，至于运用之妙，那就存乎一心了。譬如王安石的诗句“茅檐相对坐终日，一鸟不鸣山更幽”，后一句化用了“蝉噪林逾静，鸟鸣山更幽”，王安石把原句的意思反过来说，颇为论者非议。那些非议声音并不是没有道理的，因为从诗意上看，“一鸟不鸣山更幽”刻意与“鸟鸣山更幽”作对而未见高明处，说白了还是在原句的笼罩之中。相反的例子是，“兴阑啼鸟换，坐久落花多”是王维的句子，王安石化用而成“细数落花因坐久，缓寻芳草得归迟”，一个悠然自得的王安石呼之欲出，这是一个很高妙的化用，可与王维的原句争胜。

陆游的遗憾

行遍梁州到益州。今年又作度泸游。
江山重复争供眼，风雨纵横乱入楼。
人语朱离逢峒獠，棹歌欸乃下吴舟。
天涯住稳归心懒，登览茫然却欲愁。

——陆游《南定楼遇急雨》

诗至唐朝，已臻盛况。然而唐朝诗人的作品并不算多。在今天可见的本子里，李白存诗一千首左右，李商隐不足六百。杜甫稍为多些，将近一千五百首。白居易留下三千多首诗，在唐人中已属数量巨大的了。到了宋代，白居易这个数字只能退居中流。南宋诗家杨万里，相传作诗两万首，传世四千多首。陆游“六十年间万首诗”，传世也有九千多首。

然而上面提及的诗家，他们能被后人熟知，是因为有佳作为后人传诵，而不是因为写下多少首诗。总计起来，以上诗人的作品数量加起来都不及乾隆皇帝一人多。乾隆存诗四万多首，这个数量几乎可与《全唐诗》匹敌。即便如此，乾隆也没有一首诗能够在世间传诵。

这首《南定楼遇急雨》，作于陆游五十三岁之时，其时诗人从蜀地奉诏东返，途经泸州而有此诗。梁州指的是汉中，益州即成都。第一句写诗人此前的漂泊行迹，第二句点明身在泸州。第三联的“朱离”即侏离，指当地难以听懂的土语，“峒獠”是指土人的面目。“欸乃”为诗中常用词，即舟人摇橹的声音。这两句是赋笔，“峒獠”并没有好恶色彩，毕竟泸州距江南为远，在南宋那个时代，僻远之地的土人有此面貌也不出奇。末联说诗人多年飘荡天涯，早认他乡作故乡，如今东返，可谓百味交杂，茫然生愁。

第二联“江山重复争供眼，风雨纵横乱入楼”是全诗最有分量之句。陈衍评价此诗说：“雄浑处岂亚杜陵。许丁卯之‘山雨欲来’，对此能无大小巫之别。”许丁卯即唐朝诗人许浑，有名联“溪云初起日沉阁，山雨欲来风满楼”。由于许浑的诗喜欢用一些与水有关的字眼，宋人就讽刺说：“许浑千首湿。”

陈衍对陆游此诗评价很高。这的确也是一首好诗，但陈衍的评语也有不尽然的地方。譬如“行遍梁州到益州，今年又作度泸游”这两句就不雄浑，比起陆游的另一个起笔“早岁那知世事艰，中原北望气如山”，可谓逊色多了。至于“风雨纵横乱入楼”与许浑的“山雨欲来风满楼”，一个写急雨来袭，一个写山雨将发，景象不同，句子气象自然有异，许、陆两句可谓各擅胜场。

在陆游的诗集中，有大量未经锤炼的句子，其中不乏蹈袭前人的地方，这是《剑南诗稿》为后人诟病的一个地方。比如“万里因循成久客，一年容易又秋风”，这两句就是从王安石的“万事因循今白发，一年容易即黄花”化来，直接袭用的痕迹实在太明显了。类似的例子，赵翼与钱锺书已举出很多，兹不赘言。

清人杭世骏说：“子无轻视放翁，诗文至此，亦足名家。”袁枚《随园诗话》谈杨万里：“诗到诚斋亦谈何容易。”钱锺书在《谈艺录》里批评了这两种说法：“读之皆令人失笑。放翁诚斋，江河万古，何须二公作纡尊垂奖语？”钱氏推尊陆游之盛情，令人感佩。陆游的诗为南宋大宗，也属后世公论。但无可否认的是，与北宋的王安石、苏轼、黄庭坚等诗人的作品相比，陆游的诗缺了一种深致，往往不耐嚼。或者是因为他写得实在太多了，以写日记的方式来写诗，集子必难精粹。尽管如此，对于陆游这种地位的诗家来说，其诗如果更多地被作为个人或时代的史料来讨论，不能不说是一个遗憾。

·附录

这个附录并非率意而为，而是因为鄙人坚持这样一个观点：一个人若是能够写出合格的诗古文辞，那么此人关于诗文的议论将更有值得读者寓目的价值。因此，这个附录包含了本人的两方面内容：诗、文言文。此举只是为了方便读者了解论诗者自身的诗文水平。至于诗文的水平如何，则由读者诸君自由评议。

陈简斋七律选并序

元微之《上令狐相公诗启》曰："律体卑下，格力不扬，苟无姿态，则陷流俗。"斯言未必尽当，盖为律而格力高扬者，代不乏人，如杜少陵、李义山、元遗山是也。然而律体法制森严，行气难畅，亦其题中之义。爰见古今律体，拘谨者多而横放者少，宜贻论者卑视也。

少陵七律，历代宗仰，沉雄故也，其不合律之作，若《白帝》《暮春》之属，世谓之拗律焉。夫律体不必以拗为上，然而前贤作为律诗，常以古体句法运之，又足深玩焉。天水一朝，七律作手蜂起，以黄山谷与陈简斋为最能以古制律。然而黄山谷好奇，破格太过，转失律体整齐之妙。若夫陈简斋则不然。简斋七律，不务语辞峻峭，而重气息流转，沉着其意，奔逸其言，人每一读成诵，用古得中然也。

刘后村以雄浑目简斋诗。雄止为简斋一端，浑则全得之矣。究观简斋韵语，音节铿然，色彩明丽，兼之图境阔大，是以虽写悲意，而英气润人，无僄弃消沉之象，以其诗心石坚，故喜怒哀乐不能乱其人也。

南渡以后，简斋诗心益壮，所作折入深境，虽短制而有大吕之鸣，其绝句《春寒》曰："海棠不惜胭脂色，独立蒙蒙细雨中。"《牡丹》云："青墩溪畔龙钟客，独立东风看牡丹。"因知诗人霜雪之姿，虽颠沛老病，不能稍损焉。

余读简斋诗，不胜爱慕，兹录简斋七律二十首以奉同好，所附评语，不足为知言，但备识者一哂云尔。

丙申仲春，邹金灿记于广州

次韵乐文卿北园

故园归计堕虚空。啼鸟惊心处处同。
四壁一身长客梦，百忧双鬓更春风。
梅花不是人间白，日色争如酒面红。
且复高吟置余事，此生能费几诗筒。

——深婉不迫，荆公暮年诗境也。简斋亦造乎斯室矣。

雨　晴

天缺西南江面清。纤云不动小滩横。
墙头语鹊衣犹湿，楼外残雷气未平。
尽取微凉供稳睡，急搜奇句报新晴。
今宵绝胜无人共，卧看星河尽意明。

——兴高语清。

送客出城西

邓州谁亦解丹青。画我羸骖晚出城。

残年政尔供愁了，末路那堪送客行。
寒日满川分众色，暮林无叶寄秋声。
垂鞭归去重回首，意落西南计未成。

——颔联失粘。论者多赏颈联，愚意此亦唐人故步，而首联举重若轻，无艰难劳苦之态，提领六句，出不尽之意，看似寻常最奇崛，实为全诗最大节目。

得席大光书因以诗迓之

十月高风客子悲。故人书到暂开眉。
也知廊庙当推毂，无奈江山好赋诗。
万事莫论兵动后，一杯当及菊残时。
喜心翻倒相迎地，不怕荒林十里陂。

——“万事莫论兵动后，一杯当及菊残时”，一起其余六句之衰。

观江涨

涨江临眺足消忧。倚杖江边地欲浮。
叠浪并翻孤日去，两津横卷半天流。
鼋鼍杂怒争新穴，鸥鹭惊飞失故洲。
可为一官妨快意，眼中唯觉欠扁舟。

——光景宏丽，通体沛然。五六颇有微意。

舟次高舍书事

涨水东流满眼黄。泊舟高舍更情伤。

一川木叶明秋序，两岸人家共夕阳。
乱后江山元历历，世间歧路极茫茫。
遥指长沙非谪去，古今出处两凄凉。

——疏宕，不能摘句。陈寅恪诗“一生负气成今日，四海无人对夕阳”，或从“一川木叶明秋序，两岸人家共夕阳”中化出。

登岳阳楼（其一）

洞庭之东江水西。帘旌不动夕阳迟。
登临吴蜀横分地，徙倚湖山欲暮时。
万里来游还望远，三年多难更凭危。
白头吊古风霜里，老木沧波无限悲。

——首句拗，神似老杜“东流之外西日微”。次句深微。通篇沉着阔远。

登岳阳楼（其二）

天入平湖晴不风。夕帆和雁正浮空。
楼头客子杪秋后，日落君山元气中。
北望可堪回白首，南游聊得看丹枫。
翰林物色分留少，诗到巴陵还未工。

——诗到巴陵，已不必工。首联夺目。

再登岳阳楼感慨赋诗

岳阳壮观天下传。楼阴背日堤绵绵。

草木相连南服内，江湖异态栏干前。
乾坤万事集双鬓，臣子一谪今五年。
欲题文字吊古昔，风壮浪涌心茫然。

——破格行气，全诗唯草木句完全合律。末联意远，尤胜前作。

巴丘书事

三分书里识巴丘。临老避胡初一游。
晚木声酣洞庭野，晴天影抱岳阳楼。
四年风露侵游子，十月江湖吐乱洲。
未必上流须鲁肃，腐儒空白九分头。

——起笔横放，中二联浑灏。

除夜二首（其一）

城中爆竹已残更。朔吹翻江意未平。
多事鬓毛随节换，尽情灯火向人明。
比量旧岁聊堪喜，流转殊方又可惊。
明日岳阳楼上去，岛烟湖雾看春生。

——黄仲则“墨到乡书偏黯淡，灯于客思最分明”，视“多事鬓毛随节换，尽情灯火向人明”，不如也。

望燕公楼下李花

燕公楼下繁华树，一日遥看一百回。
羽盖梦余当昼立，缟衣风急过墙来。

洛阳路不容春到，南国花应为客开。
今日岂堪簪短发，感时伤旧意难裁。

——五六似奇而险，诗人不得已而用之。

春夜感怀寄席大光

管宁白帽且蹁跹。孤鹤归期难计年。
倚杖东南观百变，伤心云雾隔三川。
江湖气动春还冷，鸿雁声回人不眠。
苦忆西州老太守，何时相伴一灯前。

——挚诚动人。

次韵尹潜感怀

胡儿又看绕淮春。叹息犹为国有人。
可使翠华周寓县，谁持白羽静风尘。
五年天地无穷事，万里江湖见在身。
共说金陵龙虎气，放臣迷路感烟津。

——不事布局，起笔已自摇兀人心。五六写尽时世与一身。

立春日雨

衡山县下春日雨，远映青山丝样斜。
容易江边欺客袂，分明沙际湿年华。
竹林路隔生新水，古渡船空集乱鸦。
未暇独忧巾一角，西溪当有续开花。

——兴趣高妙，分明诗人诗心，五六尤有味。

伤　春

庙堂无策可平戎。坐使甘泉照夕烽。
初怪上都闻战马，岂知穷海看飞龙。
孤臣霜发三千丈，每岁烟花一万重。
稍喜长沙向延阁，疲兵敢犯犬羊锋。

——五六沉郁无伦，变化前贤而实过前贤。末联亦自老杜笔法：“稍喜临边王相国，肯销金甲事春农。”

观　雨

山客龙钟不解耕。开轩危坐看阴晴。
前江后岭通云气，万壑千林送雨声。
海压竹枝低复举，风吹山角晦还明。
不嫌屋漏无干处，正要群龙洗甲兵。

——宋人唐调，俊快无加。

康州小舫与耿伯顺、李德升、席大光、郑德象夜语，以“更长爱烛红”为韵得“更”字

万里衣冠京国旧，一船风雨晋康城。
灯前颜面重相识，海内艰难各饱更。
天阔路长吾欲老，夜阑酒尽意还倾。
明朝古峡苍烟道，都送新愁入橹声。

——前四句以一承万，由城而灯，对灯以海，大小变换之际，极尽跌宕之能事。

自黄岩县舟行入台州

宴坐峰前冲雨急，黄岩县里借舟迟。
百年痴黠不相补，万事悲欢岂可期。
莽莽沧波兼宿雾，纷纷白鹭落山陂。
只应江海凄凉地，欠我临风一赋诗。

——末联诗人本色。

怀天经智老因访之

今年二月冻初融。睡起苕溪绿向东。
客子光阴诗卷里，杏花消息雨声中。
西庵禅伯还多病，北栅儒先只固穷。
忽忆轻舟寻二子，纶巾鹤氅试春风。

——三四向为论者所爱，然而首联亦自极具风味，与“邓州谁亦解丹青”消息互通。前四句绝妙，后四句凡响。

邹金灿诗五首

酬官子劬兼寄黄陆城

中年怀抱与谁开。想见当时客楼台。
黄子道广官子峻，宝我樗散警我颓。
殷勤相论古人诗，京洛路上无尘埃。
君子襟怀何洒落，邀我游岛赠玉杯。
忽尔远笛趣客起，旋入沧海听惊雷。
去去舟孤还失棹，的的山行马虺隤。
一觉落日鼓眠好，已是满耳秋声来。
惭愧君子频见忆，检点年华意难裁。
此身若合古人节，升沉沮誉何有哉。
却知力微难为事，端赖大雅声相催。
每见黄子思高蹈，每诵官诗心低徊。
千夫攘攘森处所，二士笑颜洗寒灰。
今者官子江东去，三余请忆岭表梅。
会当乘月归饮时，临风先我醉蓬莱。

百舸

百舸争驰九曲流。羁鸿孤起绝寒秋。
正当歌管弥高日，谁踞龙津最上游。
阅世几人闻卧辙，出门何处赋登楼。
重天云外羲和老，可解迢遥故国愁。

寄北

浮生何事有前因。聚散无心亦比邻。
二十年光回倦首，寻常世路转方轮。
不知岭外风尘客，曾觉江南石火身。
他日扁舟蓬岛上，当空可是旧星辰。

断桥春望

断桥寂立听春残。不尽烟帆断续看。
一片苍岑动遥思，十年异客畏惊滩。
人同绝水知谁健，梦已迷津到此难。
且喜重来花逆我，可能明日更阑珊。

酬叶子恒墨宝见赠

六年天地废登临。一放扁舟见在心。
有客禺山龙走笔，嘉余社栎用非今。
弗随人转安多见，与觉时寒岂独吟。
他日酣歌处重过，摄衣同看暮尘深。

跋

写这本书，前后总共用了五年的时间，殊感惭愧。回顾这段时光，或许用陈与义的诗句来形容才最贴切：“五年天地无穷事，万里江湖见在身。”

2011年，兄长徐晋如先生属我写一本书。我当时的第一个想法，就是希望写一写自己所认识的宋诗。那时候我想到的是，在这个大家都熟悉唐诗的时代，我谈一谈被人忽略的宋诗，于己于人来说都未尝不是一件好事；另外，我个人在学写诗的过程中，受宋人的沾溉最深，写一些关于宋诗的文字，也是希望为宋贤略尽微薄之力。

当时很快就定下了书名——宋诗会意。取这个书名，是受了刘咸炘先生《太史公书知意》一书的启发。后来书名改成了《七百年的风流儒雅——唐宋诗会意》，是根据徐晋如先生的建议。他认为我这本书应当增补一些关于唐诗的内容。这个意见很对，唐宋诗面目固然很不相同，但始终是血脉相连的，哪能轻易割断呢？书中所论前人作品集中在唐宋两代，从唐初到宋末这段时间接近七百年，又因我写这些诗人，注重旌扬儒行，故谓“七百年的风流儒雅”。

就在接到写书任务的那年夏天，我的父亲因突发脑溢血，卧床不起。这个变故打乱了我的计划，我只能将写书之事搁置一边。因为工作的关系，我奔走于全国各地。为了多看我父亲几眼，我频繁从广州回到粤北老家阳山县。有一次在老家整理书桌时，翻出了一叠发黄的草稿纸，是以前写下的一些文字，里面有诗，也有小说。当时我深心怅触，于是写下了七绝《秋落》：

秋落山城听雨微。孤灯如月烛青衣。
漫检岁华惊一纸，十年心事得全违。

我的父亲是一位小学语文老师，我对诗的兴趣完全由他激发。在我小的时候，他经常用粤语为我读诗，读得铿锵有力。通过他的诵读，我知道了许多好诗，例如老杜的《春望》。

2013年10月，父亲离开了人世。在那段时间里，他的一段声音经常出现在我心里："感时花溅泪，恨别鸟惊心。"在父亲病倒的那两年多时间里，我对这个世界有了不一样的认知，其中最让我感佩的，就是母亲对父亲的悉心照顾。父母亲让我知道了何为"不离不弃"。然而这也是让我更加觉得惭愧的地方，因为我未能尽快完成这本书的写作，以致拖到了今日。我想，如果我在父亲去世之前出版了这本小书，他的心情也许会好一些。

遗憾之所以是遗憾，就是因为它永远无法弥补。

往者不可谏，来者犹可追。我也只能拿这两句话来宽慰自己了。

不过，回顾过去，也不全是遗憾，还有感激。2004年秋天，我进入大学读书，随后开始了写诗的历程。在这条路上，我有幸遇到了前辈陈沚斋先生以及兄长徐晋如先生，他们对我的指教与帮助，让我终身受益。尽管我在认识他们之前就学会了写诗，但他们让我明白了一样更重要的东西，那就是我的人生路向：我将追随他们的脚步，在诗教这条路上奉上自己的一分力量。

要感谢的人还有许多。比如这些年来，许石林先生、白伟志先生、郑廷鑫先生给了我很多揄扬和帮助，在此一并致谢。他们都跟这本书有密切的关系：许先生最早为我与出版社牵线，白先生与郑先生则共同促成我在《南方人物周刊》开设“诗会意”专栏，本书的不少文章就来自这个专栏。当然，还要感谢《南方人物周刊》这个平台，慷慨地为这些文字提供了刊布的机会。

在这个漫长的成书过程中，长春出版社的王占通先生、谢冰玉女士，给了我极大的耐心与包容，思之每感汗颜，在这里向他们致以深挚的谢意。

在茫茫尘世中遇到这么多大雅君子，我觉得很愉快。他们让我觉得，生活可以不那么言不及义。

本书并非学术著作，只是我对诗的一些见闻或理解。褚小怀大，书中肯定有许多不足之处，有道之士如能匡我不逮，则我之幸也。

2016年秋，邹金灿记于广州